KB187143

F A N T A S T I C   O R I E N T A L   H E R O E S

무림의 여신

무림의 여신 7

아랑 新무협 판타지 소설

초판 1쇄 찍은 날 § 2004년 7월 19일
초판 1쇄 펴낸 날 § 2004년 7월 29일

지은이 § 아랑
펴낸이 § 서경석

편집장 § 문혜영
편집 책임 § 김희정
편집 § 장상수 · 유경화 · 서지현
마케팅 § 정필 · 강양원 · 이선구 · 김규진 · 홍현경

펴낸곳 § 도서출판 청어람
등록번호 § 제1081-1-89호
등록일자 § 1999. 5. 31
어람번호 § 제2-0404호

주소 § 경기도 부천시 원미구 심곡1동 350-1 남성B/D 3F (우) 420-011
전화 § 032-656-4452 팩스 § 032-656-4453
E-mail § eoram99@chollian.net

값 8,000원

ISBN 89-5831-181-9 04810
ISBN 89-5505-934-5 (SET)

7

완결

시초이종 始初以終

FANTASTIC ORIENTAL HEROES

아랑 신무협 판타지 소설

무림의 여신

도서출판

목차

42

누구의 소행인가?

田園樂(전원락)

전원의 즐거움

—王維(왕유)

桃紅復含宿雨(도홍복함숙우)

복숭아꽃 밤비 머금어 붉고

柳綠更帶春煙(유록경대춘연)

버들은 푸르러 안개를 다시 띤다

花落家童未掃(화락가동미소)

떨어진 꽃잎을 아이 아직 아니 쓸고

鶯啼山客猶眠(앵제산객유면)

꾀꼬리 우는데 손은 아직 자고 있다

田園樂(전원락) 中 에서

누구의 소행인가?

흐릿한 구름이 하늘을 뒤덮고 있어 금방이라도 비가 쏟아져 내릴 것 같은 하늘이다. 그 탓일까? 습기가 낀 주변 공기는 눅눅하기 그지없어 금방이라도 살갗에 끈적끈적 달라붙는 듯했다.

관청의 뒤뜰은 제법 깔끔하게 꾸며져 있는 편이었다. 은평은 뚱한 표정으로 관청의 뒤뜰을 거닐고 있었다. 그리고 그 뒤를 헌원가진과 화우가 졸졸 뒤따랐다. 은평이 잠시 멈춰 서면 그 둘도 멈춰 서고 은평이 천천히 거닐면 그 둘 역시 천천히 거닐었다. 마치 강아지가 주인을 좇아가는 것과 같은 폼새랄까.

은평이 갑자기 가던 걸음을 멈추고 몸을 빙글 돌려 뒤에서 따라오던 두 사람을 쳐다보았다.

"저 소저……."

오랜 침묵을 견디지 못하고 헌원가진이 입을 열었다.

"왜요?"

그 둘이 찾아온 이유를 모르진 않았지만, 은평은 어디까지나 시치미를 뗐다. 확실히 해둘 일이 하나 있었기 때문이다.

헌원가진을 제치고 화우가 둘 사이에 끼어들었다.

"우리가 찾아온 이유는……!"

자신의 동생 목숨이 걸려 있는 일이기에 흥분하며 달려드는 화우를 헌원가진이 팔을 들어 제지했다. 그러지 말라는 의미로 고개를 저어 그를 만류했다.

"찾아온 이유? 이유가 뭔데요?"

"우리가 찾아온 이유는 소저께오서 더 잘 아실 거라 생각되오만."

"음? 음… 음… 어쩌죠? 잘 모르겠는데요."

고개를 갸웃거리던 은평이 머리를 긁적였다. 정말로 모른다는 표정처럼 보여 두 사람은 잠시 당황했다. 아무리 생각해도 은평의 속셈을 알 수가 없다.

—…왜 재를 여기로 떨어지게 했는지 알 수가 없구만. 그냥 지 살던 시대에 내버려 뒀으면 영화제 하나 찜 쪄 먹을 거물이 됐을 텐데.

주변의 기운에 몸을 은신하고 보이지 않게 은평의 주변을 맴돌고 있던 청룡이 한숨을 쉬었다. 자신이 시킨 짓이긴 했지만, 저리도 능청스러울 수가 없었다.

[예? 무슨 말씀이십니까? 영화제가 뭔데요?]

옆에 있던 백호가 청룡이 중얼거리는 말을 이해하지 못했는지 되물었다.

—아무것도 아냐. 그나저나 재네 둘 표정 죽이누만. 쯧쯧, 얼마나 황

당할까. 저 표정들 좀 보게.

청룡은 백호의 질문을 얼버무리고 헌원가진과 화우에게로 관심을 돌렸다. 둘은 은평에게서 어떻게든 해독제에 관한 이야기를 끌어내려 안간힘을 쓰고 있었다.

"지금 소저께서도 아시다시피……."

은평은 화우가 입에 담은 소저라는 호칭에 눈살을 찌푸리며 말을 가로막았다.

"소저란 말은 빼고 이야기해 주세요. 차라리 이름을 부르라구요!"

자신도 모르게 돋는 닭살을 꾹꾹 억누르며 인상을 북북 썼다. 교주씨랑 맹주씨 둘 다 사람 말을 한 귀로 듣고 한 귀로 흘리는 경향이 있는 모양인지 자신이 소저란 호칭을 쓰지 말라 몇 번을 말했던 것 같은데 여전히 고쳐지지 않고 있었다.

무공은 뛰어나도 말하는 재주는 없는 화우를 대신해 헌원가진이 나섰다. 역시 이런 일은 그가 전문인 것 같았다.

"아시다시피 금릉에 이상한 괴질이 돌아 큰 혼란에 빠져 있소. 우리들은 독에 중독된 것 같다고 짐작하고 있지만 그것 역시 확실한 것은 아니고, 더 이상 회복될 기미를 보이지 않고 가면 갈수록 중독되는 사람들이 늘어나는 상황이니… 맨 처음에는 이것이 우리들에게만 발생한 줄 알았지만 알고 보니 금릉 전체가 이런 일을 겪고 있더구려."

"…거 참, 서두(序頭) 한번 기시네. 거두절미하고 본론만 말할 수 없어요?"

은평은 지루하다는 듯 하품을 쩍쩍 해댔다. 순간, 헌원가진의 이마에 힘줄이 돋은 것같이 보인 것은 환상이었을까.

'지금 누구 때문에 이렇게 장황하게 설명을 하고 있었는데……!'

일단은 해독제가 중요했기에 헌원가진은 치미는 짜증을 눌러 참고 말을 이었다.

"우리가 듣기로는 이곳에서 그 증세가 호전된 사람이 나왔다 하여 찾아와 본 것이오. 해독제를 가진 사람이 나타났다는 말도 들었소."

"흐음, 그 사람이 저라는 건가요?"

"그럼 그대 말고 또 누가 있단 말이오? 여기의 사람들이 전부 소… 아니, 그대가 준 약을 먹고 병세가 나았다며 한결같이 입을 모았소."

헌원가진의 말에 은평은 손사래를 쳤다.

"그대라는 호칭은 더 닭살 돋네요. 그냥 은평이라고 부르세요."

자꾸만 딴소리를 해대는 은평 때문에 애가 탄 화우가 끼어들었다.

"자꾸 딴소리만 하는 이유가 뭐요?!"

이렇게 노닥거리고 있을 시간에 자신의 동생은 갈수록 증세가 심각해진다는 생각이 들자 견딜 수 없이 초조해졌다.

"그러니까, 저 사람들이 갑자기 이유 모를 괴병이 회복된 까닭을 알고 싶고, 그 까닭을 제가 알고 있다고 생각하는 거죠?"

"그렇소."

누가 먼저랄 것도 없이 두 사람 모두 열렬하게 고개를 끄덕였다. 이제야 좀 본론으로 들어가나 보다 싶었건만, 그 뒤에 이어진 은평의 말은 그 두 사람을 모두 어이없게 만들었다.

"그렇다면 잘못 짚으셨네요. 전 저 사람들에게 아무것도 한 게 없는걸요. 그저, 맹물을 먹였을 뿐이에요."

"…맹물?!"

물론 그 맹물에 화기의 신수인 주작의 피를 희석해서 섞었다는 게 다를 뿐이지만, 그런 것을 말해 줄 생각은 없었다.

"원래 사람 마음이란 게 오묘해서, 맹물인데도 이것이 약이다— 이걸 먹으면 나을 수 있다— 라는 생각을 갖고 먹으면 병이 낫는다는군요."

어디선가 들은 말들을 갖다 붙이기는 선수급이다.

"설마 그럴 리가… 그럴 리가 없소! 그 어떤 해독약으로도 고쳐지지 않았는데 맹물이라니……!"

화우가 허탈한 듯 이를 악물고 주먹을 꽉 쥐었다. 은평은 슬슬 본론을 꺼낼까 싶어 청룡이 가르쳐 준 말을 지껄이기 시작했다. 지금까지야 자신의 능청이었지만 이제부터는 청룡이 신신당부하면서 가르쳐 준 것들이었다.

"…원래 과유불급(過猶不及)이라 하지요. 넘치면 영약이라도 독이 되는 법이랍니다."

헌원가진이 은평의 중얼거림에 반응했다. 어째서 지금 과유불급이라는 말이 회자되는지 박학하기로 이름 높은 그조차도 알 수 없었다.

"그게 무슨 의미요?"

"…지금 이 증상이 음기가 짙은 영약을 먹었을 때와 비슷한 증상이라고는 생각해 보지 않았나요?"

은평의 말에 헌원가진과 화우가 서로를 돌아보았다. 그 둘은 어렸을 적부터 사회적 위치(?)상 영약을 밥 먹듯이 먹고 살았으니 음기가 짙은 영약을 먹었을 때의 증상을 쉽게 떠올릴 수 있었다.

열이 펄펄 끓으면서도 차가운 오한이 찾아들어 온몸이 시체마냥 냉랭해지고 안색이 더없이 창백해 마치 백지장 같고, 의식을 잃게 되고 몸에 도는 음기를 지배하지 못하면 그대로 주화입마에 빠지게 된다.

라는 것이었다. 곰곰이 생각해 보니 중독되었다고 하는 사람들의 증상과 매우 흡사했다.

"…어째서 독에 중독된 증상과 음기가 강한 영약을 먹었을 때의 증상이 같단 말이오?!"

'당연하잖아. 현무의 피는 독이 아니라 음기의 영약이니까. 원래 과도한 음기의 영약을 먹었을 때 양기를 보충해 주지 않으면 죽게 되는 게 당연하잖아. 게다가 그 피의 주인이 처음부터 좋은 맘이 아니라 나쁜 맘을 품고 풀어버렸으니 독이 된 거고…….'

은평은 속으로 하고 싶은 말을 중얼거렸지만 전부 다 말해 주면 분명 자신이 귀찮아질 것이 뻔했기 때문에 눌러 참았다.

"원래는 음기의 영약이었지만 그 사용자가 나쁜 마음을 품고 독으로 변화시킨 것뿐이에요. 뭐, 사실 중독이 됐다고 해도 죽진 않는 독이지만……."

"…죽지 않는다고?!"

화우가 뒤통수를 얻어맞은 듯한 표정으로 은평의 어깨를 붙잡고 탈탈 흔들기 시작했다. 은평의 말 중 죽지 않는 독이라는 말만이 귓가에서 반복해 울려 퍼지고 있었다.

"으게게게게. 흔들지 좀 마요!!"

은평이 간신히 화우의 손아귀를 벗어나 정신을 가다듬었다.

"그게 정말이오? 절대로 죽지 않는다고?"

"…중독된 사람들 중에서 죽었다는 말 들어본 적 있어요? 없잖아요. 죽을 만큼 고통스럽긴 할 테지만 최소한 죽지는 않아요. 지닌 내공에 따라서 음기를 억누를 수 있기 때문에 독의 진행을 멈출 수도 있고요. 맹물을 해독약이라고 먹이면서 양기를 보충해 줄 수 있는 약재나 음식을 먹이면 어느 정도 증세는 호전될 수 있어요."

물론, 맨 마지막 말은 전부 거짓말이었다. 현무의 음기가 몸에 돌기 시작하면 자연스럽게 주변의 음기 역시 체내로 끌어들이기 때문에 증상이 악화되는 것이고, 자연적인 방법으로—이를테면, 음식물 섭취나 양기가 강한 영약을 복용—양기를 섭취한다 해도 현무의 음기가 체내에서 음기를 끌어들이는 속도에는 미치지 못하기 때문에 별 소용 없는 일이었지만 말이다. 현무의 음기에 대항해 몸속에 모여진 음기를 중화시킬 수 있는 것은 오직 주작의 양기뿐이었다.

"그렇게 간단하게 해결했단 말이오?"

"네, 그렇게 간단했어요. 그나저나 교주씨와 맹주씨도 얼른 체내의 음기를 중화시켜야 할 텐데요. 내공으로 억누르는 것도 한계가 있어요."

은평은 풍성한 소매에서 희고 조그만 약병을 하나 꺼내 두 사람 앞에 내밀었다. 손바닥 반만한 크기의 앙증맞은 약병을 본 화우와 헌원가진의 반응은 별로였다.

"이게 뭐요?"

"치둔해괴유대소작(癡鈍駭怪乳大小雀)이라는 영물의 피예요."

뜻을 풀이해 보자면 '치사하고 둔탱이에 해괴하게 가슴만 큰 작은 새' 라는 의미였다. 은평은 황을 비비 꼬아서 말하고 있었다. 물론 은평의 말을 황이 들었다면 매우 화를 냈겠지만 말이다.

"…그, 그런 영물도 있었던가?"

"그, 그러게 말이오."

둘 다 산해경(山海經)을 몇 번이나 읽어본 경험이 있지만 그런 이상한 이름의 영물에 대해서는 나와 있지 않았다. 구전으로 들어본 적도 없었고, 그 다른 어떤 책에서도 나와 있지 않은 영물이었다. 그런 두 사람이 머리를 긁적이자 은평은 말을 돌려 둘 앞에 약병을 들이밀었다.

"얼른 받아요. 손 떨어지겠네."

화우가 떨떠름한 표정으로 약병을 받아 들었다. 조그만 약병은 데우기라도 한 듯 후끈후끈한 열을 내뿜고 있었다.

"강한 양기를 지니고 있다고 해요. 약병이 후끈후끈하죠? 아마 일부러 병 안쪽에 처리를 해두지 않았다면 아마 약병이 폭발해 버렸을걸요?"

"…그 정도로 강한 양기란 말이오?"

원래 음양의 조화가 이루어지도록 내공을 쌓는 것이 가장 좋은 내공수련법이겠지만 양강지공 같은, 양기에 치중한 내공으로 기반을 닦은 사람에게 있어서 양의 기운을 지닌 영물의 피는 더없는 영약이 아니던가.

"…네. 물에 희석하지 않은 원액이에요. 그 정도 양을 마시면 아마 몸이 양기를 이기지 못해서 온몸이 부글부글 녹아내릴 정도일걸요?"

은평의 말에 둘 다 표정이 일그러졌다. 그 정도로 강한 양기를 지닌 영약이 과연 존재했던가. 설사 있다 해도 그 정도라면 이미 영약의 수준이 아니라 극약이 아니던가.

반신반의(半信半疑)하는 마음이었다. 그런 두 사람의 생각을 읽기라도 한 듯 은평은 코웃음을 쳤다.

"겨우 그 정도 양으로 금릉 전체를 중독시킨 음기의 영약도 있는걸요. 양기의 영약이라고 없으란 법은 없겠죠? 원래 영약하고 독약은 한 끗발 차이래요."

"…마지막으로 묻고 싶은 것이 있소."

화우가 뭔가가 떠올랐다는 듯 비장한 표정을 하고 은평을 마주 보았다.

"독을 금릉 전체에 풀어놓은 사람이 대체 누구요?"

"그러게요. 저도 그걸 좀 알았으면 좋겠네요."

은평의 대답에 화우와 헌원가진은 어처구니없다는 듯 얼굴을 잔뜩 찌푸렸다. 마치 다 알고 있다는 듯 이야기했다가 이제 와서 자신은 아무것도 몰라요— 라는 얼굴이라니. 진지한가 싶다가도 어느새 장난조로 돌아와 있는 모습에 적응이 되질 않았다.

"…아마 저에게… 경고라도 하고 싶었던 거겠죠."

은평의 중얼거림은 청력이 발달한 그 두 사람이 바로 앞에서도 제대로 듣지 못할 만큼 작았다.

"도대체 소저는 사람들의 중독 원인을 어찌 알았소? 소저가 의학에 조예가 있는 것 같진 않았는데……."

헌원가진은 은평이 이 일의 원인을 어떻게 발견할 수 있었는가를 알고 싶어하는 눈치였다. 하지만 은평은 가르쳐 줄 생각이 없는지 영 딴전만 피운다.

"또 소저라고 부르시네. 뭐, 좋아요. 맘대로 부르세요. 저도 이젠 포기할래요."

"독을 푼 흉수가 누군지는 덮어두더라도 소저께서는 이 원인을 어찌 알아내신 게요?"

순순히 물러날 기세가 아니었다. 은평은 속으로 혀를 차면서 어떻게 하면 그냥 넘어갈 수 있을까를 고민했다.

"…인이 맨 처음 이 독을 알아냈어요. 그러면서 해결 방법도 가르쳐 준 거구요."

역시 제일 좋은 방패는 인이었다. 별로 대단한 놈(?)은 아닌 것 같지만 여기 사람들은 전부 눈이 삐었는지 인이라고 하면 무슨 신을 받들어 모시듯 대하고 있었으니 말이다. 인을 갖다 붙이기만 하면 대략적인 일은 해결된달까.

"…확실히 그분이라면 알아내실 만도……."

화우는 고개를 끄덕거리며 납득하는 기색이었지만 헌원가진은 그렇지 못했다.

"한데, 천무존께서는 대체 어디를 가셨소?"

"아까 말한 치둔해괴유대소작이란 놈을 잡으러 갔지요. 그놈이 보통 영악한 게 아니라서요. 피를 얻긴 했지만 아직 부족하다나 봐요."

둘러대기, 혹은 갖다 붙이기는 선수급인 은평을 보면서 백호와 청룡은 혀를 내둘렀다. 어쩜 입술에 침 한번 안 바르고 저렇게 생글생글 웃어가며 거짓말을 할 수 있는 것일까. 어이가 없었다. 자신이 시킨 일이긴 했지만 낯빛 하나 안 바꾸는 은평이 무서워지기까지 한다.

—…그나저나, 인하고 황은 잘하고 있나 모르겠네.

[잘하고 있겠죠, 이런 중요한 순간에…….]

원래 신수는 스스로를 해할 수 없지 않던가. 황이 스스로의 피를 얻기 위해서는 몸에 상처를 내야 했는데 신수 스스로는 그리할 수 없으므로 인간의 도움이 절대적으로 필요했다. 다만 신수의 몸은 공격당하면 자연스럽게 방어막을 형성하므로 도움을 주는 인간이 상당히 강해야 한다는 전제 조건이 뒤따르긴 하지만 말이다.

*　　　*　　　*

쏴아아아아—

떨어져 내리는 커다란 물소리와 간혹 숲 쪽에서 푸드득거리는 새의 날갯짓 외엔 아무런 소리도 들리지 않는 인적이 드문 폭포였다. 폭포에서 떨어져 내린 물들이 제법 거대한 호수를 이루며 물결쳤다.

한데 아주 괴이하게도 호숫가 근처의 수풀이 둥근 원 모양으로 불타 있었다. 사람 둘 정도가 서 있을 만한 넓이로 마치 일부러 그런 모양을

낸 것마냥 둥글었고 그 면적 안의 수풀만 불타 검게 재가 되어 있는 모양새였다. 한두 개가 아니라 두서없이 여러 개가 줄줄이 이어진 것도 신기하다.

펑—!

꽤 큰 소리와 함께 무언가가 폭발하는 소리가 수풀 저편에서 울렸다.

"아야야……."

"뭘 그 정도 갖고 벌써부터 널브러지는 건가? 흐음… 보기보단 허약하네."

수풀 저편에서는 목소리도 들려왔는데 뜻밖에도 황과 인의 목소리였다.

"그 정도라니, 말이 되오? 저 모습들이 눈에 안 들어오는 게요?!"

인은 수풀에 밀쳐지듯이 주저앉은 모습으로 황에게 버럭 화를 냈다. 그리고 뒤편으로 곳곳에 펼쳐진, 둥근 모양새로 태워진 자국들을 가리켰다. 저것들이 모두 황 때문에 일어난 일이 아니던가.

"그러니까 한번에 베어야 한다고 누누이 말했잖아! 손속에 여유를 두면 오히려 그쪽이 다치거나 죽는다구."

공격을 받으면 불꽃과 강렬한 양기로 방어막이 형성되는 황의 신체적 특징(?)이 문제였다. 방어막을 뚫기 위해 인이 재차 공격을 가하면 꽤 강렬한 폭발이 일어나 주변의 수풀을 태우는 것이다. 그나마 바로 옆에 폭포와 호수가 있는지라 금방 끌 수 있었고 덕분에 둥글게 태워진 자국은 수풀 곳곳에 늘어만 가고 있었다.

"…이거 안 보이오?"

인은 옷의 소맷자락을 반 이상 태워먹은 터였다. 그가 쓰는 검이 일반적인 평범한 검이었다면 아마 벌써 절단이 나도 났을 것이다.

"그러니까 한 번에 해버리라구. 재차 공격을 펼치게 되면 방어막이 더 강화되기 때문에 나도 힘들어!"

"그 방어막 안 치게 하는 방법은 없소?"

"누차 말하지만 없.어. 동정씨. 인간들의 본능하고 똑같은 거란 말이지. 인간들도 그러잖아. 배고프면 밥을 먹어야 하고 졸리면 잠을 자야 하듯이… 우리는 다만 공격받으면 몸에서 자연스럽게 방어막을 펼칠 뿐이야."

다 좋은데 자신에 대한 호칭을 '동정씨' 라고 붙이는 황 때문에 인은 미칠 지경이었다. 자기는 뭐 좋아서 여태까지 동정으로 지낸 줄 아는가 말이다. 억울했다.

"자, 다시 한 번 공격해 보라구. 상처 내기가 그렇게 힘들어?"

…매우 힘들었다. 그것도 무척이나. 게다가 황이 뭐 보통 사람이던가. 명색이 신수라고 공격하는 순간 불꽃으로 된 격렬한 방어막이 쳐져 검을 밀쳐 내는 데다가, 밀쳐 내는 반동으로 기혈이 진탕되는 것은 물론 주변에까지 막대한 피해를 입히고 있었다. 겨우 그런 것도 못하냐는 황의 말에 인이 무시무시한 살기를 띠기 시작했다.

"흐음… 역시 물이 필요하려나……."

인의 표정에서 무시무시한 살기(?)를 읽었는지 황이 찔끔— 하는 표정으로 호수 쪽으로 고개를 돌렸다.

"검에 물을 묻혀봐. 그럼 일단 첫 공격이 수월하게 먹힐 거야."

"물? 그, 그렇지만 물을 묻히면……."

화기와 물이 상극이라는 사실을 떠올린 인의 눈가에 걱정스러움이 배어 나왔다.

"호호호, 날 지금 걱정해 주는 거야, 동정남씨? 괜찮아. 현무의 음기가 직접적으로 실린 물이 아니라면 그렇게 쉽게 상처 입진 않아."

걱정스럽던 마음이 이내 사라지려 했다. 동정남씨라니, 자기가 어딜 봐서 동정스럽게(?) 생겼단 말인가!!

인은 물가 쪽으로 성큼성큼 다가가 자신의 장검을 물속에 푹— 담갔다.

"자, 그럼……."

인이 수분을 듬뿍 머금은 검을 쳐들자 황이 소매를 걷어 올리고 옆쪽으로 팔을 뻗었다. 인의 장검이 황의 팔을 거리낌없이 베어 들어오는 순간, 검날에 송골송골 매달린 수분과 불의 방어막이 상호 작용을 일으켜 주변으로 수증기가 일었다.

"큭……."

이번 것은 조금 충격이 있었는지 황의 입술 사이로 신음이 흘러나왔다. 검날이 스쳐 지나간 자리가 붉게 달아오르고 새빨간 피가 배어 나온다. 황은 다른 손으로 품에서 조그만 약병을 하나 꺼내 피를 병 안으로 흘려 넣었다. 하지만 피가 몇 방울 약병으로 흘러내리기도 전에 상처는 스르르 아물어갔다. 대단한 회복력이었다.

"…에에… 열 번 시도 끝에 겨우 상처 냈는데 벌써 아물다니……."

황은 아쉽다는 듯 입맛을 쩍쩍 다셨다.

"자, 다시 한 번 도전!!"

하지만 이내 아무렇지도 않은 얼굴로 인을 향해 팔을 내밀었다. 인은 양미간에 깊게 그늘을 만든 채 황을 물끄러미 바라본다.

"아무렇지도 않소? 아무리 상처가 금방 회복된다지만… 자신의 팔을 검으로 내려치라고 그렇게 쉽게 팔을 내 벌리긴 쉽지 않을 텐데……."

"내가 자청한 일이잖아. 현무의 피를 중화시킬 수 있는 건 내 피밖엔 없으니까 말야. 내 반신(半身)이 이것으로 더 이상 슬퍼하지 않는다면 그걸로 족해."

항상 교태롭다거나, 아무렇지도 않게 말을 마구 내뱉는 황의 모습만을 보아오다가 저렇게 어울리지 않게 희미한 미소를 띤 모습을 보게 되자 인의 가슴속에 뭔가 짠하게 울리는 것이 있었다. 누구에게나 소중한 상대라는 건 있구나— 싶었다. 그리고 인은 다시 한 번 자신의 검을 휘둘렀다.

*　　　*　　　*

구름에라도 닿을 듯, 높은 하늘 위에서 청룡과 백호가 몸을 띄운 채 지상을 내려다보고 있었다.

"왜 보자고 했지?"

청룡은 드물게도 백호가 자신을 불러낸 이유를 물었다.

[청룡님께 여쭤보고 싶은 것이 있어서요.]

"그래? 뭔데?"

대답은 그렇게 했으되 청룡은 백호가 자신에게 물어보려는 것이 무엇인지 어렴풋이 알 것 같았다.

[어째서… 은평님입니까?]

"어째서냐니? 뭐가?"

최대한 시치미를 떼기로 작정한 청룡은 새끼손가락으로 귀를 후볐다. 얼렁뚱땅 넘겨보려는 수작이었지만 단단히 각오를 하고 나온 듯 백호는 그냥 물러설 기세가 아니었다.

[저도 계속 속일 생각이십니까?]

백호의 붉은 눈동자에 굳은 심지가 엿보였다.

[이야기해 주십시오. 은평님껜 말하지 않을 테니까요. 현무님을 죽일 상대가 은평님이라는 게 어째서인지, 단지 인간이었기 때문에 죽일 수 있는 거라면 다른 인간들도 많은데 어째서 하필 은평님입니까?]

곤란하다는 표정으로 머리를 북북 긁적이던 청룡은 혀를 찼다. 어차피 매도 먼저 맞는 게 낫다고 백호에게만이라도 털어놔 버릴까 하는 생각이 들었다.

"그거야… 은평이 선인도, 인간도 아니니까."

[예?]

"은평에겐 전부 다 말하지 않았어. 그냥 일부만을 이야기했을 뿐이지."

포기한 기색의 청룡은 어디서부터 말해야 할까 복잡한 머리 속을 정리했다. 어디선가 바람이 불어왔다. 제법 가을의 쓸쓸함이 묻어나는 바람이었다.

"그래, 너한테만이라도 전부 이야기해 두는 게 낫겠지."

한숨을 쉰 청룡은 천천히 이야기를 시작했다. 계속 알려주지 않고 자제하고 있던 이야기를…….

"뭐, 반쯤은 현무와 황에게서 들은 이야기에 내 추측을 더한 거니까. 아주 정확하다고는 할 수 없지만… 본래 기본적으로 인간은 신수를 해할 수 있는 존재야. 한데 해할 수는 있으되 보통의 평범한 인간이라면 그 능력 부족으로 신수의 몸에 털끝 하나 건드릴 수 없으니까. 반대로 선인은 신수를 공격할 수 없어. 은평은 지금 인간으로서는 한번 죽었으되, 선인으로서도 완전하지 않은 상태야. 반인반선 정도가 될까? 즉, 가장 효과적으로 신수를 해할 수 있는 상태라는 거지. 선인의 능력을 어느 정도 지니고 있으되 선인이 아니고 인간으로서도 한 번 죽었으니 인간이 아닌……."

청룡은 잠시 이야기를 멈추고 자기 자신에게 다짐하듯 한번 심호흡을 했다.

[염계의 사자가 직접 찾아와 전대 무산신녀님께 은평님을 부탁했던 이유가… 은평님이 이미 한번 죽은 사람이어서였단 말인가…….]

백호는 처음 은평을 만나기 직전의 과정을 떠올려 보았다.

"더군다나 은평은 미래에서 죽었어. 현재의 사람이 아니야."

[미래요?!]

"그래. 미래라는 건… '과거'와 '현재'의 반영이지. 시간이 아주 느린 다른 계(界)와는 달리 이곳은 시간의 진행이 가장 빨라. 그렇기 때문에 조금만 건드려도 과거나 현재에서는 아주 사소한 일이 미래에서는 커다란 일로 바뀌어 버릴 수 있는 가능성을 갖고 있는 것이고… 그런 인계의 미래를 미리 내다보고 현재에 조금 수작을 부려 올바른 미래로 갈 수 있도록 조종하는 것이 바로 천계의 일이지. 그런데 어느 날부터인가 미래가 막혀 버렸어. 아니, 막혀 버렸다는 표현보단 인계의 미래가 어디로 뻗어 나갈지 천계에서 더 이상 알 수 없게 되어버렸다는 표현이 더 어울리겠군. 너도 알다시피 나에게는 미래로 거슬러 갈 수 있는 능력이 있어. 그런데 약 육백 년이 한계였어. 그 이상은 갈 수가 없더군."

[어째서 입니까?]

백호에게는 이해가 가지 않는 말이었다. 어째서 미래를 더 이상 볼 수 없게 되버린 것일까.

"내가 미래를 돌아다녀 본 바에 따르면 약 사백 년 후부터 인계는 아주 비약적인 발전을 거듭하게 돼. 지금이 걷고 있는 상태라면 약 사백 년 후에는 달리게 되고 육백 년 후에는 날게 되었달까. 너무 빠른 인계의 성장을 염려한 나머지 천계에서 여러 가지 수작을 부려보지만 흐름을 막을 수 없었어. 그리고 결과는 인계의 미래를 더 이상 볼 수 없게 되었다로 나타났고. 육백 년 후의 인계는 변수의 작용이 너무 많아 더 이상 미래를 내다볼 수 없을 정도야."

[그것은 큰일 아닙니까?]

백호의 말에 청룡은 고개를 저었다. 청룡의 생각은 조금 달랐다.

"인계는, 아니, 이 인계에 살고 있는 인간들은 그저 단순한 꼭두각시가 아니니까 말야. 그건 인간도 마찬가지지. 모든 계를 통틀어 가장 나약하지만 동시에 가장 강력한 존재이기도 해. 인계가 점점 통제를 벗어나려 한다는 것은 어쩌면 아주 당연한 일일지도 몰라. 하지만 오랫동안 통제권을 쥐어왔던 자들은 그것을 포기하려 하지 않았어. 그래서 천계를 비롯해서 각계의 이들이 모여 통제할 방법을 찾아내려 했지. 그 방법을 찾아내던 중 이런 의견이 나오게 된 거야. 어차피 앞날을 가늠할 수 없는 인계, 이대로 가다가는 자신들의 통제권 내에서 벗어나 버릴 테니 그럴 바엔 자신들이 먼저 인계의 미래를 바꾸자고. 하지만 자신들이 직접 개입하게 되면 너무 큰 변수가 생겨 버리니까 적당한 존재를 물색했지. 하늘에서 뚝 떨어진 것 같은 그런 존재를 말야. '현재' 나 '과거' 에는 존재하지 않는… 바로 미래에서 온 존재를 말야. 그래서 선택된 것이 바로 은평이고."

반쯤은 그의 추측이 섞여 들어가 있었지만 거의 틀림없는 사실일 터였다.

[은평님이 미래에서 온 건 어떻게 아셨습니까?]

"…네가 날 현재로 부르기 전까지 난 계속 시공을 넘나들면서 미래를 헤매고 다녔어. 은평과 이야기를 해보다가 깨닫게 된 것이지만… 내가 미래에서 만났던 인간 하나가 은평의 오빠였어. 나도 그 사실을 알기 전까지는 어째서 하필이면 은평일까 생각했었어. 그걸 알고 나니 의문이 풀리더군."

[한데… 어째서 현무님은… 그 계획에 동참하시는 겁니까?]

"뭔가 주고받은 거래가 있었겠지. 일단 은평이란 꼭두각시가 생각대로 움직여 주질 않는 데다가 나라는 변수마저 나타나니 현무를 보낸 거겠고. 현무는 현무대로 죽음을 바랐으니까 은평의 손에 죽든, 거래의 대가로 천계의 이들에게 죽든… 현무의 목적은 어떻게든 은평을……."

청룡은 말을 하다 말고 침울해진 백호의 머리를 쓰다듬어 주었다.

"너무 침울해하지 마. 은평이 쓸모가 있을 때까지는 함부로 하지 않을 테니. 지금 그들의 목적은 어떻게든 인계에서 은평을 부각시키는 거야. 수많은 사람들과 얽히게 하고 변수를 작용시켜서 미래로 이어질 수많은 시공의 끈을 붙잡아 그중에서 가장 자신들이 원하는 것을 골라잡을 테지."

[함부로 하지 않는다니 조금은 안심해도 되겠네요.]

"과연 그럴까?"

청룡은 고개를 저었다. 일단 쓸모가 있을 때까지는 함부로 목숨을 취한다거나 하진 않겠지만, 그것도 어디까지나 쓸모가 있을 때까지만 이질 않는가. 게다가 은평으로 하여금 여러 갈래의 변수를 작용시켜서 자신들이 원하는 것만을 골라잡는다는 것은 수많은 변수가 모일 때까지 과거를 되풀이해서 반복해야 한다는 의미였다. 그들이 원하는 변수들을 엮도록 이미 겪었던 일을 반복해서 겪고 또 겪는, 즉 현재가 무한 반복되는 것이다.

"그들이 원하는 변수를 찾기 위해서 일정 간격의 현재가 무한 반복되는 거야. 끊기지 않는 고리마냥. 말이 쉽지, 그거 끔찍한 일이라구."

딱딱히 얼굴을 굳힌 청룡의 말에 백호는 걱정스러움이 역력한 눈으로 청룡에게 매달렸다.

[그러면 어떻게 해야 될까요?]

"…지금 너와 내가 할 수 있는 일은 어떻게든 은평을 지켜주는 것밖에 없어."

"으아아함, 피곤해."

하루 종일 쉴 틈이 없었던 은평은 어깨를 두드리며 기지개를 켰다. 몸은 그다지 지친 편이 아니었지만 정신은 노곤노곤했다. 그도 그럴 것이 하루 종일 해독약을 가지고 사방팔방으로 뛰어다녔던 것이다. 얼른 돌아가서 잠자리에 들고 싶은 마음뿐이었는데 청룡과 백호도 어딜 갔는지 보이지 않았다.

"청룡이랑 백호는 대체 어딜 갔길래 아까 나가서는 아직도 안 돌아오는 거람."

은평이 투덜거리며 주변을 두리번거렸다. 벌써 해가 뉘엿뉘엿 지는데다 바닥에는 긴 땅거미가 깔리고 있었다.

[은평니임~!!]

어디선가 백호가 자신을 부르는 소리가 들리자 은평은 주변을 두리번거렸다. 백호와 청룡이 길 저편에서 걸어오고 있었다.

[오래 기다리셨죠?]

백호가 은평의 앞까지 달려와 은평의 품에 폴짝 뛰어 안겼다. 기분 탓일까, 오늘따라 백호의 애교가 넘치는 것 같았다.

"백호, 무슨 일 있어? 왜 이래?"

자신을 바라보면서 살살 눈웃음을 치는 모습에 이놈이 뭘 잘못 먹었나— 라고 은평은 진지하게 고민했다.

"청룡, 백호랑 어딜 다녀온 거야?"

"글쎄, 어딜까나."

"뭐야, 그게."

은평은 입을 삐죽였지만 굳이 어딜 다녀왔는지를 캐묻지는 않았다.

"자, 얼른 돌아가자. 피곤해."

돌아가는 길 쪽으로 발길을 돌린 은평이 즐거운 어조로 입을 열었다.

"전해 들으니 교주씨와 맹주씨에게 건네준 게, 효과 만점이라나 봐. 벌써 털고 일어난 사람도 있다고 하네."

"다행이군."

효과가 없는 게 이상한 일이었기 때문에 청룡은 시큰둥히 답했다.

"그런데 말야. 사람들을 해독하긴 했는데 아직 근본적인 문제가 남았잖아. 정작 제일 중요한 물은 해독 못했는데."

은평의 질문에 대한 대답은 품 안에 안겨 있던 백호가 했다.

[그건 괜찮습니다. 물에는 자정 능력이 있어서 어느 정도 시간이 흐르면 부족한 양기를 자기 스스로 조절할 거예요.]

"얼마나 걸리는데?"

[음… 빠르면 이십 일 정도, 늦으면 삼십 일? 아마 그때까진 주작님의 피를 희석시킨 물을 주기적으로 마셔줘야 하겠죠.]

백호는 대답을 하면서도 은평의 얼굴을 물끄러미 올려다보며 자신의 각오를 다졌다. 무슨 일이 있더라도 은평에게 해가 되지 않게 하겠다고 말이다.

은평이 넘겨준 괴이한 이름의 영물(?)의 피는 놀라울 만큼—상상 이상으로—효과가 좋았다. 은평에게서 전해 들은 대로 물에 아주 엷게 희석시켜 병자들에게 마시게 하고 양기를 보충할 수 있는 약을 처방했는데 벌써부터 회복되어 건강해진 이가 있기도 했다. 사람마다 편차는 있었지만 빠른 속도로 괴질 증세를 털고 일어나고 있었다.

헌원가진은 상태를 상세히 듣기 위해 교언명에게 상태를 물었다.

"사람들의 상태는 어떠하오?"

"빠른 속도로 회복되고 있습니다. 이대로만 가준다면 삼 일 안에 모두 털고 일어날 것 같습니다."

그는 웃음이 절로 나는지 보기 드물게도 싱글벙글한 표정을 하고 있었고 밝은 목소리까지 띠었다.

"한데, 대체 해약을 갖고 있던 분은 누구시랍니까?"

감사의 인사를 전하고 싶다는 의지가 드러나는 얼굴로 교언명이 해약을 갖고 있었다는 사람에 대해서 물었다.

"…총관도 알고 있는 사람이라오."

"예?"

"천무존께서 알아내셨다고 들었소."

그제야 교언명은 납득했다는 표정으로 고개를 끄덕였다. 그분이라면 능히 알아내실 만도 하지라는 생각에서였다.

"한데… 내가 보기엔……."

헌원가진이 길게 말꼬리를 늘이며 궁금증을 자아냈다. 교언명은 또 다르게 해약을 발견하는 데 기여한 이가 있나 싶어 헌원가진의 다음 말을 기다렸다.

"아… 아니오, 아무것도."

무엇을 생각했는지 헌원가진은 그냥 말을 멈추었다. 교언명은 대수롭지 않게 여기고 이만 물러가겠다며 방을 나섰다. 교언명의 기척이 완전히 사라진 것을 확인하고 나자 헌원가진은 입 밖으로 소리를 내어 읊조렸다.

"천무존께서 알아냈다 했지만 아무리 봐도 거짓말을 하고 있는 것 같았는데 말이지… 대체 정체가 뭘까? 항상 데리고 다니던 백호 새끼만 봐도 한눈에 영물임을 알 수 있었거늘. 거기다가 그 청룡이란 존재는……."

문득 청룡과 백호를 연관 짓다가 둘 다 사신수의 이름이라는 것이 떠올랐다. 그러고 보니 요근래 들어서는 보이지 않지만 이무괴녀 현무라는 소녀가 사람들 사이에서 자주 회자되었음을 떠올렸다. 자신도 그 이무괴녀 현무가 펼치는 비무를 몇 번 봤었다. 셋 다 사신수의 이름이었다.

"…후후… 청룡, 백호, 현무라… 설마 하니 주작도 있는 건가?"

그는 사실을 말해 놓고도 스스로가 말한 게 사실일 리가 없다는 듯 피식 웃었다. 어쨌거나 상황이 좀 정리되면 천무존과 그 소녀 둘 다 한 번 만나봐야겠다는 생각을 했다.

"수고했어."

은평은 봉과 함께 헌혈(?) 작업을 마치고 돌아온 인의 어깨를 두드려 주었다. 인은 기진맥진한 표정으로 그 자리에 주저앉았다. 하루 종일 전력을 다해 비무를 한 것만큼이나 피곤했다. 그도 그럴 것이 어제 아침 일찍 나가서 동이 트는 지금에야 돌아왔으니 말이다. 피 뽑는(?) 작업을 한 그나 졸지에 피를 한 바가지 헌혈한 황이나 둘 다 지쳐 보이기는 마찬가지였다.

"많이도 뽑아왔네. 희석시켜서 쓸 테니까 당분간은 버틸 수 있겠군."

인과 황의 허리춤에 주렁주렁 달려 있는 작은 호리병 숫자를 세어보며 청룡이 고개를 주억거렸다.

"자자, 얼른 침상에 가서 좀 쉬어."

바닥에 주저앉아 있는 두 사람을 부축해 주려고 하는 순간, 멀리서 인기척이 들렸다. 발소리가 가벼운 것으로 보아 어느 정도 무공을 익힌 이였다. 발소리가 이내 잦아지고 문 앞에서 목소리가 울렸다.

"들어가도 돼?"

다름 아닌 난영이었다. 목소리에는 조금 흥분한 기색이 역력했다.

"에? 들어오세요."

자기 집인데 들어오느냐 마느냐를 허락받다니 왠지 우습다고 생각하며 은평은 서둘러 문을 열었다.

난영은 안으로 들어오기 전 안을 쭉 살펴보다가 어째 이곳은 올 때마다 머릿수가 나날이 늘어 있다는 생각을 잠시 해보았다.

"어쩐 일이세요?"

"아, 방금 맹에서 사람이 찾아왔는데 맹주께서 천무존께 좀 뵙고 싶다고 오실 수 있으면 급히 오시라 전하라던걸?"

그 말에 은평은 고개를 돌려 바닥에 거의 널브러지다시피 한 인을 바라보았다. '갈 수 있겠어?' 라는 눈빛을 보내보지만 인은 '만사가 다 귀찮아' 란 눈빛이었다.

"흐음… 보시다시피, 별로 가고 싶어하는 것 같지 않은데요?"

순식간에 인의 눈빛을 해석해 낸 은평이 고개를 설레설레 저었다. 난영 역시 인의 모습을 보고—어떤 모습인가 하면 지칠 대로 지쳐서 퀭해 보이는—차마 가는 게 어떻겠느냐 하는 권유를 할 마음이 들지 않았는지 알았다며 물러났다.

"알았어. 찾아온 사람에게는 내가 잘 말해 둘게."

난영이 돌아간 뒤, 은평은 잔뜩 지친 인의 앞에 앉아서 투덜거렸다.

"하여튼 요즘 젊은것들은 버릇부터가 글러먹었어. 어디서 노인네를 오라 가라야, 볼일이 있으면 자기가 직접 오면 될 것이지. 안 그래, 인?"

'그 노인네를 이리저리 우려먹고, 놀려먹고, 갈구고, 힘든 일이란 일로 부려먹는 건 대체 어디의 누구인가' 라는 깊은 고뇌의 빛이 은평을 제외한 모두의 얼굴에 스쳐 지나갔다.

"그런데 그놈이 난 왜 부르는 거야? 설마 너 또 나 팔아먹었냐?"

설마 하는 심정에 물어보았지만 괜히 시선을 슬금슬금 피하며 먼 산을 바라보는 은평의 태도를 보니 역시나 하는 기분에 한숨만 나왔다.

"청룡이 해결책을 내놓긴 했지만 청룡이 그랬다고 말하면 좀 곤란하고… 그렇다고 내가 했다고 하면 믿지도 않을 거고 괜히 귀찮아질 테니까. 네가 적격이잖아."

배시시 웃으며 '나 잘했어?' 라는 표정의 은평 모습에서 인은 한 대 때려주고 싶은 얄미움을 느꼈다.

"난 몰라. 오늘은 지쳐서 아무것도 하고 싶지 않아."

허리 아픈 노인네 포즈로 구부정하게 일어선 인은 허리를 두들기며 자신의 거처 쪽으로 발걸음을 돌렸다.

상황이 조금 진정되고, 사람들이 중독에서 벗어나자 많은 이들은 어째서 이런 사태가 일어났는가 하는 원인을 궁금해하기 시작했다. 갖가지 억측이 나돌았지만 정작 해약을 구해온 맹주와 교주는 조개처럼 입을 꾹 다물고 이렇다 저렇다 말을 해주지 않았다. 상황이 이리되니 사람들 사이에서는 여러 가지 추측만이 난무할 뿐이었다. 그중 사람들로부터 가장 지지를 얻고 있는 것은 배교의 소행이라는 것이었다.

"…정말로 배교의 소행일까?"

화우가 자신도 모르게 중얼거린 말에 같은 방 안에 있던 사람들 모두 화우의 얼굴을 빤히 바라보았다.

"형님, 그게 무슨 말씀이십니까?"

빠른 속도로 몸 상태가 좋아진 운향이 약간 낮아진 목소리로 물어보았다.

"…내가 뭐라고 말했더냐?"

화우는 자신이 입 밖으로 중얼거린 것을 미처 깨닫지 못한 듯했다.

"방금 '정말로 배교의 소행일까' 라고 중얼거리셨습니다."

"그렇군."

화우는 난처하다는 듯 쓴웃음을 지었다. 아무래도 자신이 너무 골똘히 생각에 빠져 있던 모양이었다. 입 밖으로 말을 꺼냈는지조차도 인지하지 못할 정도라니.

"단, 그렇다면 단의 생각은 중추절의 그 사태가 배교의 소행이 아니라는 건가요?"

능파의 말에 화우는 은근슬쩍 웃으면서 넘어가려 했으나, 모두의 시선이 자신에게 쏠려 있음을 깨닫고 순순히 넘어가기는 글렀다는 생각에 머리를 긁적였다. 자신의 생각을 말해야 할까, 아니면 그냥 모른 척 넘어가야 할까.

"확실히 말씀해 주십시오."

백발문사까지 나서서 말을 재촉한다.

"그저 내 생각이고 직감일 뿐 확실한 것은 아니지만 배교의 짓은 아닌 것 같군."

은평에게 '중독은 되지만 사람이 죽지는 않는다' 라는 말을 듣고 깨닫게 된 것이었다. 정말로 배교의 짓이라면 확실하게 사람을 죽일 수 있는 맹독을 쓰겠지, 절대로 사람이 죽지 않는 것을 쓸까.

"…해약을 얻어오면서 들은 말인데 사람은 절대 죽지 않는다는군, 고통스럽긴 하겠지만. 정말로 그들의 짓이라면 죽지 않는 독을 쓸 이유가 뭐가 있지? 또 한 가지, 지금 배교 쪽에서는 별다른 움직임이 없잖아. 정말로 배교의 짓이라면 사람들이 혼란스러운 와중을 틈타 쳐들어왔을 거야."

화우는 머리를 긁적였다.

"사람들은 배교의 소행이라 떠들고 다니던데요."

운향의 어조는 어디까지나 조심스러웠다. 아무리 막 나가는(?) 그라도 배교의 문제는 민감한 사안인 모양이다.

"왜 그러지?"

조금 멍해 보이는 눈을 한 능파를 보며 화우가 걱정의 빛을 띠었다. 면사 밖으로도 확연히 드러나는 표정이 어쩐지 능파답지 않다고 생각했다.

"아무것도… 아니에요."

능파는 자기 나름대로 이번 일의 범인을 떠올려 보았다가 이내 생각을 접었다.

43
미 끼

"크크크! 배교의 짓이라? 단단히 착각들을 하고 있군. 그깟 버러지 같은 것들이 무에 쓸모가 있어서 중독을 시키기까지 한단 말인가. 아니 그러한가? 크크."

무엇이 그리 재미있는 것일까, 황보영은 대소를 터뜨렸다. 배교가 뭐가 모자라서 그런 짓을 한단 말인가. 그런 어이없는 말을 떠들어대는 이들에게 고소를 금할 수 없었다. 자신이 아는 배교의 교주라면 절대 그렇게 하지 않을 것이 분명했기에. 우스워서 견딜 수 없다는 듯 그렇게 한참을 웃은 그는 갑자기 웃음을 딱 멈추고 막리가를 응시했다.

"이제 슬슬 이번 일도 잠잠해져 가는데 연학림주, 당신의 제자는 어찌할 셈이오?"

막리가의 말은 황보영이 물은 그 말에 대한 대답은 아니었지만 그는 무언가 대답을 기대한 것은 아니었던 듯 이내 말을 다시 이었다.

"어차피 그놈은 자기 혼자서 잘 빠져나올 터. 난 무엇보다도 맹의 놈들 뒤통수를 치고 싶은 것뿐이라네."

자신의 제자에 대한 강한 믿음일까, 아니면 자신의 제자가 어찌 된 것보다는 자신의 자존심이 다친 것만 신경이 쓰인다는 것일까. 저자에게 충성한 대가가 고작 저것이라면… 아리송한 의문을 가진 막리가의 얼굴에 희미하게 제갈묘진에 대한 동정을 떠올랐다.

"자네의 세력은 이동 중이겠군?"

"그렇소. 일단 중원 안으로 들어오면 소식을 보낸다 하였소. 조만간 소식이 있을 것이오."

"그렇다면 슬슬 일을 진행시킬 때로군."

쩔그렁—!

묵직한 소리와 함께 황보영의 널따란 장포 소매에서 무언가가 떨어져 탁자 위를 나뒹굴었다. 손바닥만한 목갑이었다. 목갑 사이로 청아한 향기가 흘러나와 방을 가득 메웠다.

"…이게 무엇이오?"

막리가는 손끝으로 조심스럽게 목갑을 쓸었다. 청아하면서도 폐부를 시원하게 뚫는 듯한 향기가 매우 맘에 들었다.

"열어보시게."

막리가가 목갑을 열자 방금 전과는 비교도 안 될 정도로 강한 향이 주변으로 확 퍼져 나갔다. 목갑 안에는 새끼손가락만한 삼(蔘)이 여러 개 자리 잡고 있었다. 삼의 아래에는 푸릇푸릇 푸릇한 이끼가 폭신하게 듬뿍 깔려 있었다.

"이게 무엇이오?"

사막에서 나고 자란 막리가에게는 이것이 어떤 영약 같다는 것은 미루어 짐작해 볼 수 있겠지만 이름은 자세히 알기 어려웠다.

"자엽설련삼(紫葉薛蓮蔘)이라는 것일세."

황보영은 자신의 흰 수염을 쓰다듬으며 그것의 이름을 말했다. 자엽이라는 말에 막리가는 다시 한 번 목갑 안을 들여다보았다. 그러고 보니 새끼손가락만한 삼에는 푸릇푸릇 작은 줄기가 돋아나 있었는데 그 줄기와 잎사귀가 연한 자색을 띠고 있었다.

"원래 자엽설련삼이란 것은 한 개만 먹어서는 소용이 없지. 두 개를 한꺼번에 같이 복용해야 진정한 효력이 나는 것일세. 자엽설련삼은 나기도 여러 개가 한꺼번에 같이 나는 경우와 한 개만 달랑 나는 경우로 유명하지. 두 개를 같이 먹으면 한번에 이 갑자의 공력이 생긴다는 진귀한 영약일세."

막리가는 황보영의 진의를 파악할 수 없어 대답 없이 담담히 그가 하는 말을 듣고만 있었다.

"그래서 이 귀한 것을 어찌하실 셈이오?"

포달랍궁의 주변은 온통 사막인지라 영약을 구하기가 중원보다 힘이 든다. 게다가 무인으로서 영약이 탐이 나지 않는다면 거짓말일 것이다.

"…어차피 무림대전이란 것은 유명하지도 않은 떨거지들이 자신을 드러내기 위해 발버둥 치는 장소일 뿐이라네. 그런 것들을 건드려 봐야 뭐 하는가. 그리고 자네의 세력이 옥문관을 넘어오기 위해서는 당분간 무림인들의 시선을 끌 미끼가 필요하질 않겠는가."

"이것을 지금 미끼로… 쓰겠다는 말이오?"

황보영은 눈을 둥글게 말아 웃으며 고개를 끄덕였다.

"영약과 값진 기친이보(奇珍異寶)만큼 무림인들을 매혹시키는 것도 없는 법일세. 오죽하면 은거한 기인들마저 은거를 깨고 강호에 나오지 않던가."

막리가는 손에 들려 있던 목갑의 뚜껑을 다시 닫고 황보영의 앞으로 밀어놓았다.

"그래서 이것을 어찌할 작정이오?"

"두 개씩 짝을 지어 뿌려야지. 적당한 놈을 물색해서 손에 쥐어준 뒤, 소문을 살짝 흘리면 일은 시간문제일세. 원래 입이라는 것은 천마행공(天馬行空)만큼이나 빠른 법이거든."

* * *

말도 많고 탈도 많았던 중추절을 기점으로 무림대전이 끝나려 하고 있었다. 중독되었던 사람들도 거의 제대로 돌아왔고 말이다. 여전히 범인의 윤곽이 드러나지 않아 호사가들의 의견이 분분하다는 것은 논외로 두더라도… 며칠 되지 않아 금릉은 제법 평온한 모습들을 되찾아 가고 있었다. 다행이랄까, 불행이랄까.

"평온하네."

한껏 감상에 젖은 은평의 말에 청룡이 옆에서 일침을 놓는다.

"응, 어디까지나 겉만."

자신의 감상을 무참히 깨뜨려 놓은 청룡을 은평이 노려봤으나 청룡은 뒤집 개가 짖나 하는 표정으로 딴청을 피웠다.

"너무 평온해서 이상할 정도로군. 오후에는 그… 무림대전인지 뭔지가 끝난다지?"

은평의 눈초리가 점점 가늘어지는 것을 본 인이 둘의 대화에 끼어들었다.

"끝나든 말든 내가 제일 걱정인 건 현무가 다음번에는 어떤 식으로 우리의 허를 찔러올 것인가야."

청룡은 한숨을 쉬었다. 현무가 본인이 아니라 인간을 통해 일을 꾸민다면 정말 감당하기가 힘들어질 것이 불을 보듯 뻔했다. 청룡의 걱정에 비하면 은평은 비교적 태평스러워 보였다. 뭐, 좋게 말하면 초연하다라고도 할 수 있겠지만 은평의 성격을 익히 아는 바 아무리 봐도 '될 대로 되라' 인 것처럼 보여서 사뭇 두려워지기까지 한다.

"심심해 죽겠는데 폐회식하는 거 구경이나 갈까?"

"아서라, 괜히 나서서 일 만들지 말고 제발 처박혀 있으라고 내가 몇 번이나 말했지!"

"그냥 멀리서 보는 것 정도야 괜찮잖아."

은평이 조르기 시작했다. 어지간히 따분했던 모양인지라 인은 그 모습이 조금 딱하게 느껴졌다.

"좀 봐주지 그래? 사람들의 눈이 닿지 않는 곳에서 보는 거야 별 상관 없잖겠어?"

인의 편들기에 청룡은 한숨만 푹푹 쉬었다. 어쩌면 하나같이 느슨한지… 은평, 재는 위기감도 안 드나 하는 생각이 몰려왔다.

"그래, 그래. 니들 맘대로 해라, 해. 대신… 큰일 만들지 말고 어지간하면 조용한 곳에서 사람들 눈에 안 띄게 조용히 구경하다 오라구."

청룡의 말에 눈에 띄게 표정에 화색이 돈 은평은 곁에서 꾸벅꾸벅 졸고 있던 백호를 안아 들고 금방이라도 밖으로 뛰어나갈 기세였다. 청룡이 인에게 눈짓하자 인이 알았다는 듯 은평을 따라나설 채비를 한다. 백호도 가고 인도 가니 큰일은 벌이지 않을 것이다. 저 둘은 최소한의 고삐랄까. 은평이라는 망아지를 죄어줄 고삐 말이다.

"흐음… 너 너무 무른 거 아냐?"

천장에서 지면으로 갑자기 착지해 청룡의 눈앞에 나타난 황을 보며 청룡은 투덜거렸다.

"니가 박쥐냐? 왜 허구한 날 천장에 매달려 있다가 아래로 떨어지는 거냐?"

"박쥐는 아니지만 새 종류(?)인 건 맞잖아."

"그래, 너 잘났다."

헌혈(?)을 한 휴우증은 벗어났는지 황의 얼굴에선 훨씬 생기가 돌았다. 며칠간 피를 잔뜩 뽑아댄 여파로 끙끙 앓아 눕더니 말이다.

"뭐, 백호도 딸려보냈으니 큰일이야 없겠지. 그리고 사실… 미끼를 한번 던진다고도 볼 수 있어. 내가 은평을 꼼짝 않고 묶어두고 있는 것을 현무도 알 텐데 아무런 움직임이 없는 게 이상해서 말야. 무슨 꿍꿍이속인지 원."

한편, 밖으로 나선 은평은 절로 입가에서 휘파람이 불어지는지 알 수 없는 음을 흥얼거리고 있었다.

"그렇게 좋냐?"

인은 이럴 줄 알았으면 진작에 은평 편 좀 들어서 밖에 나오도록 해줄 걸 그랬나 하는 생각이 들었다.

"응, 당연하지. 인은 노인네라 골방에만 틀어박혀 있어도 좋을지 모르겠지만, 난 젊디젊은 십대잖아."

"그게 골방이었냐? 요즘 골방은 참 넓어졌구먼."

가득 들어찬 가구만 밖으로 뺀다면 뜀박질을 해도 될 넓이의 거처를 떠올린 인은 헛웃음을 지었다.

"말꼬리 잡지 마. 따지자면 그렇다는 거지. 쪼잔하기가 꼭 노인네 같다니까. 아참, 노인네 맞지."

인은 은평이 말끝마다 노인네 노인네 하는 게 영 거슬렸다.

"그래, 나 노인네다! 뭐 보태준 거 있어? 맨날 노인네 노인네 하면서 왜 넌 노인 공경(?)을 하나도 안 하는 건데?"

"어머, 인정했네? 자기가 노인네라는 거!"

티격태격하는 둘은 전혀 인지하지 못하고 있었다. 둘이 상당히 눈에 잘 띈다는 것을 말이다. 사실 인은 얼굴의 엷은 흉터 자국을 제외하고는 별다를 것 없는 평범한 떠돌이 무사로 보였지만 은평의 경우는… 데리고 있는 백호부터가 눈에 뜨이는 데다가 머리부터 발끝까지 난영이 보내준 고급스런 취향의 것들로 휘감고 있었다. 설사 은평의 생김새가 아주 평범했다 치더라도 눈에 뜨일 수밖에 없는 것이다.

"…꾸역꾸역 사람들이 여전히 많네."

은평은 맹 쪽으로 무기를 소지한 이들이 우르르 몰려가는 것을 보며 혀를 찼다.

"그런데 뭔가 분위기가 이상해."

알 수 없는 어수선함이 사람들 사이에 팽배했다. 단지 무림대전이 끝나서라고 하기에는 이상할 정도랄까.

"무슨 일이라도 있나?"

[정말 이상하군요. 사람들 사이에서 알 수 없는 사기가 느껴집니다. 무언가를 강렬히 원하는 탐욕이에요.]

얌전히 은평의 품에 안겨 있던 백호가 주변의 이상한 기운을 알아챈 듯 고개를 빳빳이 쳐들었다. 주변에 팽배한 알 수 없는 기운에 등골이 서늘해졌다.

인은 애써 어수선한 분위기를 무시했다. 분위기야 어떻든 자신과는 이제 상관없는 일이다. 자신에게 있어서 지금 제일 중요한 것은 은평이었고, 제일 신경 쓰고 있는 것은 은평을 보호해 주는 일이다. 골치 아프고 어지러운 강호 일에 끼어들고 싶지도, 관여하고 싶지도 않았다.

"그게 정말인가?"

"아, 그렇다니까. 지금 저런 걸 유유자적 보고 있을 때가 아니야. 한시라도 빨리 유리한 고지를 선점하려면……."

"그래, 그렇군."

뭐랄까… 사람들이 전부 삼삼오오 짝을 지어 있거나 홀홀 단신으로 이리저리 어지럽게 오고 간다. 방향이 아직 맹 쪽인 사람들도 있었고 맹과는 전혀 반대 방향으로 가는 사람도 있었다. 청력을 조금 돋워 주변 사람들의 말을 들어보던 인은 불길한 예감이 부글부글 끓어오름을 느꼈다.

인과 은평이 마침내 맹에 도착했을 땐, 맹은 사람들이 빠져나가고 있어 소란스러운 분위기였다. 아직 폐회식이 시작하지도 않았는데… 정말 이상한 일이었다. 맹의 사람들도 폐회식을 준비한다기보단 그런 것 따위 어찌 되도 상관없다라는 분위기였다.

"정말 이상한걸?"

흥이 깨져 버린 은평은 그 반동으로 호기심이 무럭무럭 피어올랐다.

"아무래도 알아봐야겠어."

"어쩌려고?"

대뜸 어디론가 가려는 은평의 옷소매를 꽉 붙든 인이 인상을 구겼다. 함부로 행동하게 놔두어선 안 된다고 청룡의 당부를 들었다. 귀에 딱지가 앉을 정도로 말이다.

"사람들이 왜 이러는지 궁금하지 않아?"

"궁금한 것보다 너 막는 게 먼저야. 함부로 나서지 말란 말을 청룡에게 누누이 들어놓고 또 나서려고 드냐?"

인의 말에 은평이 해죽 웃었다. 무언가를 꾸미고 있는 것이 분명한, 그런 음흉한(?) 미소였다.

"내가 직접 안 나서면 되지. 이런 일은 윗대가리 붙잡고 물어보는 게 최고라니까."

그러면서 은평은 인을 향해서 손끝으로 콕 찍어 가리켰다.

"내가 굳이 나설 것 있겠어? 인이 나서면 되잖아."

인은 불안하던 예감이 맞아떨어진 것을 깨닫고 고개를 푹 수그렸다. 어쩐지 자신은 은평에게 있어서 부려먹기 좋은 딱갈이 정도밖에는 되지 않는 게 아닐까 하는 생각이 들었다.

"인이 가서 물어봐. 너한테라면 술술 대답해 주겠지."

"예, 예. 분부대로 합죠."

인은 대꾸할 기운도 없어서 조용히 은평이 시키는 대로 물어보기 위해 '윗대가리' 를 찾아 맹 내로 들어갔다. 물론 그 뒤를 은평이 조용히 뒤따랐음은 말할 것도 없다.

"천무존께서 여긴 어쩐 일이십니까?"

맹 내를 바삐 돌아다니고 있던 교언명이 인을 발견하고 공손하게 말을 걸어왔다. 교언명의 태도에는 경외심과 더불어 그의 눈에는 한없는 존경의 빛이 떠오르고 있었지만 인은 그걸 아는지, 모르는지 퉁명스런 태도로 일관했다.

"맹주는 어디에 있는가?"

"예? 아… 맹주께서는 지금 집무실에 계실 것입니다."

"고맙네."

전혀 고맙지 않은 태도로 척척척 걸어가는 인의 뒷모습을 멍하니 바라보고 있던 교언명은 그 뒤를 졸졸 따르고 있는 은평을 보고 고개를 설레설레 저었다. 가뜩이나 강호가 뒤숭숭한 판에 천무존의 기분이 나쁘다니 무슨 일일까.

"안에 있는가? 좀 들어가겠네."

몇 번 와본 탓에 쉽게 맹주의 집무실을 찾아낸 인은 문 앞에 서서 인기척을 냈다. 사실 여기 오면서 계속 인기척을 내고 있었으므로 자신이 온 것을 맹주 역시 알 것이라 생각했다.

"천무존이 아니십니까? 어서 오시지요."

공손한 태도로 황급히 문을 연 헌원가진은 인과 그 뒤에 서 있는 은평을 안으로 맞아들였다. 은평 역시 언젠가 한번 와본 적이 있는 익숙한 방의 풍경이 눈에 들어왔다. 희미하게 주변 공기에 배어 있는 묵향으로 보아 무언가를 작성하고 있었던 것 같았다.

"뭘 좀 물어보러 왔네."

인은 단도직입적으로 용건을 꺼냈다.

"일단 앉으시지요. 소저께서도……."

인과 은평에게 앉을 것을 권한 그는 무슨 일이냐는 태도로 가만히 천무존의 다음 말을 기다렸다.

"강호가 뒤숭숭해 보이던데… 게다가 아무리 오늘이 무림대전의 폐회식이라 하지만 벌써 반수 이상이 금릉을 벗어나고 있는 것 같고. 대체 무슨 일인가?"

"…아직 못 들으셨습니까?"

의외라는 듯 헌원가진이 한숨을 쉬었다. 무슨 일이 있기는 있는 모양이었다.

"귀동냥으로 얻어들으려면야 얻어들을 수 있겠지만, 어중이떠중이들이 떠드는 것을 믿을 수야 없지. 자네라면 확실하게 알고 있을 것 같아서 말일세."

"…지금 아직 소문에 불과합니다만, 자엽설련삼이 강호에 등장한 것 같습니다. 그것도 한두 개가 아닌 여러 쌍이 한꺼번에 말입니다."

인은 자엽설련삼에 대한 것을 떠올려 보았다. 보통 영약이 아닌 것이 바로 이 자엽설련삼이었다. 특징적인 것이라면 한자리에서 여러 개가 날 수도 단 하나만이 날 수도 있다.

"자엽설련삼이란 게 뭐야?"

묵묵히 듣고 있던 은평이 인의 옆구리를 쿡 찌르며 질문을 던져 왔다.

"…그것은 제가 설명해 드리겠소. 자엽설련삼이라 하는 것은 일종의 영약인데 줄기와 잎사귀가 자색의 빛을 띤다고 전해지오. 처음 자랄 때는 일반 삼의 반 정도 되는 크기였다가 무르익으면 대략 새끼손가락만한 크기로 줄어든다 하오. 한자리에서 한 개가 나기도, 혹은 여러 개가 한꺼번에 나기도 하는데 자엽설련삼의 종류는 두 가지가 있소. 양의 기운을 띤 것과 음의 기운을 띤 것인데 일반적인 무공을 익히는 이라면 이 한 쌍을 같이 복용해야 이 갑자의 내공이 상승하는 효과를 볼 수 있다 하오. 하나 만약… 자신의 내공이 양이라던가 음 어느 한쪽으로 치우쳐져 있는 경우는 그 성질에 맞는 것 하나만 먹어도 효력은 볼 수 있다 들었소."

은평은 별 감흥을 느끼지 못하겠는지 별 반응이 없었다. 그냥 그런갑다 하는 시큰둥한 태도랄까.

"그래서… 사람들이 모두 그 자엽설련삼을 쫓고 있다 이 말인가?"

"예. 그래서 폐회식도 하기 전에 벌써부터 금릉을 빠져나가 소문의 진원지를 찾아 사람들이 이동하고 있습니다. 한데 같은 자리에서 나타난 것이 아니라 여러 개가 각기 다른 지역에서 나온 터라… 사람들이 갈팡질팡하고 있는 듯합니다. 오늘 아침부터 돌기 시작한 소문인지라 맹 내에서도 아직 정확한 것은 파악하지 못했습니다. 소문이 나기 시작한 곳으로 사람을 보내볼까 합니다만……."

인은 고개를 끄덕였다. 그 정도의 영약이라면 강호인들이 흥분하는 것도 당연했다. 아마도 은거했던 기인들 중에서도 자엽설련삼을 노리고 강호출도를 하는 이들이 있을지도 모를 일이다. 한데 마음에 걸리는 것이라면…….

"…꼭 전 강호인을 상대로 누군가가 강태공 짓을 하는 것 같구먼."

인의 말에 은평이 고개를 갸웃거렸다.

"미끼란 말야?"

"당연히 미끼겠지. 한두 개도 아니고 여러 개가 각기 다른 장소에서 출현하기가 쉬울 것 같아? 분명히 누군가가 뒷공작을 하는 거겠지."

인과 은평의 대화를 가만히 듣고 있던 헌원가진은 인에게 아무렇지도 않게 하대를 하는 은평을 잠시 감탄 어린(?) 눈길로 쳐다보았다.

"그래서… 천무존께 감히 부탁 하나 드릴까 합니다만."

헌원가진의 표정에서 무언가 심상치 않은 것을 읽어 내린 인은 아차 싶었다. 어쩐지 괜히 찾아와서 발목을 잡힌 기분이 들었기 때문이다.

"천무존께서 맹의 대표로 자엽설련삼들을 찾아봐 주셨으면 합니다. 그것을 차지하기 위해 특히 세외에서 중원을 넘보고 있는 이런 시기에 강호동도들끼리 피를 보는 일이 있어서야 되겠습니까. 그런 일은 최대한 막아야 한다는 것이 제 생각입니다. 맹의 지부가 항주에도 있지만 지부의 영향력으로는 영약를 차지하려고 혈안이 된 자들을 진정시키지 못할 것입니다. 상황을 살펴주시고 맹의 지부에서 영약을 거두어들임과 동시에 사람들을 진정시킬 수 있도록 도와주셨으면 합니다."

인은 한마디로 딱 잘라 거절하려 했다. 무엇보다도 귀찮았고 자신은 은평의 옆을 떠날 수도 없거니와 떠나기도 싫었다. 한데, 자신의 옆구리를 쿡 찔러오는 손이 있었다. 은평이 생글생글 웃으면서 '하고 싶어' 라는 눈짓을 해왔다. 하지만 거기에 굴할쏘냐, 인은 꿋꿋이 자신의 생각대로 강행했다.

"미안하지만 그건 어렵겠네."

헌원가진은 거절의 말을 들었지만 빙긋이 웃을 뿐이었다. 무슨 생각을 하는 건지 이번에는 표적을 돌려 인이 아닌 은평을 공략하기 시작했다. 인의 약점을 잡았달까? 인을 공략하려면 은평을 잘 구워삶으면 된다라는 공식을 깨달은 듯했다.

"소저의 생각은 어떠십니까?"

"에? 저야 뭐… 인이 갔으면 좋겠는데. 사실 재밌을 것 같아서 따라가 보고도 싶고."

역시나 하는 생각에 인은 뒷골이 당겨옴을 느꼈다.

"절대 안 돼!"

"왜! 그냥 난 너 따라서 가는 것뿐이라니까. 일은 인 혼자 다 하고 난 강 건너 불구경만 할게."

말이 쉽지 정말로 그렇게 했다간 자신은 청룡에게 살해당할지도 모를 일이다.

"청룡한테 허락은 받았어? 청룡한테는 너 뭐라고 말할 거야? 게다가 하루 이틀 만에 끝날 일도 아니고."

[은평님 절대 안 돼요! 청룡님이 아시면…….]

백호까지 나서서 은평을 말렸지만 은평은 물러서지 않았다. 자기 하고 싶은 대로 하겠다는 의지가 두 눈 가득 깃들어 있었다.

"괜찮아, 괜찮아. 청룡한테는 내가 말할게."

인과 은평의 대화를 가만히 듣던 헌원가진은 슬슬 승기와 주도권이 은평에게로 넘어가는 것이 보이자 슬그머니 나섰다.

"그럼 천무존께서 허락하신 걸로 알고 일을 진행시키도록 하겠습니다."

"자, 잠깐!"

인이 헌원가진에게 아니라고 말을 하려 했지만 은평이 그 앞을 가로막고 나서 일을 진행시켜 버렸다.

"네, 그렇게 해주세요."

"안 된다니까!!"

뒤에서 인이 거의 울부짖듯이 절규(?)했지만 이미 부질없는 짓이었다.

제정신이 아닌 인의 목덜미를 잡아끌고 맹을 나서는 은평은 문득 등골이 오싹해짐을 깨닫고 뒤를 돌아보았다.

"꽥!!"

은평이 이상한 소리를 내는 것이 이상해서 인이 고개를 들어보니 조금 떨어진 곳에 백의를 입은 미소년이 서 있었다. 관옥과도 같은 유려한 생김새였지만 자신들을 바라보는 눈빛이 마치 며칠 굶었다가 먹음직스런 사냥감을 발견한 맹수와도 같았다.

"저놈은 눈빛이 왜 저렇게 불순해?"

인이 중얼거리는 틈을 타서 소년이 천천히 둘에게로 다가왔다.

"뭐, 뭐야! 네가 여기 왜 있어?! 훠이, 훠이! 저리가!!"

'네 두개골을 갖고 싶어' 라며 쫓아다녔던 지난번의 악몽이 떠오른 은평은 안색이 창백하게 변했다.

"걱정 마, 네 두개골을 받으러 온 건 아니니."

"누가 주기나 한데?!"

그랬다. 소년은 다름 아닌 운향이었다. 운향은 은평을 보고 코웃음을 치더니 이내 획 돌아섰다. 운향의 뒤에는 다름 아닌 화우가 멀뚱멀뚱 서 있었다.

"얼레, 고주씨네."

화우도 은평을 발견한 듯 이쪽을 향해 슬며시 미소 짓고 있었다. 화우는 은평의 뒤에 서 있던 인을 보고 살짝 목례했다.

"여긴 어쩐 일로……."

"폐회식인지 뭔지를 보러 놀러 왔는데 사람들도 다 빠져나가고 재미없어서 돌아가려던 참이었어요."

화우는 쭈뼛거리더니 겨우겨우 입을 열었다.

"오늘 돌아가는데… 마, 만약에 기회가 되면 마교를 한번 찾아와 주시면 고, 고, 고맙겠소."

귓불까지 빨개진 채 말하는 화우의 모습에 은평은 실소를 터뜨렸다. 생긴 건 그렇지 않으면서 하는 짓은 영 숙맥이다.

"네, 그럴게요. 기회가 닿는다면요."

마교라고 하면 왠지 사이비 종교의 이미지가 강한 은평은 별로 내키진 않았지만 화우의 모습이 하도 간절해 보여 그러마 하고 승낙했다.

"…정말이오?!"

화우의 얼굴이 놀랄 만큼 빨리 화색을 띠기 시작했다.

"그런데… 마교는 어디에 있어요?"

"마교야 태산에 있겠지."

뒤에서 보고 있던 인이 아니꼽다는 듯 둘의 대화를 막았다. 화우를 바라보는 인의 눈에는 어린것이 건방지다라는 눈빛이 섞여 있었다.

"얼른 가자."

인은 은평의 손목을 질질 잡아끌었다.

"그럼 다음에 봐요."

은평은 멍해져 있는 화우를 향해 손 한 번 흔들어주고 인을 따라 종종걸음을 떼어놓았다.

"그래서?!"

[…그래서가 뭐가 그래섭니까. 결국은 은평님 뜻대로 되고야 말았죠.]

돌아온 백호에게 나가서 있었던 일에 대한 보고를 받은 청룡은 금방이라도 머리를 붙잡고 쓰러질 듯한 표정이었다. 그 옆에서 은평은 생글생글 웃고 있고 인은 면목없다는 표정—다른 말로 표현하자면 세상 다 산 표정—으로 죄인마냥 고개를 푹 숙이고 있었다.

"거봐, 내가 그랬잖아. 넌 너무 무르다니까."

황이 혀를 차며 청룡을 탓했다. 자신이 청룡이라면 저렇게 무르게 대하지는 않을 터였다. 원래 무르게 대하면 대할수록 머리끝까지 기어오르는 게 어린것들이다.

"어쩔 거야, 너?!"

"내가 뭐 죽을죄라도 지었어? 왜 갇혀 있어야 되는데?! 정 그렇게 걱정되면 여기 있는 우리 모두 가자."

은평의 말에 의외로 황이 동조를 했다. 계속 여기서만 머무르려니 좀이 쑤시던 차였기 때문이다.

"호, 그거 좋은데? 발육부진 꼬맹이가 웬일로 머리 좀 굴렸네?"

"나하고 백호, 인, 청룡, 그리고 황 모두 가면 되잖아. 얌전히 있을게. 어차피 일이야 인이 전부 알아서 할. 테.고."

은평의 의견에 동조한 황이 옆에서 청룡을 설득하기 시작했다. 여기 있으면 얼마나 따분한지 아느냐부터 시작해서 일단 현무도 움직임이 없고 하니 그럴 바엔 차라리 우리가 좀 움직이면 현무로부터도 반응이 있지 않을까라고 말이다. 조금 고심하는 듯하던 청룡은 모두의 눈이 자신에게 쏠려 있음을 깨닫고 헛기침을 했다.

"흠흠… 뭐, 하는 수 없군. 처박혀 있는다고 일이 해결되진 않을 테니. 그럼 은평 말대로 해볼까?"

"정말?!"

"호호호, 뭐 잘됐어. 오랜만에 바람 좀 쐬자구."

은평과 황이 금방이라도 날아오를 듯 좋아하는 모습을 보며 청룡과 인은 어깨를 으쓱해 보일 따름이었다.

"무슨 일로 부르셨소?"

오랜만에 맹주에게 호출을 당한 잔월비선은 현재 맹주와 마주 앉아 있는 상태였다. 요즘 강호가 뒤숭숭한 일 때문에 이것저것 할 일이 많아 제법 바쁘다.

"단주께 일을 하나 맡겨도 되겠소?"

"……."

맹주가 무슨 말을 하려는가 해서 잔월비선은 대답 대신 잠자코 듣고 있었다.

"잔월비선께서는 잔영문의 문주라는 직책도 갖고 계신다 알고 있소. 그 잔영문의 힘을 조금 빌릴 수 있겠소?"

"어찌 빌려 드리면 되오?"

잔월비선은 마침 따분하던 차에 잘됐다 싶었다. 맹주의 다음 말을 기다리는데 맹주로부터 매우 뜻밖의 말이 나왔다.

"…단주의 세력을 황궁에 잠입시킬 수 있겠소?"

황궁이란 말에 잔월비선은 잠시 멍한 표정을 지었다. 지금 황궁이라 했는가? 그리고 잠시 뒤, 잔월비선은 박장대소를 터뜨렸다.

"황궁? 푸하하하… 지, 지금 황궁이라 하셨소?"

비웃는 기색은 느껴지지 않았지만 잔월비선이 갑자기 영문 모를 웃음을 터뜨리자 헌원가진은 조금 기분이 상한 듯 목소리가 약간 낮아졌다.

"그렇소."

"큭큭큭큭… 자, 잠입… 그거야 뭐 어렵지 않소."

간신히 웃음을 멈춘 잔월비선은 하도 웃어서 눈가에 눈물까지 맺혀 있는 상태였다. 하필이면 왜 황궁이란 말인가. 사실 잠입이라기보단 귀가(?)가 맞는 표현이겠지만… 어쨌거나 맹주의 청을 받아들이기로 마음먹었다.

"한데 잠입은 시켜서 어쩌려고 그러시오? 황제 암살이라도 하실 셈이신가?"

"…황궁의 동태를 살펴봐 달라는 것뿐이오. 사실 관(官)과 무림은 서로에 대해 관여치 않는 것이 불문율이라지만 그것도 어디까지나 평화로울 때의 이야기이고. 만약 세외가 중원을 넘보고 있을 때라면 문제가 다르지 않소? 할 수만 있다면 만약에 그럴 상황을 대비해 황궁과도 연계를 맺어두고 싶은데 동태를 알 수 없으니 답답하구려."

"뭐… 한번 힘써보리다."

꽤 오랜만에 집에 돌아가게 생겼다는 생각이 든 잔월비선은 절로 웃음이 나왔다. 지겹다고 생각했던 황궁 생활이 조금은 그리워지고 있었다.

"잠입(?)은 본인이 직접 하겠소. 그래도 되겠소?"

"…단주께서 직접……?"

잔월비선의 말이 뜻밖이라는 듯 헌원가진은 놀라 눈을 동그랗게 떴다.

"그렇소. 본인이 직접하겠소. 그럼 그렇게 알고 이만 물러가리다. 출발은 내일 하도록 하겠소."

벙져 있는 헌원가진을 내버려 두고 잔월비선은 그의 집무실을 빠져나왔다.

제갈묘진은 침상에 누워 자신이 갇힌 날짜를 되씹어보았다. 벌써 열흘이 넘어서고 있었다. 정황으로 보아 중추절 때 무슨 중독 사건이 일어난 것 같기는 한데 열흘 넘게 햇빛도 보지 못했고 만난 사람도 없어 어찌 된 일인지 정황을 자세히 알지는 못했다.

'따분하군.'

언제쯤 조사가 시작될 것인지, 그것만을 기다리고 있는 참이었다. 그는 이를 악물었다. 자신이 어찌해야 할지를 되씹어보고 있을 때, 밖에서 인기척이 들리더니 문이 열리고 교언명이 들어왔다.

"오늘 무림대전이 막을 내리오. 무림대전이 끝나고 나면 본격적인 조사가 있을 예정이오. 중추절 의식 때 갑자기 닥친 우환으로 조사가 늦어지게 된 것, 이해 부탁드리오. 한 시진 뒤면 본격적인 조사단이 찾아올 것이니 미리 준비를 해주시면 고맙겠소."

"알겠습니다."

연장자에 대한 예우로 공손히 말하는 제갈묘진을 내버려 두고 교언명은 자신의 할 말을 마쳤는지 이내 밖으로 나가 버렸다. 자신의 사부로부터는 이렇다 저렇다 할 소식이 보내지지 않고 있었다. 그렇다는 것은 결국 자신의 힘으로 빠져나오라는 말이었다.

어쩌다가 가끔 자신의 상태를 살피러 오는 교언명이 아니면 사람 구경조차 하지 못한 채 열흘을 보낸 자신이었다. 열흘째 식사는 맛없는 벽곡단으로 때우고 있었다. 최소한 자신이 즐겼던 용정차라던가, 향기로운 미주를 마시고 싶었지만 억류된 몸으로 그런 것을 즐길 처지가 아니었다. 덕분에 하루 종일 운기조식만 거듭하다 보니 조금은 내공의 진전이 있는 듯도 했다.

'…좋아해야 할지, 나쁘다 해야 할지…….'

제갈묘진은 할 일도 없는 터에 다시 운기조식에 들기로 결심하고 온몸의 내력을 천천히 순행시키기 시작했다.

그렇게 얼마나 지났을까, 운기조식을 끝낸 후의 가뿐한 몸 상태로 눈을 뜬 제갈묘진은 문밖이 약간 부산스러움을 느꼈다. 벽과 문이 두

텁게 이중으로 되어 있는 터라 소리는 잘 들리지 않았지만 어쩐지 좋은 예감이 든다.

삐그덕— 문이 조심스레 열리고 제일 먼저 보인 것은 고운 색조의 궁장이었다. 고풍스런 분위기로 한껏 멋을 낸 난영이 방 안으로 들어서고 있었던 것이다.

"…금 소저가 아니시오?"

매우 뜻밖의 인물에 제갈묘진은 조금 놀랐다. 금난영이 자신을 찾아올 줄이야. 게다가 자신은 외부와의 접촉을 할 수 없는 처지가 아니던가.

"지키고 있던 사람들을 살짝 매수해 보았답니다. 진작에 찾아뵈었어야 하는 것인데……."

난영은 목소리를 죽이고 빙그레 웃었다. 어떤 표정을 지어야 할지 감을 잡을 수는 없었지만 일단 웃음에 화답해 제갈묘진 역시 억지로라도 입가를 일그러뜨렸다.

"이곳은 어쩐 일이신 게요?"

"공자를 뵈러왔답니다. 전 공자께서 무고하다는 것을 믿고 있습니다. 현재 밖의 상황은 그다지 좋지 않아요. 제갈세가의 가주께서도… 현재 근신 중이시랍니다."

자신이 갇힘으로써 제갈세가에도 압력이 들어갔을 것은 이미 대충 짐작을 하고 있던 일이라 그리 놀라진 않았다.

"일부러 찾아와 주기까지 하니 고맙소. 곧 조사가 시작될 거라 하니 금방 풀려날 수 있을 게요."

제갈묘진은 최대한 난영의 비위를 맞추기 위해 가만히 웃었다. 그때 밖에서 재촉하는 소리가 들렸다.

"어서 나오십시오! 조금 있으면 교대할 자들이 옵니다."

그 재촉에 난영은 제갈묘진을 향해 가볍게 고개를 끄덕해 보이고 밖을 나서려 했다.

"금 소저, 실례이오만 조사가 끝날 때까지 계속 와주실 수 있겠소? 하루 종일 혼자 있으려니 답답하고 따분하기까지 하는구려. 몰래 와서 말상대라도 해주시오."

그 말에 난영은 고개를 끄덕였다. 어쩐지 물에 빠졌다가 지푸라기라도 잡은 이의 심정이다.

'…그래, 저년을 잊어먹고 있었군…….'

분명 자신에게 실망하고 있을 사부에게 체면을 세울 기회가 생겼다. 약간 어두운 방 안에서 제갈묘진은 눈을 빛내며 알 듯 모를 듯 야릇한 미소를 지었다.

금릉을 제법 벗어나자 관도(官道)가 어느새 사라지고 없었다. 은평은 오랜만에 나왔다는 생각에 천천히 유람하듯 가고 싶었지만 주변 사람들은 그게 아닌 모양이었다.

인은 떠나오기 전 맹주로부터 들은 위치를 머리 속에서 떠올렸다. 자엽설련삼이 나타났다고 하는 곳은 모두 두 곳으로 한곳은 절강성(浙江省)의 항주(杭州)였고, 한곳은 사천성(四川省) 부근이었다.

"귀찮으니 관도를 거치지 말고 경공으로 가는 게 빠르겠군. 일단 항주 먼저 가자구."

인은 품에서 지도를 꺼내 들고 청룡과 황에게 대략적인 위치를 설명했다. 은평 역시 나름대로 진지하게 듣는 듯했지만 영 생소한 지명들이라 알아듣고 있는 것 같지는 않았다.

"왜 항주부터야?"

"음… 유명한 곳이니까. 유람을 겸하는 의미도 있고 예전에 항주를 갔을 때 봤던 서호(西湖)를 잊을 수가 없어서 언젠가는 다시 한 번 가보고 싶다고 생각했는데 이렇게 기회가 생기는군."

인은 절로 옛 추억이 떠오르는지 아련한 눈을 했다. 상유천당(上有天堂), 하유소항(下有蘇杭)이라는 말이 허언이 아니었던 항주의 고도가 금방이라도 눈앞에 펼쳐진다.

"어떻게 가면 되는데?"

"음… 이 방향으로 해서 쭉 가다 보면……."

어쨌거나 출발 준비를 다 마친 일행은 일제히 하늘로 날아올랐다. 인은 공력을 잔뜩 끌어올려 경신법을 시전할 준비를 했다. 청룡과 같이 다니면서 느낀 거지만 청룡의 속도에 맞추려면 십성 이상의 공력을 끌어올려 경신법을 시전해야 했다.

"하는 법은 대충 알겠어? 잘 쫓아와야 돼."

청룡은 은평의 옆에 붙어서 이것저것 주의 사항을 일러주었다.

여러 풍경들이 매우 빠른 속도로 눈앞을 스쳐 지나간다. 은평은 마치 차를 타고 있는 것 같다는 생각이 들었다. 아니, 뭐 아무런 곳이나 다닐 수 있다는 점에서는 차보다도 더 유용할지도. 머리카락을 쓰다듬어 날려주는 바람이 기분 좋았다.

"슬슬 더 속력을 높이지."

황이 그렇게 말하며 앞서 나가기 시작했다. 그 모습에서 경쟁심이 끓어올랐는지 은평이 그 뒤를 바짝 뒤쫓았다.

"기다려! 내가 앞에 갈래."

그렇게 반나절을 갔을까, 인은 이미 기진맥진해 있었다. 백호마저도 아무렇지도 않게—한낱 금수의 모습을 하고 있는 주제에 경신법을 시전할 줄 알고 자신보다도 빠르다는 사실에 인은 매우 열을 받았지만—가는 데도 불구하고 자신만 지쳐 있는 것 같아 자존심이 상했다.

"인, 좀 쉴까?"

은평마저도 별로 지쳐 보이는 기색이 아니어서 인은 더욱더 자존심이 상했다. 쉬자는 은평의 말에도 아랑곳하지 않고 고개를 저었다. 이 정도에 힘든 기색을 내보여서야 되겠는가.

그렇게 일행은 무려 한나절을 더 이동해서야 늦은 저녁때쯤, 항주에 도착할 수 있었다. 확실히 항주의 주변은 유람객이라 보기엔 조금 무리가 있는 도검을 찬 이들이 즐비했다. 확실히 이곳이 소문의 근원지가 맞기는 맞는 것 같았다.

"일단, 객잔을 찾아볼까."

무림인들이 많은 것을 본 인은 아무래도 죽립을 하나 사서 써야겠다는 생각을 하며 항주성문 내로 진입했다. 아무래도 예전에 항주에 와 본 경험이 있는 듯한 인이 앞장을 섰고, 그 뒤를 황과 백호를 안은 은평이 따르고 맨 뒤를 청룡이 지켰다.

"모두 죽립을 하나씩 쓰자구. 사실 이런 일에 얼굴이 알려져 봐야 좋을 것도 없고… 특히 나 같은 경우는 금릉에서 얼굴이 꽤 팔렸으니 말이지."

제법 잘 닦인 관도를 지나가던 인은 죽립을 늘어놓고 파는 노인에게서 죽립 네 개를 구입했다. 사실 얼굴이야 가리면 된다지만 제일 문제는 백호였다. 항상 은평의 품에 안겨 다니는 데다가 신성시되는 백호이다 보니 눈에 띄기도 잘 뜨일 터였다. 무언가를 쫓는 일에 사람들에게 특징이 기억되게 해서는 안 되는 법인데, 그렇다고 떼놓고 다닐 수도 없고 참 난감한 문제였다.

"와, 삿갓~ 이런 거 한번 써보고 싶었어."

죽립을 받아 든 은평이 감탄사를 터뜨렸다.

"삿갓? 그게 뭔데?"

은평에게는 죽립이라는 명칭보다는 삿갓이라는 표현이 더 친숙해 자기도 모르게 그렇게 부른 것인데 인은 삿갓이라는 명칭을 아예 모르는 것 같았다.

"아무것도 아냐. 근데, 이거 앞이 잘 안 보일 줄 알았는데 의외로… 세세한 틈사이로 앞이 보이긴 보이네?"

인이 시키는 대로 푹 눌러쓴 은평은 뭐가 그리 신기한지 죽립을 어루만졌다.

항주는 갑자기 항주로 몰려든 무림인들로 인해 몸살을 앓고 있는 듯했다. 객잔마다 방이 없다고 주인들이 고개를 도리질 치는 것을 보고 나오길 벌써 여러 번이었다.

"여기도 빈방이 없다네?"

인은 난감한 얼굴로 머리를 긁적였다. 이 일대의 객잔을 전부 돌아다녔는데도 방을 구하지 못할 정도라니, 어쩌면 오늘은 노숙을 해야 할지도 모르겠다는 생각이 들었다. 그때 은평이 갑자기 무언가가 생각난 듯 소매에서 뭔가를 꺼내 들었다.

"이걸 잊고 있었어. 떠나오기 전에 난영 언니가 주신 건데……."

"그게 뭔데?"

"금황성에서 운영하고 있는 전장이래. 부업으로 객잔도 하고 있으니 자신의 친필이 적힌 이 서찰을 보여주면 공짜로 머물게 해줄 거라고 하던걸?"

은평의 말에 황과 청룡, 그리고 인은 서로 눈짓을 교환했다. 사실 지금 이런 상황에는 별 뾰족한 수가 없었다.

"…가보지."

청룡이 나지막이 내뱉었다.

사람들에게 금황성에서 운영하고 있는 전장이 어디 있냐고 물으니 금화전장을 말하는 거냐며 길을 술술 가르쳐 주었다. 그렇게 사람들에게 물어물어 금화전장을 찾았으나…….

모두의 얼굴이 구겨졌다. 금화전장은 비교적 쉽게 찾을 수 있었다. 한데 문제라면 그 악취미적인 외관일까. 온통 금칠이 되어 있는 듯한 건물은 쉽게 볼 수 없는 광경임에는 분명했다.

"…그냥 들어가기엔 상당히 부담스러운데?"

인의 의견에 모두 동조해 고개를 끄덕였다. 어째 위에 올려진 기와까지도 금빛일 수 있는 건지 어이가 없었다.

"어쨌거나 밖에서 이슬 맞고 잘 순 없잖아. 들어가 보자."

자신이 가자고 한 만큼, 이대로 물러설 수가 없었던 은평이 앞장서서 안으로 진입했다. 설마 안까지 금칠을 해놨겠어? 라는 예상대로 안은 비교적 보통(?)이었다. 천만다행인 일이었다. 만약 안에까지 금칠이 되어 있었더라면… 생각하고 싶지도 않았다.

"어떻게 오셨습니까?"

개기름이 얼굴에 번들거리는 남자가 쪼르르 달려와 일행을 맞았다. 손을 비비는 모습이 마치 파리 같다고 자기도 모르게 생각한 은평이었다. 말투는 공손했지만 눈빛에는 일행을 깔보는 눈빛을 숨기지 않고 여과없이 드러냈다. 그도 그럴 것이 일행 모두 하루 종일 먼지바람 맞으며 경신법을 시전해 항주까지 오느라고 꼬질꼬질해 보였던 것이다.

아무리 호화찬란한 옷이라도 한나절 가까이 먼지바람을 맞으면 그리 변할 것이다.

"누가 소개해 줘서요."

은평은 소매에서 난영이 주었던 서찰을 꺼내 남자에게 건넸다. 남자는 서찰을 쭈욱 읽어보더니 아까와는 달리 굉장히 공손해진 태도로 나긋나긋 일행을 대했다.

"이제 보니 귀한 손님들이셨군요. 어서 안으로 드십시오. 금화전장에서 운영하고 있는 금화객잔에 오신 것을 환영합니다."

순식간에 달라진 태도에 쓴웃음을 지을 새도 없이 남자가 안내하는 대로 안채로 발걸음을 떼어놓았다.

그 악취미적인 미관에 질린 것인지 금화전장에서 운영하고 있는 객잔은 반 이상 비어 있었다. 숙박료가 비싼 것도 이유라면 이유겠지만 말이다. 일행은 난영이 써준 서찰 덕분으로 공짜로 묵을 수 있었다.

일행은 짐을 객잔에 풀어놓고 거리로 나섰다. 거리를 돌아다니다 보면 뭔가 건질 만한 소식이 있지 않을까 하는 생각에서였다. 황과 청룡은 인간의 사기에 노출되기 싫다고 객잔에서 나오지 않았고, 백호는 최대한 눈에 뜨이는 걸 방지하기 위해 객잔에 남았기에 인과 은평만이 밖으로 나왔다. 물론 둘 다 죽립으로 최대한 얼굴을 가리고 꼬질해 보이는 옷차림 그대로였다.

"사람들이 하는 말을 들어보려면 무작정 돌아다니기보단 사람들이 많이 모여 있는 곳을 찾아서 비집고 들어가는 게 최고야."

라는 인의 주장에 따라 은평과 인은 항주에서도 큰 축에 속하는 객잔을 찾았다. 사람들로 발 디딜 틈이 없는 객잔 안으로 들어가자 점소이가 황급히 달려나왔다. 평소 같았으면 이런 고급 주점에 허름해 보이는 차림의 이들을 출입시키지 않았을 터이지만 요즘 무슨 일인지 항주에 도검을 찬 무림인들이 몰려드는 관계로 병장기를 소지한 것 같은 눈치면 무조건 굽실대는 것이 그의 일이었다.

"아이구, 어서 오십시오. 두 분이십니까? 마침 저기 자리가 났으니 저쪽에 앉으시지요."

점소이는 마침 난 자리를 가리키며 인과 은평을 안내했다. 인은 자리로 가면서 주변을 쓱 훑어보니 앉아 있는 사람들의 태반이 무림인들로 추정되었다. 인은 조용히 청력을 돋워 주변의 말소리를 들어보기로 했다.

"기왕 항주에 왔으니 항주의 미주를 마셔보기로 하지. 이게 아주 절품이라고."

인은 미주 한 병과 적당한 안주거리를 가져다 달라는 것으로 주문을 마쳤다. 점소이는 속으로 욕을 하면서도 주문한 것을 받아 사라졌다.

'…아니, 도대체 할 줄 아는 말이 적당한 것밖에 없어?! 왜 저놈의 무림인들이란 작자는 무조건 적당히 가져와냐고! 확 비싼 거 내가서 바가지나 씌울까 보다.'

하지만 괜히 바가지를 씌웠다간 저 서슬 퍼런 도검이 자신의 목을 뎅강— 해버릴 것만 같아 차마 실행으로 옮기진 못하고 욕만 퍼붓는 것이 슬픈 점소이의 운명이었다.

"그래서? 지금 누가 가지고 있다던가?"

"지금 현재 갖고 있는 놈이 십팔금(十八琴) 성인용(成人勇)이라던데?"

"십팔금이라면 그 특이하게도 열여덟 개의 줄이 달린 금(琴)을 연주해 음공이 빼어나다는 그 성인용 말인가?!"

"쉿, 말조심하게. 누가 들으면 어쩌려고! 어쨌거나 커다란 금을 들고 다니는 놈을 찾게. 찾아서 자엽설련삼을 빼앗아야지."

사람들의 대화가 귓가로 흘러 들어왔다. 듣자 하니 십팔금 성인용이란 자가 그것을 지니고 도주 중인 듯했다. 일단 누군가가 갖고 있다는 소문이 나면 다시 빼앗기기가 십상이었다. 이 많은 인원이 눈을 벌겋게 뜨고 있는데 왜 아니 그렇겠는가. 원래 영약이란 것은 자신이 티를 내지 않아도 주머니 속의 송곳처럼 자신의 존재를 드러내기 마련이었다.

"어라, 저놈들이 움직이고 있군. 우리도 슬슬 이동하세."

"그러자구. 별별 놈들이 다 모였군. 휘유… 이번 일로 은거한 기인들마저 나왔다 하던데… 우리에게 과연 차례가 돌아올까?"

"예끼, 이 사람. 말이 씨가 된다고 그런 소리 하지 말게. 살다 보면 우리 같은 인생들한테도 볕들 날이 있을 테니. 혹시 아나? 행운이 뒤따라서 그런 영약이 우리에게 떨어질지."

사람들의 시끄러운 대화 소리를 뒤로하고 인은 자리에서 벌떡 일어섰다.

—우리도 따라가 보자.

인의 전음에 은평이 고개를 끄덕였고 둘은 조심스럽게 그 사람들의 뒤를 따랐다. 잠시 뒤, 은평과 인이 주문한 술과 안주를 날라오던 점소이는 소리없이 절규하고 있었다.

'이것들이 음식만 시켜놓고 그대로 토껴?! 크아아아악!! 이래서 무림인들이 싫다니까!! 관에서는 대체 뭘 하나 몰라!! 저런 놈들 안 잡아가고!'

한편, 그대로 객잔을 빠져나온 은평과 인은 조심스럽게 사람들을 뒤쫓았다.

—기척 숨기는 거 할 수 있어?

—…날 뭘로 보는 거야?! 청룡한테 그래도 그동안 많이 배웠다구.

이젠 제법 전음도 능숙한 은평을 보면서 인은 피식 웃었다. 둘은 기척을 감추고 사람들이 가는 방향을 따라 이동했다. 사람들의 흐름을 보니 자연스럽게 어느 한 지점으로 몰려 있었다. 바로 항주에서 유명한 서호가 있는 방향이었다.

쏴아아아—

잔잔한 물결이 뭍에 닿는 소리가 울려 퍼지는 서호의 주변은 이제 막 꽃을 피우기 시작한 난의 향기가 가득했다. 희미한 달빛과 별빛을 물결 위에 수놓고 있는 서호의 밤 풍경은 감탄사가 절로 나올 만큼 수려했지만 지금 무림인들의 눈에 그런 것은 보이지 않는 모양이다. 호수의 주변은 온통 도검을 찬 무림인들로 인산인해를 이루고 있었다. 평소라면 밤늦은 시각에도 서호에 배를 띄워놓고 화려한 등을 밝힌 채 뱃놀이를 즐기는 풍류객들이 있었겠지만 오늘은 풍류객의 풍자도 보이지 않는다.

"…크크크… 십팔금 애송이는 어디에 있느냐?! 어서 모습을 보여라!"

그리 사람 좋아 보이진 않는 장년인이 목소리를 높였다. 여기 모인 사람들의 태반이 그렇듯 장년인은 죽립으로 얼굴을 반쯤 가리고 있었다.

"저기다!! 놈이 나타났다!!"

어디선가 고함이 들리고 사람들의 시선이 모두 고함이 난 방향으로 집중되었다. 호수 주변은 금세 소란스러워지고 여기 모인 이들은 서로를 의심하고 쫓고 쫓으며 자엽설련삼을 차지하기 위해 신경전을 벌였다.

십팔금 성인용은 그의 무기가 금인 관계로 눈에 띄고 싶지 않아도 어쩔 수 없이 눈에 띄는 듯했다. 생김새는 평범해 그리 눈에 띌 만한 자가 아니었지만 커다란 금을 허리 뒤로 매고 있었으니 안 띄려야 안 띌 수가 없었다. 거기다가 자엽설련삼이 내뿜는 향기로운 향내 때문에 더욱 빼도 박도 못하고 사람들에게 걸렸다.

자신을 둘러싼 사람들로 인해 위기를 느낀 성인용은 뒤에 매달고 있던 금을 붙잡고 특이하게 생긴 열여덟 개의 금줄을 타기 시작했다.

"야동금(夜童琴)!!"

디디딩— 디리리링—

알 수 없는 요상야릇한 금음이 울렸다.

"귀를 막아라!!"

하지만 내공이 약한 이들은 이미 내부가 진탕되어 기혈이 역류하는 듯 안색이 창백해져 갔다.

"이놈!! 겨우 음공 따위로!!"

고함을 내지른 복면인 하나가 십팔금 성인용을 향해 득달같이 달려들었다. 커다란 도를 빼어 들고 그의 무기인 금의 줄을 끊어놓으려 덤볐다.

이런 난전의 와중에서도 인과 은평은 조금 멀찌감치 앉아서 유유자적 구경 중이었다… 라기 보단,

"풉… 큭큭큭… 시, 십팔금이래에에에……. 이름이 성인용… 쓰는 무공은 야동금?!"

배를 붙들고 웃어대는 은평 때문에 인은 난감했다. 뭐가 저리 웃긴 건지 십팔금 성인용의 이름을 듣자마자 거의 바닥을 데굴데굴 구르고 있었다. 그 와중에도 웃음소리를 밖으로 드러내지 않는 게 가상할 뿐이었다.

"뭐가 그렇게 웃긴 건데?"

"그럼 저게 안 웃겨? 이름이… 푸하하하……."

하도 웃어서 눈물까지 나버린 눈가를 소매로 꾹꾹 누른 은평은 겨우 정신을 차렸다. 난전은 난전을 거듭해, 십팔금 성인용이 가지고 있던 자엽설련삼을 누군가가 탈취해서 북쪽으로 달아나고 있는 상태였다. 사람들은 있는 대로 우르르 몰려가 자엽설련삼을 차지하기 위해 혈안이 되어 있었고 말이다.

은평은 사람들을 쫓아가면서도 고작 새끼손가락만한 것에 저렇게 열광하는 것을 이해할 수 없었다.

—자엽설련삼인지 하는 게 그렇게 좋은가? 있음 좋은 거고 없음 마는 거 아니야?

—…뭐… 네 말대로라면 오죽이나 좋겠냐만, 사람 욕심이라는 게…….

인의 씁쓸함 섞인 전음이 귀를 파고들었다. 이미 영약을 먹는다는 범주에서는 훌쩍 벗어나 버렸으니 이렇게 담담히 볼 수 있는 것이지, 만약 이리 강해지기 전이었다면 자엽설련삼을 차지하기 위한 저 탐욕의 무리에 자신 역시 끼어 있을 것이라는 것은 부정할 수 없는 사실이었다.

"쫓아라! 저놈이 가지고 있다!!"

이번에 차지한 것은 이제 겨우 이십 대 후반부에 접어든 것 같은 젊은 청년이었다. 조금 지친 기색이 역력한 데다가 가슴팍에 품어둔 자엽설련삼이 담긴 목갑의 윤곽이 그대로 드러나 그대로 사람들의 표적이 되어 있었다.

"조면수(爪面手)!!"

한 이가 수공을 선보이며 청년의 가슴팍을 노렸다. 처음 들어보는 생소한 이름의 무공이었지만 손속이 제법 악랄했다.

"노선배께서 영약에 눈이 어두워 젊은이를 핍박하시는구려."

지친 기색이었지만 한 치의 물러섬도 없이 자신을 덮쳐 오는 무공에 맞서 반격하던 청년은 제법 건방진 말을 날렸다.

"갈! 젊은것이 뚫린 주둥아리라고 함부로 지껄이는구나! 닥치지 못할까!"

목소리만은 노인처럼 들려 제법 나이가 있어 보였다. 하지만 얼굴은 목소리에 비해 조금 젊어 보이는 편이었으나, 머리는 노인의 그것처럼 듬성듬성 흰머리가 나 있었다.

"영약이란 것은 이제 곧 죽을 다 늙은 노인네보다야 새파란 청년에게 더 필요한 것이 아니겠소?"

청년은 많은 사람들이—개중에는 자신을 무작정 노리고 공격하는 사람도, 상황을 보기 위해 조용히 관전하는 사람도 있을 터—자신을 지켜보고 있는 가운데서도 꿋꿋이 맞서 나갔다.

—저놈 제법 물건일세.

인은 감탄사를 날렸다. 어쩐지 도와주고는 싶지만, 함부로 나서기도 뭣했다. 자신은 어디까지 상황 파악만을 부탁받았으니 말이다.

"저, 저놈이!! 내가 누군 줄 아느냐?! 이놈!!"

"인피면구를 쓰고 계시니 당연히 어느 고인이신지 알 리가 없지 않겠소? 그나저나 켕기는 구석이 많으신가 보오. 이럴 땐 이름 없는 강호의 무명소졸 신세가 편하구려. 굳이 얼굴을 가릴 필요가 없으니 말이오."

사실 이 자리에서 이름이 알려지지 않은 은거기인들이나 무명소졸들을 제외하고는 대부분 죽립이라던가 복면, 인피면구 등으로 자신의 얼굴을 감추고 있었다. 무엇보다도 노인이 인피면구를 쓰고 있다는 사실을 한눈에 꿰뚫어 봤다는 것은 청년 역시 보통내기는 아님을 뜻했다. 비록 그 자신을 스스로 무명소졸이라 칭했지만 말이다.

—면구 속 얼굴이 어떤지 알겠어?

갑자기 노인의 면구 속 얼굴이 어떤지 알겠냐고 물어오는 은평에게 인은 보이는 대로 대답해 주었다.

—…면구가 제법 두꺼워서 알 수 없지만 광대뼈가 조금 나오고 마른 편인 얼굴이네. 눈은 가늘고 입은 조그맣고. 누굴까… 하도 관심이 없다 보니 누가 누군지 알 수가 있나.

—앞으로 어떻게 할 셈이야?

바람결에 실려오는 청량한 향기가 코끝을 간질이는 듯했다. 인은 잠시 골몰히 생각해 본 후 대답했다.

—향기로 보아 저 자엽설련삼은 진품임이 틀림없어. 누가 풀었는지는 모르겠지만… 한동안은 저걸 놓고 차지하기 위해 피바람이 불겠군. 어쨌거나 부탁받은 일이니 오늘 하루 있었던 일을 맹의 항주 지부에 가서 그대로 전해줘야겠지. 저걸 입수해 달라고도 부탁받았지만 알 게 뭐야.

—음… 싸움 안 말려도 돼? 천무존이라며?

—…내가 무슨 분쟁 조정 전담반이냐? 지들끼리 치고 박고 싸우든

말든 난 관심없어. 지 명줄이 짧으면 죽는 게지. 어차피 난 영약에 의지할 단계는 지났고, 사실 제일 큰 문제는 나서는 게 귀찮으니까.

인은 귀찮다라는 한마디로 말을 잘라 버렸다.

"애송이 놈! 닥치고 네놈이 품에 숨기고 있는 것이나 내놔라!"

꽤 건장한 체구의 대한이 검을 휘두르며 청년에게로 달려들었다. 지친 기색이면서도 이리저리 대한의 검을 피하는 폼이 제법 날렵해 보였다.

"노형 같으면 순순히 옜소 하고 내놓을 수 있겠소?"

청년이 자신의 요대를 풀러 대한의 검을 막아냈다. 챙— 하는 소리가 나는 것을 보니 보통의 요대가 아닌 듯했다. 청년의 요대는 마치 검 같은 형태를 띠고 있었지만 탄력있게 이리저리 잘 휘어지는 연검이었다.

"이제 보니 제법 재간이 있구나!"

대한이 비웃음을 날리며 자신의 큰 체구를 이용해 청년을 압박해 들었다. 그 순간, 청년의 신형이 갑자기 연기마냥 스르륵 사라져 버렸다.

"이, 이게 어찌 된……."

대한은 갑자기 공격할 대상이 사라지자 황급히 공력을 회수하며 주변을 두리번거렸다.

"이놈! 그놈을 어디에 감췄느냐?!"

노인은 대한이 청년을 숨겼다고 의심을 한 모양인지 대뜸 대한을 다그쳤다.

—…그놈 무공을 숨기고 있었어. 갑자기 저렇게 사라질 정도면 최소한 이 갑자의 내공은 지녀야 돼.

인은 한숨을 쉬며 청년의 실력을 평가했다.

—정말? 그런 재주가 있으면 자엽설련삼을 손에 넣자마자 사라져야 되는 거 아냐? 왜 한참 동안 가만히 있으면서 사람들의 주목을 끈 거지?

—글쎄다. 내가 그놈 속사정을 어찌 알겠냐.

인과 은평이 사람들 틈에 끼어서 이제 어떻게 해야 할까를 고심하고 있을 때, 다시 저편에서 청년을 발견했다는 사람들의 함성이 울렸다.

"저기다! 저쪽이다!! 쫓아라!!"

주변의 사람들이 소리가 난 쪽으로 우르르 몰려가고 은평은 어떻게 할 거냐는 식으로 인의 팔을 툭툭 건드렸다.

—저런 거 계속 구경해 봤자 뭐 해. 그냥 돌아가자.

44
아귀다툼

화려하다, 라고밖에는 표현할 수 없는 방이었다. 주변으로 시립하고 있는 시녀나 환관은 많았지만 한결같이 입에 자물쇠라도 물린 듯 조용했고, 방을 장식하고 있는 가구라던가 귀중한 장식품들은 중원 각지의 특산품들이었다.

황금빛의 용이 양각된 용상에 앉아 있던 황제는 몇 달째 소식 한 장 없는 무정한 자식놈들을 생각하며 한숨을 쉬었다. 어떻게든 환관이나 시녀들의 입을 막아 조정 대신들에게는 둘이 가출했다는 사실을 숨겼지만 그것도 이젠 슬슬 한계에 다다르고 있었다.

"폐하, 슬슬 침소에 드시옵소서."

환관 하나가 종종걸음으로 다가와 고했다. 그러고 보니 벌써 야심한 밤이다.

"알았느니라."

"그럼 침전으로 뫼시겠사……."

환관의 말이 갑자기 뚝 끊겼다. 황제는 이런 무엄한 놈을 보았나라는 생각에 고개를 돌려 환관 쪽을 노려보았다.

"너… 너… 너……!!"

환관이 갑자기 멈춘 까닭이 무엇인지를 깨달은 황제는 앉아 있던 좌탁에서 반쯤 몸을 일으킨 채, 차마 말을 잇지 못했다. 자신의 눈앞에는 몇 달 전 '금일출가', '이하동문' 을 써놓고 사라진 두 자식놈이 서 있었기 때문이다.

"오랜만에 뵙는군요. 그동안 평안하셨습니까?"

마치 어제 만났다가 헤어진 사람 같은 말투였다. 황제는 점점 혈압이 올라 뒷목이 당기는 것을 느끼고 반쯤 일어났던 용상에 다시 털썩 주저앉았다.

"그 꼴이 대체 무어냐?!"

오랜만에 만난 두 자식놈들은 여전히 남장과 여장을 하고 있었다. 더욱 분한 것은 그 모습이 너무 잘 어울려 위화감이 없다는 점이었다. 백의를 걸치고 섭선을 손에 든 잔월비선은 영준함이 돋보이는 미공자의 모습이었고 옅은 복숭아색의 날렵한 경장을 걸치고 있는 잔혹미영은 황촉(黃燭)의 은은한 빛에 비춰지자 가히 월하가인(月下佳人)의 자태였다.

"이런 모습 한두 번 보십니까? 새삼 흥분하시기는."

"그러게 말이에요. 호호호."

입을 가리고 여성스럽게 웃는 자신의 아들을 보며, 건들건들한 태도로 불량스런 말을 하는 딸을 보며 황제는 하늘을 원망했다. 자신이 대체 전생에 무슨 죄를 지었기에 자식들이 저따위로 태어난단 말인가.

"…도대체 지금껏 어디서 뭘 했더란 말이냐?"

"글쎄요, 어디서 뭘 했을까요?"

능청스런 태도로 황제의 대답을 받아넘긴 잔월비선은 옆쪽의 환관과 시비들에게로 자연스레 시선을 돌렸다. 오랫동안 황제를 모셨던 이들인만큼 그들 역시 두 사람에 대해서 알 만큼 알고 있었다.

"물러가 있으라. 긴히 할 이야기가 있느니라. 필요하면 부르겠다."

뭐라 화를 내려던 황제는 자신의 체통을 생각했는지 환관들과 시비들에게 모두 물러가 있으라고 명령했다. 환관과 시비들은 괜히 자신들에게 불똥이 튈까 무서워 전전긍긍하며 썰물 빠지듯 빠져나갔다. 그들이 모두 물러가고 나자 황제가 잔월비선과 잔혹미영을 향해 버럭버럭 화를 냈다.

"…도대체 너희의 입장이란 것을 생각은 하는 것이냐?! 일개 백성들이 아니라 너희는 황족이란 말이다, 황족! 게다가 하고 있는 꼴이 대체……."

황제의 잔소리를 한 귀로 듣고 한 귀로 흘린 잔월비선은 옆쪽에 쌓여 있는, 중원 각지에서 올라온 장계(狀啓)로 자연스레 눈을 돌렸다. 그 중 황제가 보다가 만 듯 활짝 펼쳐진 장계에 써진 내용을 별 생각 없이 쭉 훑듯이 읽어 내렸다.

'…옥문관 근처에 부쩍 세외인들의 출입이 잦다고……?'

어찌 보면 별일이 아닌 내용일지도 모르겠지만 왠지 모르게 가슴이 쿵쿵 뛰는 것이 불길한 예감이 엄습해 왔다.

"출입이 잦다라……."

잔월비선은 자신도 모르게 중얼거렸다.

"지금 짐이 하는 말을 듣고는 있는 게냐?!"

자신의 잔소리를 잔월비선이 듣고 있지 않음을 깨달은 황제가 다시 길길이 날뛰었지만 지금 잔월비선에게 그런 것은 안중에도 없었다.

"이것 좀 봐."

황제가 뭐라고 하든 신경을 꺼버린 잔월비선은 자신의 동생을 향해 장계를 내밀었다.

"뭔가 예감이 좋지 않아. 갑자기 세외인들의 옥문관 근처 출입이 잦아진다니 무슨 일일까."

"설마… 배교가……."

"장계를 보면 금발 벽안이 두드러지게 많다고 했어. 뭐, 배교와 세외는 동맹 관계라 하니 그럴 수도 있겠군."

완전히 소외당해 버린 황제는 말을 멈추고 한숨을 쉬었다. 자신이 뭐라고 화를 내든 자신의 자식들은 뉘집 개가 짖나 하는 태도였던 것이다. 거기다가 이젠 자기들끼리의 대화에 빠져 자신은 안중에도 없다.

"알려야 할까요?"

"…조금 더 지켜보자. 그저 단순히 우연일 수도 있으니. 하지만 배교의 동맹 관계인 세외인들의 출입이 잦다니 경계는 해야 되겠군."

잔월비선은 다시 황제를 쳐다보았다.

"아바마마, 부탁 하나 드려도 되겠습니까?"

"무, 무슨 부탁인고?"

껄렁거리던 말투가 아닌, 꽤 진지한 모습과 정중한 어투에 황제는 갑자기 오한이 들었다. 사람이 갑자기 안 하던 짓을 하면 죽을 징조라던데라는 생각이 스쳐 지나간다.

"지금 당장 파발을 띄워 옥문관의 출입 경계를 단단히 하라 어명을 내려주십시오. 황궁의 금군과 고강한 무공을 지닌 금의위들을 추려 옥문관 근처에 투입시키도록 하고……."

*　　　*　　　*

술과 미녀와 풍류의 도시 항주는 아귀다툼의 현장으로 화해 있다 해도 과언이 아니었다. 항주 근처에 있는 문파들은 문을 단단히 걸고 자엽설련삼의 행방을 쫓았으며, 자엽설련삼은 하룻밤에도 몇 번씩 그 주인이 바뀌거나 혹은 자신을 소유한 자를 죽음으로 몰아넣었다. 그리고 항주를 그렇게 만든 장본인은 만족스러운 듯 웃으며 술잔을 기울이는 중이었다.

"일이 잘되가는 모양이오. 지금 내 세력이 옥문관을 넘고 있다는 전갈이 왔소. 한꺼번에 너무 많은 인원이 옥문관을 넘어서면 의심을 살까 해서 하루에 몇 명씩 변장을 해서 옥문관을 넘는다 하오."

막리가는 전서응(傳書鷹)을 통해 전해온 소식을 황보영에게 전해주었다. 황보영은 향기로운 미주를 눈앞에 둔 채 호탕하게 웃어 젖혔다. 연학림 소속의 자들 중 무공이 고강한 이들 몇몇을 추려내 최대한 자엽설련삼이 다른 사람의 소유가 되지 않도록 수를 쓰는 중이었다. 손쉽게 남에게 넘어가면 재미가 없잖은가.

"그래그래, 잘되어가고 있군. 사천성 쪽에서도 전갈이 왔는데 그쪽 역시 잘되간다 하네. 사천성 근처에는 지금은 다 몰락해 버린 사천당문을 비롯해 여러 거대 문파가 모여 있으니 더욱 다툼이 치열할 터……."

황보영은 잔에 향기로운 미주를 따라 막리가에게 권했다. 하지만 막리가는 고개를 저으며 술을 사양했다.

"명색이 불제자가 술을 입에 댈 수야 없지 않겠소."

"뭐, 마음대로 하시게. 하지만 항주에 온 이상 항주의 미주를 맛봐야만 진정한 항주를 보았나 할 수 있지. 풍류객들의 평생 소원이 서호에 배를 띄우고 항주의 미녀와 항주의 미주를 즐기는 것이라 하질 않던가."

황보영은 나직이 웃고는 술잔을 들어 목구멍으로 향긋한 미주를 들이켰다.

"명심해 둬야 할 사항이 있소. 이 세력은 내 말을 따르는 이들이라 상관없겠지만 내 사문인 포달랍에는 아직도 많은 원로 고수들이 남아 있고 세외의 또 다른 세력인 뢰음사 역시 배교를 돕고 있소. 그들은 내 사부의 말만을 따르오. 내 사부는 아직 배교 쪽을 후원하고 있고 만약 그 고수들이 배교를 돕기 위해 건너와 버린다면……."

"오히려 더 잘된 일이 아닌가? 혼란을 틈타 자네의 사부를 죽여 버리면 자네는 그대로 포달랍궁의 궁주일세."

황보영은 눈앞에 가득 차려진 화려한 음식들로 손을 뻗어 입으로 가져갔다. 젓가락질만큼은 예법을 그대로 옮겨놓은 듯 훌륭했다.

"세상일이 어디 자기 맘대로만 되겠소?"

"젊은이가 패기가 없군. 어쨌거나 옥문관을 전부 넘어 이곳 항주로 오기까지는 어느 정도나 걸릴 거라고 예상하는가?"

"…예정대로야 된다면 일 주야에서 이 주야 정도가 아니겠소."

잠시 일자를 가늠해 본 막리가가 대답했다.

"시간문제로군. 문제는 자엽설련삼 몇 뿌리로 그 시간을 버틸 수 있느냐는 건데… 아무래도 좀 더 미끼가 필요하겠어."

아직 멀었다. 전 강호를 좀 더 요동치게 만들어야만 했다. 적이 우왕좌왕 혼란에 빠져 있을 때 급습하는 것이 병법의 기본 아니던가. 더구나 마교에서는 무슨 생각을 하고 있는 것인지 이번 사태에도 별 반응이 없었다. 봉문을 풀었다지만 무림대전이 끝난 뒤로 다시 굳게 문을 걸어 잠그고 출입을 삼가고 있었다.

"그래, 배교를 끌어낸다면… 마교 역시 자연스레 나오게 되겠지."

"배교는 아직까지 숨을 죽이고 있는데 무슨 수로……?"

"그거야 두고 보면 알 일일세."

* * *

"크하하하하!! 이젠 내 것이다!"

한 노인이 자엽설련삼이 든 목갑을 손아귀에 움켜쥐고 앙천광소를 터뜨렸다. 그 노인은 마도의 이름 높은 흡혈도부(吸血刀斧) 묵사발(墨四撥)이었다. 약 삼십 년 전부터 홀연히 행적을 감춰 이미 죽었다고 알려진 자이기도 했다. 이번 자엽설련삼 사건으로 강호에 나선 듯했다. 약 삼십 년 전의 거마가 물건을 차지하고 나니 모두들 움찔움찔거릴 뿐 함부로 덤비는 자가 없었다.

"클클클, 겨우 흡혈도부 따위가 설치고 드느냐?! 그것은 내 것이다! 순순히 내놓지 못할까!"

무언가가 깨지는 것처럼 듣기 싫은 고음의 목소리였다. 온통 산발된 흰 머리카락을 휘날리며 눈이 움푹 꺼진 노파 한 명이 묵사발 앞으로 나섰다.

"저, 저 노파는 음목파파(陰木婆婆)……!"

"저 노괴가 아직도 살아 있었던가……."

사람들 사이로 침음성이 번져 나갔다. 음목파파 역시 흡혈도부처럼 갑자기 종적을 감췄었지만 흡혈도부보다는 약 십 년 전의 인물이었다.

"멈춰라!! 너희 같은 전대의 마두들에게 희대의 영약이 들어간다면 세상의 혼란을 그대로 묵과하는 꼴이 될 터. 당장 영약을 내놓고 꺼져라!"

몇 겹의 복면을 둘러쓴 자가 나타나 흡혈도부와 음목파파에게 짐짓 호통을 쳤으나 그 목소리에는 숨길 수 없는 탐욕이 고스란히 드러나 있었다.

"어린것이 만용을 부리는구나. 얼굴에 검은 천때기를 둘러쓴 것을 보니 점잖은 체하는 정도 놈이로구나! 평소에는 점잔을 빼더니 자엽설련삼이 탐나는 게지?"

음목파파는 복면인을 비웃으며 자신의 무기인 음목장(陰木杖)으로 지면을 탕탕 내려쳤다.

"오호라… 음목파파에 흡혈도부까지 나선 것을 보니 저것이 대단하긴 한가 보구만."

짐짓 장난기가 어린 목소리였다. 무언가를 노린다는 탐욕은 어려 있지 않았고 다만, 비웃음이 가득 실려 있었을 뿐이다.

"누구냐?!"

음목파파가 음목장을 휘두르며 주변을 둘러보았다. 그때 사람들 틈이 쫙 갈라지면서 근육질의 노인과 땅딸보 노인이 휘적휘적 걸어나온다.

"에구… 막가야, 저년이 아직까지 살아 있었구나."

"그런가 보다. 에그… 귀신들은 다 뭐 하나 모르겠구먼. 저런 것 좀 안 잡아가고."

바로 백염광노와 파랑군이었다. 괴짜들로 이름 높은 둘은 긴장감이라고는 한 톨도 없는 듯 서로 만담을 해가며 즐겁다는 듯 웃고 있었다.

―…저 할아버지들이 여긴 웬일이래?

백염광노와 파랑군의 등장으로 제일 놀란 것은 은평이었다. 한동안 안 보인다 싶더니 이곳에는 웬일이란 말인가.

"흥, 이제 보니 백염광노와 파랑군이 아닌가! 네놈들도 자엽설련삼이 탐이 났더냐?"

복면인의 비웃음에 파랑군이 그 작달막한 몸을 부들부들 떨며 버럭 호통을 쳤다.

"미친놈! 뭐 눈에는 뭐밖에 안 보인다더니 우리가 너희같이 영약에 눈먼 아귀인 줄 알았더냐?! 그냥 지나치려 했으나 네놈들이 하는 꼴이 하도 기가 막혀 잠시 나섰다."

"핑계 대지 마라! 네놈들의 수작을 내 모를 줄 아느냐?!"

흡혈도부는 다짜고짜 자신의 도를 붕붕 휘둘러 백염광노의 수염께를 쓱 훑고 지나갔다. 하마터면 수염이 잘릴 뻔한 백염광노는 단단히 화가 난 듯 얼굴이 벌게졌다.

"이놈이 내 자랑인 수염을 감히……!!"

"흥, 그깟 염소수염을 가지고 자랑은 무슨."

상황은 순식간에 난전으로 변했다. 이들이 싸우기 시작하자 눈치를 보던 다른 이들도 슬금슬금 끼어들기 시작했다.

"아직 백 세밖에 안 된 놈들이……!! 얼른 어르신 앞에 무릎 꿇고 빌지 못할까!"

"나이 처먹은 게 자랑이냐?!"

백염광노와 흡혈도부는 서로 무기를 휘둘러 겨루는 사이에도 나이를 운운하며 누가 더 어르신인가를 두고 말다툼을 벌였다. 이렇게 되니 인이 열을 받은 것은 당연지사. 늙은 것도 서러워 죽겠는데 자기보다 어린것들이 나이 운운하고 자빠졌으니 얼마나 분통이 터지겠는가 말이다.

'…저것들을 죽여 살려. 지금 누구 앞에서 나이 운운이야?!'

하지만 여기서 자신이 나서면 괜히 은평까지 나설까 그것이 저어되어 화를 애써 꾹꾹 눌러 참았다.

음목파파는 자신의 무공이 파랑군보다는 한 수 처짐을 깨닫고 격장지계로 나가기로 마음먹었다. 무엇으로 그의 화를 돋워놓을까 생각하다가 최근에 들었던 소문들을 떠올리고 그것을 입에 담았다.

"클클, 듣자 하니 웬 어린 계집애를 주군으로 삼겠다고 설치고 다녔다지? 그 애송이 계집애는 찾으셨나, 파랑군?"

"남의 주군을 함부로 입에 담느냐?! 이놈의 노망난 늙은이가!"

예상대로 파랑군이 잔뜩 흥분해 도끼를 놀리는 손속이 빨라졌다. 음목파파는 그것을 자신의 음목장으로 여유있게 막아내며 점점 더 모욕적인 언사를 내뱉는다. 그것이 자신의 명줄을 단축시키는 일인 줄도 모르고 말이다.

"주군 좋아하시네. 소문에 듣자 하니 계집애의 얼굴이 제법 반반하다지? 거기다가 마교의 교주도 푹 빠져 있다고? 클클클… 강호에 위명을 떨쳤던 백염광노와 파랑군도 어쩔 수 없군. 그런 계집애의 치마폭에 빠져서 뒤꽁무니나 쫓고 다니다니."

"그 주둥아리 닥치지 못할까?!"

음목파파와 파랑군의 대화를 듣고 있던 은평의 눈이 부릅떠졌다. 저 둘이 주군으로 삼겠다고 쫓아다닌 건 자신일 터였다. 인은 갑자기 옆에서 예사롭지 않은 기운이 느껴지자 흠칫 놀랐다.

"…애송이 계집애라고……? 치마포오옥?! 후후… 인, 저 할머니가 나한테 한 말 맞지?"

'…이, 일났다…….'

인은 울고 싶은 심정이었다. 조용히 돌아갈 심산이었는데 이렇게 되면 일이 걷잡을 수 없게 되지 않는가.

—너무 열 내지 마. 내, 내가 나서볼 테니!

일단 은평의 화를 잠재우기 위해 인은 자신이 나서기로 마음먹었다.

우우우우우우우—!!

일단 사람들의 관심을 자신에게로 돌려놓기 위해 인은 배에 잔뜩 힘을 주고 사자후를 내질렀다. 내공이 약한 자라면 내부가 진탕될 정도로 공력을 실었기 때문에 이내 사람들은 난전을 멈추고 사자후의 방향을 좇다가 인을 발견했다. 인은 죽립 깊이 자신의 얼굴을 가린 상태였기 때문에 사람들은 인이 누구인지 알아보지 못했다. 그저 행색이 초라했고 무기는 등 뒤에 걸린 장검이 전부였다. 손이나 겉으로 드러난 체구를 보았을 때 청년임이 분명했기에 이내 코웃음을 치며 비웃었다.

"모두 싸움을 그치시오!"

인은 경신법으로 몇 장 위로 몸을 띄운 뒤, 사람들을 향해 소리쳤다.

"뭐냐, 애송이. 감히 이곳이 어디라고 끼어드는 게냐?!"

복면인이 인을 보며 비웃었다. 행색도 남루해 보이는 것이 무공은 그리 대단치 않을 것이라 생각했기 때문이다.

"모두 싸움을 멈추시오. 모두 강호에 쟁쟁한 위명이 있으신 분들이 이게 무슨 짓들이시오? 거기다가 그대는 정파의 기둥이 아니오?"

복면인의 얼굴을 이미 꿰뚫어 본 인은 복면인이 아니꼬웠다. 자신의 기억이 맞다면 그는 분명 맹에서 구파일방들만이 앉아 있을 수 있던 상석에 앉아 있던 인물이었다. 별호와 이름은 알지 못했지만 그것만은 확실했다.

"그대의 별호와 이름은 확실히 모르겠으나 난 그대를 어디선가 본 적이 있소."

"함부로 입을 놀리지 마라! 너 같은 놈이 감히 날 어디서 보았겠느냐?!"

복면인은 자신의 정체가 들킨 것 같아 흠칫하면서 자신의 정체를 들통 내지 않기 위해 인에게 살수를 펼치기로 마음먹었다. 그리곤 검에 내공을 주입시키더니 이내 무공을 시전했다. 물론 정체를 들키지 않기 위해 자신이 평소에 쓰던 무공은 피해서 말이다.

"벽벽지검(碧碧知劍)!"

인은 그 검을 피하지 않았다. 오히려 공격해 볼 테면 공격해 보라는 듯 손을 내리고 복면인의 검을 그대로 받았다. 인의 몸을 감싸고 있던 호신강기와 복면인의 검이 맞부딪치면서 주변으로 바람이 일고 복면인은 그 충격으로 인해 몇 발자국 뒤로 물러났다. 바람이 인 탓에 인의 머리 위에 있던 죽립이 벗겨져 공중으로 날아갔다.

"…헉……."

인의 얼굴을 제일 먼저 확인한 복면인은 그 자리에서 목상마냥 뻣뻣이 굳어버렸다. 분명 자신의 기억 속에 있는 얼굴이었다.

"헉… 처, 처, 천무존이 아니신가……."

이들 중에는 무림대전에 참가했었고, 천무존의 얼굴을 기억하는 이들이 많았기 때문에 사람들 사이에서 빠르게 수군거림이 번져 나갔다. 그리고 복면인은 사시나무 떨듯 부르르 떨었다. 자신의 경거망동으로 인해 일이 다 망쳐지게 생겼으니 말이다. 등 뒤에 매어진 장검을 봤을 때 눈치 챘어야 하는 것을. 복면인은 인이 자신을 책망할 것이라 생각했지만 인은 전혀 뜻밖에도 복면인 뒤의 음목파파와 흡혈도부, 백염광노와 파랑군 등을 가리켰다.

"니들 이리 좀 와봐."

마치 옆집 개를 부르는 듯한 말투였지만 아무도 이의를 제기하지 못했다. 나이로 보나, 배분으로 보나, 무공으로 보나 천무존을 앞지를 자는 이중에서 아무도 없었기 때문이다. 오히려 쭈뼛쭈뼛 천무존 앞으로 다가온다.

"…이것들이 지금 누구 앞에서 나이 운운이야! 엉?! 눈에 뵈는 게 없나! 겨우 백 살 남짓 처먹은 게 자랑이냐?! 자랑이야?!"

방금 전까지 나이 운운하면서 싸웠던 백염광노와 흡혈도부는 눈에 띄게 몸을 떨고 있었다. 그야말로 번데기 앞에서 주름 잡다가 걸린 꼴이었으니…….

"막말로 니들 앞에서 새파랗게 어린것들이 내가 더 많이 처먹었네, 나이 처먹은 게 자랑입네 지랄거리면서 싸움질하면 좋겠냐!? 엉?! 나이 먹은 것도 서러워 죽겠는데."

인은 이 말을 하는 가운데도 사람들을 한번 훑어보며 함부로 나설 수 없도록 못을 박아두는 것 역시 잊지 않았다.

"그리고 너 음목파파인지 뭔지, 세상에서 가장 치사한 게 뭔지 알아?! 부모 욕하는 것하고 그 사람이 모시고 있는 주군 욕하는 거야. 알간?"

인은 최대한 과장해서 화를 내는 중이었다. 이렇게 하지 않으면 은평의 화를 잠재울 수 있을 것 같지 않아서였다.

"어디서 어린것(?)들이… 하여간 요즘 놈들은 경로 사상이 없어요, 경로 사상이. 지들보다 한참 더 묵은 사람 앞에 놔두고 감히 어디서 나이 타령이야."

인은 지풍을 날려 이들의 움직임을 제압시켰다. 그리고 흡혈도부의

차례가 되었을 때,

"그리고 너, 목갑 내놔봐."

흡혈도부에게 자엽설련삼이 든 목갑을 내놓으라 손을 벌리니 흡혈도부는 아무리 천무존이라도 그럴 수는 없다는 듯 고개를 저었다. 지켜보던 사람들도 천무존 역시 자엽설련삼이 탐났던 것인가 하고 웅성이기 시작했다.

"그럴 수는 없습니다. 아무리 천무존이시라 한들……."

"…내가 너네같이 영약에 의존할 것 같냐? 웃기는 소리 하지 말고 내놔. 결국 모든 분쟁의 근원이 그거 아냐?"

잠시 염두를 굴려보던 흡혈도부는 갑자기 천무존을 향해 내공을 발출했다.

"큭……."

바로 앞에서 당한 기습에 인이 당황하는 사이 흡혈도부는 경신법을 이용해 그대로 달아나기 시작했다. 그는 자신을 쫓기 힘들도록 사람들 틈을 헤치고 정신없이 내달렸다. 마구잡이로 도를 휘두르며 돌진하는 그를 사람들이 비명을 지르며 옆으로 비켜준다.

'흥, 아무리 천무존이라 해도 이것만은 넘겨줄 수 없지!'

그러나 흡혈도부의 도주는 얼마 못 가 막히고 말았다.

"어딜 도망치시려고?"

죽립을 깊게 눌러쓴 소녀가 흡혈도부의 도주로를 막고 서 있었다.

"계집년, 비켜라!"

흡혈도부는 위협용으로 가볍게 도를 휘둘렀다. 소녀가 지레 겁을 집어먹고 도망가길 바라면서 말이다. 소녀가 끝내 비키지 않는다면 베어버리고서라도 도주할 생각이었다.

"…순순히는 못 보내 드리지."

소녀는 피식 웃으며 가볍게 공중으로 날아올라 자신 쪽으로 뛰어오고 있는 흡혈도부의 머리를 힘껏 밟았다. 흡혈도부는 갑작스럽게 자신의 머리를 밟는 소녀의 무게에 못 이겨 그 균형을 잃고 전개하던 신법이 꼬여 버리고 말았다. 그 틈을 타 은평은 흡혈도부의 뒤에서 발을 걸어 넘어지는 그의 품 안에서 목갑을 꺼냈다.

"은평아!"

인은 흡혈도부를 가로막고 그에게서 목갑을 뺏은 소녀가 은평임을 깨닫고 머리를 쥐어뜯고 싶은 심정이 되었다.

"이… 계집이……!!"

흡혈도부가 은평에게 으르렁거렸다. 이미 그의 눈에는 뵈는 게 없었던 것이다.

"누구더러 계집애래!!"

이미 노인 공경 따위는 머리 속에서 싹 지워 버린 은평은 흡혈도부가 자신을 향해 달려들자 인정사정 보지 않고 그대로 발을 날렸다. 사람들은 그대로 굳어버렸다. 별다른 기도도 없던 소녀가 흡혈도부를 마치 공 갖고 놀듯 발차기를 하는 것을 보고 말이다.

"…내가 못살아. 좀 가만히 있으랬지?!"

흡혈도부에게 막 발을 날리려던 은평의 팔을 붙잡아 일단 말린 인은 흡혈도부 쪽을 힐끔 바라보았다. 정신을 못 차리고 해롱대고 있긴 했지만 생명에는 지장이 없어 보여 그냥 가볍게 수혈을 짚어 내버려 둔 뒤 은평에게 설교를 시작했다.

"사람 말을 뭘로 듣는 거야?"

"나도 가만히 있으려고 했어. 근데 이 사람이 날더러 계집애라잖아!

게다가 너한테 공격도 했고!"

인은 지금 흥분한 나머지 매우 중요한 사실을 그냥 넘겨 버리고 마는 중대한 실수를 범했다.

"네가 나서면 일을 망쳐 버린다니까! 내가 가만히 있으려다가 누구 때문에 나섰는데?!"

은평이 열을 받았는지 쓰고 있던 죽립을 벗어 들고 인을 후려갈겼다.

"뭐가 어쩌고 저째?!"

은평의 말에 반격을 하려던 인은 문득 주변 시선이 모두 자신들을 빤히 바라보고 있음을 깨닫고 황급히 정신을 차렸다.

'내가 못살아아아아…….'

하지만 이미 수습 불가였다. 인은 은평을 나서지 않게 하려던 계획과 천무존으로서의 체통이 산산이 조각남을 느끼고 깊은 나락으로 떨어져 내리는 것만 같았다. 하지만 사람들의 관심은 그게 아니었다. 굳이 따져 보자면 저 천무존과 동등하게, 그리고 아무렇지도 않게 말을 하고 다툼까지 벌이는 저 소녀에 대한 감탄이랄까, 어이없음이랄까.

"겨우 이따위 것 때문에 여기 있는 사람들이 모두 헤까닥 돌아버렸단 말이지?"

은평은 화풀이의 대상을 자신이 흡혈도부에게서 빼앗은 목갑으로 돌렸다. 겨우 '이따위 것' 이란 말에 사람들은 경악했다. 누가 뭐래도 저 자염설련삼은 두 개를 한꺼번에 복용했을 시 이 갑자의 공력이 증진되는 것이다. '이따위 것' 이란 말로 통용될 수 있는 것이 아닐 터. 소녀의 광오함(?)에 사람들은 혀를 내두르며 개중에는 화를 내는 이도 있었다.

"소저, 말이 너무 지나치시오!"

"맞소! 저 자엽설련삼이……."

사람들 사이에서 이구동성으로 불평이 쏟아져 나왔다. 천무존과 어떤 관계인지 확실히 알 수가 없어 함부로 화를 낼 수는 없었으나 말투에 박힌 가시는 역력했다.

"…말이 지나치다고요?"

은평이 점점 열이 받는 기색이 되자 인은 은평을 진정시키려 했지만 중과부적이었다. 은평은 인과 싸운 분풀이까지 여기에 모두 쏟아 부으려는 듯 몸을 부들부들 떨었지만, 이내 무슨 생각이었는지 자신을 가다듬고 담담한 목소리로 입을 열었다.

"절대 지나치지 않아요."

화가 난 기색과는 달리 침착한 목소리에 인은 우뚝 몸을 굳혔다. 은평은 사람들을 노려보며 목갑을 열었다. 자엽설련삼의 청아한 향이 사방으로 진동하고 사람들이 주춤했다. 대체 자엽설련삼을 어쩌려는 것일까.

"내공을 증진시키는 것이 그리도 중요합니까? 여기 계신 분들을 쭉 둘러보니 거의 대부분이 얼굴을 가렸거나 복면을 쓰셨네요. 그럼 스스로도 알고 있단 말이잖습니까. 지금의 위치에서 영약 따위에 탐을 내는 것이 세간에 어떻게 비칠지, 그것이 떳떳치 못하다는 것과 혹은 어떤 결과를 불러올지… 모조리 알고 계신 분들이 아귀다툼을 벌이시는 건가요?"

은평의 말은 그리 크지 않았고 목소리에 공력을 실은 것도 아니건만 사람들의 귀에 쏙쏙 들어와 박혔다. 뭔가 알 수 없는 흡입력이 있다고나 할까. 그리고 흔하디흔한, 진부한 말이었지만 이상하게도 설득력있게 들렸다.

"이런 것에 집착할 시간이 있다면 차라리 죽어라고 운기조식인지 뭔지를 해서 내공을 쌓아요! 아니면 떳떳하게 얼굴을 드러내고 탐해보시던가. 그렇다면 순순히 넘겨 드릴 테니."

그 말에 주변이 고요해졌다. 물론 은평의 말대로 복면을 벗거나 죽립을 벗는 이는 없었다. 높은 자리에 올라 있는 자일수록 이런 일에는 떳떳치 못한 법이었다. 자신을 스스로 드러내는 이가 없자 은평은 주저없이 자엽설련삼을 손아귀에 움켜쥐고 삼매진화를 일으켰다. 사람들의 입이 쩍 벌어지고 몇몇은 그것을 막기 위해 은평에게로 달려들었으나 은평이 사람들을 피해 훌쩍 몇 장 위의 공중으로 날아올랐다. 새끼손가락만한 크기의 자엽설련삼은 은평의 손아귀에서 활활 타 들어가 이내 재로 변했다. 자엽설련삼이 있었다는 사실은 아직 청아한 향내가 남아 있는 주변의 공기와 자엽설련삼이 담겨 있던 목갑, 그리고 은평의 손에 남아 있는 타다 남은 재뿐이었다.

"이게 무슨 짓이오?!"

"소저!! 지금 소저가 한 짓이……."

"네, 무슨 짓인지 잘 알고 있어요. 분쟁의 씨앗이 될 뿐이라면 아무리 영약이라 한들 극약과 다를 바 없죠. 도대체 이것이 무엇이라고 서로들 싸우고 피를 흘려가면서까지 얻으려는 건가요? 여기 있는 사람들 모두 영약에 의존하지 않으면 안 될 만큼 약하고 나약하신 분들이십니까?!"

"궤변이오!! 그대가 차지할 수 없으니 남을 줄 바엔 차라리 없애 버리자라는 심보가 아니오?!"

"내가 댁들 같은 줄 압니까?! 나는 맹주의 부탁으로 여기 있는 인과 함께 항주에 왔어요. 댁들처럼 영약에 눈이 벌개져서 온 게 아니란 말입니다!"

은평이 화를 내며 쏘아보자 정작 말을 꺼냈던 사람은 위축되어 입을 꾹 다물었다. 보고 있던 인조차도 놀랄 광경이었다.

'…얘가 언제 이렇게 변했대?'

좋은 변화일지 나쁜 변화일지는 모르겠지만… 여하튼 은평의 이런 모습을 보고 있자니 감회가 새로웠다.

"그러니 모두 돌아가세요."

은평의 목소리에는 항거할 수 없는 그 무언가가 실려 있었다. 사람들은 이내 쭈뼛쭈뼛 서호를 벗어나기 시작했다. 이미 자엽설련삼이 사라진 이상 더 이상의 볼일은 없었거니와 은평의 말에 수치를 느낀 까닭도 있었다. 어쨌거나 서호의 밤은 그렇게 깊어만 가고 있었다.

사람들이 썰물 빠지듯 사라지고 난 뒤, 서호에는 인과 은평, 그리고 인에게 나이 운운하다가 단단히 밉보인 오 인만이 남아 있었다. 한데 인과 은평은 그들에게 신경을 쓰긴커녕 서로 말다툼하기에 바빴다.

"내가 너 때문에 못살아! 너 청룡한테는 뭐라 말할 거야?"

"알 게 뭐람."

팔짱을 끼고 먼 하늘만 바라보는 은평의 태도에 인은 기가 턱턱 막혔다.

"난 어디까지나 조용하게 처리하고 싶었다구."

"어쨌거나 먼저 날 화나게 한 게 잘못이야. 그리고 일은 해결됐잖아."

"이게 해결이냐?!"

한참을 말다툼하던 은평의 눈에 저 멀리 떨어져서 눈만 데굴데굴 굴리며 자신을 바라보고 있는 노인들이 눈에 들어왔다. 그리고 자신을 반짝반짝 초롱초롱한 시선으로 바라보는 백염광노와 파랑군을 보는 순간, 몸에 오한이 달렸다.

―인, 일단 잠시 휴전하고 도망가자.

—…으이구, 웬수. 일단 객잔에 돌아가서 보자.

—저 할아버지들이 또 날 주군으로 모시겠답시고 쫓아오면 귀찮으니 혈도 짚어버리고 그냥 가면 안 돼?

인은 의외로 그 말에 순순히 고개를 끄덕이더니 순식간에 지공을 날려 이들의 혈도를 점했다. 어차피 어느 정도 시간이 지나면 혈도야 자연스레 풀릴 테니 말이다.

—알았다. 일단 가자.

인과 은평은 청룡과 황, 백호가 기다리고 있을 객잔 쪽을 향해 몸을 날렸고, 혈도가 막혀 눈만 굴리고 있던 자들은 안도의 한숨을 내쉬었다. 백염광노와 파랑군을 빼고는.

'…이, 이제야 만났는데… 도망가시다니이이!!'

'너무하십니다아아아……!!'

백의맹의 항주 지부는 요 며칠 새에 기합이 바짝 들어가 있었다. 맹으로부터 정기적으로 날아오는 전서구에 적혀 있던 서찰에는 천무존이 항주로 향했으니 혹시나 맹을 방문하거든 극진히 대접하라는 것과 천무존이 전하는 내용을 즉시 맹으로 알리라는 내용이었다. 내용이야 어찌 됐건 천무존이 항주 지부를 방문할지도 모른다는 사실만으로도 여러 젊은 고수에게는 기합이 들어가고도 남을 일이었다. 그들은 천무존에게 대단한 기대를 품고 있었다. 무림명숙들이 으레 그렇듯 화려한 차림새에 수하들을 이끌고 오리라 예상했던 것이다. 물론 헛다리를 짚어도 단단히 짚은 꼴이었지만 말이다.

이른 새벽, 인적이 드문 맹의 항주 지부 근처 대로에 네 인영이 나타났다.

"그러게 잘못했다고 하잖아. 도대체 몇 번을 반복하는 거야. 니가 앵무새야?! 입 안 아파?"

"…끝까지 큰소리야!"

새끼 백호를 품에 안고 죽립을 눌러쓴 소녀와 푸른 감청색 옷을 입은 청년이 말다툼을 벌이고 있었다. 그 뒤를 장검을 멘 허름한 옷차림의 사내와 붉은 화복의 요염한 미녀가 뒤따른다. 그랬다. 이 알 수 없는 이들은 은평 일행이다. 오늘 항주 지부를 찾아가기 위해 길을 나선 것이다.

"여기야?"

인에게 묻자 인은 대답 대신 건물에 걸린 편액을 바라보았다. 글자를 보니 맞는 것 같긴 했다.

"맞는 거 같네."

아직 이른 새벽이라 그런지 보표들도 나와 있지 않았고 지부의 문은 굳게 닫혀 있었다. 은평은 아직 굳게 문이 닫혀 있는 항주 지부의 문고리를 힘껏 쾅쾅쾅— 두들겼다.

"아함… 새벽부터 대체 누구요?"

졸음에 못 이겨 하는 목소리가 들리고 끼이익 하는 소리와 함께 보표 하나가 나와 굳게 닫힌 문의 빗장을 열었다. 어떤 사람인지 모르니 말투는 제법 공손했다.

"지부장께서는 안에 계시오?"

인이 보표의 눈앞에 우뚝 서서 지부장을 찾았다. 보표는 졸린 눈으로 인의 행색을 훑어보더니 남루한 것을 보고 자신의 아침 단잠을 깨운 것에 대한 화가 치밀었다.

"아니, 이 미친놈이 여기가 어딘 줄 알고 새벽부터 와서 어르신의 단

잠을 깨운단 말이냐! 몰매 맞기 전에 얼른 물러가라!"

보표는 인의 말을 말도 안 되는 소리로 치부해 버렸다. 겨우 이름도 없는 하급 떠돌이 무사 같은데 지부장을 찾다니 건방지기 짝이 없는 놈이 아닌가. 바닥에 침을 한번 탁 뱉고는 문을 다시 걸어 잠그려고 했다. 하지만 이내 인의 손이 문틈으로 끼어들어 와 그것을 막았다. 보표는 인의 손가락이 으스러지거나 말거나 문을 쾅 닫으려 했으나 어찌 된 일인지 자신이 두 손으로 낑낑대며 문을 잡아당겨도 문은 꿈쩍도 하지 않았다. 거기다가 손이 문 사이에 낀 인은 별로 아파하는 기색도 아니었다.

"어서 손을 치워라, 이놈!"

"가서 지금 당장 항주 지부장을 불러와라."

무례한 보표 때문에 인은 조금 열받은 상태였다. 처음에는 말투가 공손했으나 어느새 명령조로 변한 것을 보면 그가 얼마나 열받았는지를 느낄 수 있었다. 아무리 이른 아침에 찾아왔다고는 하나 행색을 보자마자 싹 바뀌어 문전박대하고 거기다가 욕지거리를 내뱉는 태도라니. 열받은 인은 문틈에 끼워 넣은 손끝에 공력을 주입해 문을 힘주어 잡았다. 그 탓에 인이 잡았던 부위와 그 주위가 파삭— 하고 부서져 내렸다.

"이놈이 어디서 힘 자랑을 하는 게냐?!"

"더 부숴 주랴?"

쾅—!!

인은 장법을 이용해 문을 한번 내려쳤다. 두 개의 커다란 문 중 한쪽이 갈라지는 음향을 내며 이내 와르르르 무너져 버렸다. 요란한 소리에 놀란 듯 안쪽에서 요란한 발소리가 들리는 것으로 보아 무사들이 몰려오고 있는 듯했다.

"좋게 말할 때 가서 항주 지부장 불러와. 아니면 남은 문도 부숴 버릴 테니."

"이… 이……."

보표가 채 말도 못하고 더듬더듬거리고 있자 인은 음성을 낮춰 다시 한 번 으르렁댔다.

"한 대 맞을래, 불러올래?"

요즘 들어 부쩍 신경질이 는 듯한 인의 모습에 놀라 은평과 청룡은 말다툼을 멈추고 수군거렸다.

"늙은이의 심술인가? 요즘 인 왜 저래?"

"낸들 알겠냐."

청룡과 은평 사이로 황의 장난기 어린 음성이 파고들었다.

"…저 나이 되도록 동정으로 늙어 먹으니 그렇지."

인은 위협조로 왼쪽 발에 천근추를 시전해 발을 한번 굴렀다. 단단한 화강암을 깔아둔 바닥이 인의 발자국 모양대로 푹푹 패이는 것을 본 보표는 그제야 인의 무공이 보통이 아님을 깨달았다. 그때 뒤쪽에서 동료들의 음성이 들렸다.

"어이, 무슨 일인가?"

보표는 동료들이 달려오자 힘을 얻었다. 여럿이 뭉치면 저놈이 제법 재간이 있다 해도 별수없을 터였다.

"왠 미친놈 하나가 와서 다짜고짜 지부장님을 불러오라며 행패를 부리지 뭔가!!"

"뭐야?!"

여러 명의 보표가 각자 검을 빼 들었다. 인과 그 뒤에 있는 일행을 살폈으나 그리 무공이 고강하다는 흔적은 발견하지 못했다. 붉은 화복 차림의 요염한 미녀는 제법 화려한 것이 있는 집 여식같이 보였지만 그 외에는 전부 남루한 차림새가 아닌가.

"이놈들!! 감히 맹의 항주 지부에 와서 문을 깨부수다니, 이 어르신들이 친히 버릇을 고쳐 주마."

보표들 중 그래도 힘깨나 쓸 것 같은 건장한 사내가 제일 앞으로 나섰다. 일단 제법 재간이 있어 뵈는 인부터 제압하면 나머지 놈들은 별 볼일 없을 거라고 예상한 터라 오랜만에 실력을 뽐낼 기회가 온 것 같아 자신만만했다.

"크하하하, 그러게 말일세. 저기 저년은 제법 반반한 듯하니 버릇을 고쳐 주기보단 남자맛을 알려주는 게 어떻겠는가!"

한 보표가 황을 가리키며 음담패설을 늘어놓았다.

"그거 좋은 생각일세. 푸하하하."

황의 표정이 묘하게 변하고 청룡과 백호의 얼굴에 창백한 기가 스쳤다.

[…저, 저놈들이 미쳤나 봅니다…….]

"세상 살기가 싫었나… 그나저나 미치겠네. 황이 날뛰면 건잡을 수 없는데……."

자신들이 지금 염라대왕의 입에 스스로 머리를 들이밀고 있다는 사실을 아는지 모르는지 그저 자신들이 늘어놓은 말에 도취되어 껄껄껄 웃고 있을 따름이었다.

"…지금 뭐라고 하셨나요?"

황의 음성이 더없이 다정해졌다. 곱게 그린 아미를 살짝 둥글려 웃음 짓는 그 요염한 미소에 보표들은 갑자기 멍해졌다. 황은 청룡이 말릴 틈도 없이 보표들에게로 성큼성큼 다가갔다. 보표들은 그 예기치 않은 행동에 놀랐으나 황의 기도에 눌려 꼼짝도 못했다.

"야, 황!"

청룡이 말리기도 전에 황이 손끝을 튕기자 보표들의 검에 일제히 불이 붙어 활활 타오르기 시작했다. 기이한 일이었다. 금속은 원래 불에 그슬리기만 할 뿐인데 마치 기름을 들이부운 것마냥 검에서 불이 일어나다니 말이다.

"큭! 이, 이게 무슨 일이냐!"

"이 요녀! 어디서 요망한 사술을 부리느냐?!"

보표 하나가 황에게 삿대질을 하며 달려들었으나 그 앞을 인의 장검이 가로막았다. 인이 채 검을 놀리는 것도 보지 못했는데 목덜미께가 서늘해져서 아래를 내려다보니 자신의 목을 겨누고 있는 장검의 시퍼런 날이 보여 보표는 등 뒤로 식은땀을 줄줄 흘렸다.

"…어딜 가시려고?"

"이놈! 당장 그 검을 치우지 못하겠느냐?!"

뒤에서 악을 쓰는 보표들을 한번 바라본 인은 어봐란 듯 위를 향해 소맷자락을 휘둘렀다. 편액과 편액이 걸려 있던 서까래, 그리고 서까래 위의 지붕이 인의 손짓 한번에 떨어져 나가 보표들 바로 뒤에 쿵— 하고 추락했다.

"헉……."

"저놈 보통이 아니다……."

그제야 인이 자신들의 상대가 아님을 깨달은 보표들은 침음성을 흘렸으나 이미 엎질러진 물이었다. 보표 하나가 자신이 아는 최대한의 경신법을 동원해 아직 자고 있을 지부장의 방으로 거의 날 듯이 뛰어들어 갔다.

"…꼭 말로 하면 안 들어먹는다니까."

인은 놀라 벌벌 떨고 있는 보표에게서 장검을 거두고는 여유만만하게 팔짱을 꼈다.

"어머! 제법 하잖아, 동정남씨."

황은 보표들의 겁에 질린 얼굴이 맘에 든 듯 히죽 웃고는 남아 있는 나머지 한쪽의 문짝에 손을 뻗어 쓱 어루만졌다. 황이 아무것도 한 것이 없는데도 순식간에 문짝에 불이 붙어 활활 타오르기 시작했다.

겁을 집어먹은 보표는 충실히 항주 지부장을 깨워서 인 앞으로 데리고 왔다. 무공이 제법 고강한 것 같으니 조심하라는 당부도 아끼지 않으며 말이다. 항주의 지부장은 아직 잠이 덜 깬 어리둥절한 모습으로 나왔다가 대문이 완전히 조각조각나 부서진 데다 남은 문짝은 활활 불타오르고, 편액과 지붕은 완전히 날아가 있는 것을 보더니 기겁을 했다.

"이, 이게 무슨 일이냐!"

"그대가 항주 지부장인가? 부하들 교육을 다시 시켜야 되겠더군?"

인은 아무 말 없이 소매 속에서 헌원가진에게 건네받은 서찰을 내밀었다. 지부장은 서찰을 받아 들어 쭉 읽어 내려가더니 이내 몸을 뻣뻣이 굳혔다. 그리고 믿어지지 않는다는 얼굴로 눈앞의 청년을 다시 한 번 바라보았다.

"이놈들아!! 네놈들 도대체 무슨 짓을 한 게야?!"

그리고 바로 뒤를 돌아 자신의 뒤에 붙어 있는 보표들을 향해 호통을 쳤다.

"저, 저희들은 아무것도 하지 않았습니다. 저놈들이 아침부터 찾아와서는……."

볼멘소리로 변명을 해보지만 지부장의 귀에는 이미 들리지 않았다.

"당장 가서 귀빈을 모실 차비를 하라 일러라! 이분이 바로 천무존이시다!"

천무존이란 소리에 보표들의 얼굴이 눈에 띌 만큼 핏기를 잃어갔다. 자신들이 대체 무슨 짓을 해버린 것인가.

"…송구스럽습니다. 지부장 된 몸으로 부하들 교육을 제대로 시켜놓지 못해 천무존께 크나큰 무례를 범하게 되었습니다. 부하들을 대신해 사과드립니다."

무공도 무공이지만 처세술 하나로 지부장까지 오른 위인이었다. 지부장은 머리가 땅에 닿도록 허리를 숙여가며 인사했다.

"자자, 어서들 안으로 드시지요."

*　　　*　　　*

쨍그랑—!

푸른 유약으로 무늬를 그려 넣은 고급스런 자기 술잔이 벽에 부딪쳐 산산조각이 났다. 술잔을 던진 장본인인 황보영은 그러고도 화가 안 풀리는 듯 주먹으로 원탁 위를 거칠게 탕탕 내려쳤다.

"진정하시구려. 천무존이 개입하리란 건 예상치 못했던 일이 아니오?"

막리가는 황보영을 달랬으나 황보영은 못내 분한 듯 얼굴을 붉게 물들였다. 기껏 풀어놓은 자엽설련삼이 천무존과 천무존이 항상 같이 다니는 소녀에 의해서 불태워진 것이다.

"…개입하지 않으리라 생각했거늘… 역시 천무존을 없애야 한단 말인가."

"하지만 그대로 없애기엔 상대가 만만치 않소."

천무존을, 아니, 인의 곁에서 지내본 경험이 있는 막리가는 고개를 저었다. 언뜻 보기로는 그저 떠돌이 무사에 만만한 자처럼 보이지만 한 꺼풀 들춰내고 보면 사람을 압도하는 기도에 연륜이 돋보였다. 그리고 천무존이란 별호 그대로 그 강함이란… 아마도 강호에 적수를 찾을 수 없을 것이었다.

"아마도 상대할 수 있는 자가 드물 것이오. 평수를 이룰 자나 있으면 다행이겠소만."

"…이긴다 장담은 할 수 없지만… 평수를 이루는 자는 하나 있네."

조금 마음을 가라앉혔는지 황보영은 인과 평수를 이루는 자가 있다는 말을 내뱉었다.

"그게 누구요?"

"…자네도 몇 번 보지 않았던가."

황보영은 의미심장한 미소를 띠었다.

"설마 하니… 배교의 교주를 말씀하시는 것이오?"

"그렇다네."

막리가는 믿을 수 없다는 듯 고개를 저었다.

"그의 무공이 고강하다는 것은 알고 있지만 설마 하니 천무존에 미칠 리가……."

"그건 두고 보면 알겠지… 그 둘을 싸우게 해서 동귀어진하게 하면 좋을 텐데 말이야……."

황보영의 짐작이 막리가에게는 믿어지지도 않았을뿐더러 말도 안 되는 생각이라 여겨졌다. 자신 역시 배교의 교주를 수도 없이 만나보았지만 그럴 정도는 아니었다고 단언할 수 있었다.

"어쩔 수 없겠군. 이르지만 예정을 조금 앞당기도록 할까. 자네의 세력을 분산시키세. 일단 옥문관을 빠져나오면 연학림의 세력에서 도와줄 것일세. 연학림의 진정한 힘은 무공보다는 관을 동원시킬 수 있다는 것이지. 훗훗… 약소한 방파부터 치게나. 정도, 마도를 가리지 말고 말일세. 최대한 배교와 연계하는 것처럼 보이게끔 해야겠지. 아니, 할 필요도 없으려나? 세외의 세력이면 무조건 배교의 잔당이라 여기는 것이 중원인들 아닌가."

그 명령조의 말이 막리가는 마음에 들지 않았으나 일단은 황보영의 말을 따르는 입장이므로 불만을 굳이 드러내는 우를 범하진 않았다.

*　　　*　　　*

가을비가 부슬부슬 쏟아져 내리는 금릉.

무림대전도 끝나고, 그렇게 북적댔던 것이 마치 거짓말처럼 느껴질 정도로 한산한 맹의 문 앞을 무사 몇이 꾸벅꾸벅 졸아가며 지키고 서 있었다. 그런 그들의 앞에 갑자기 바람 한줄기가 스치고 지나간다. 그 바람에 놀랐는지 무사 하나가 졸다가 고개를 번쩍 들었지만 주변에는 아무것도 없었다.

'…잘못 느꼈나…….'

무사는 머리를 벅벅 긁으며 다시 잠을 청했지만 기실 무사는 잘못 느낀 것이 아니었다. 그 바람은 바로 잔월비선이었던 것이다.

'…일이 이상하게 돌아가고 있다. 세외에서 옥문관을 넘어오는 인원이 증가한 이유가 대체 뭐란 말인가.'

황궁에 찾아갔을 때 봤던 장계에 대해 알리기 위해 잔혹미영과 헤어져 서둘러 황궁에서 빠져나와 금릉으로 달려온 것이었다.

순식간에 맹의 내부로 들어와 맹주의 집무실 앞에 당도한 잔월비선은 집무실 문을 거칠게 두드렸다.

"…누군지 모르겠으나 들어오시구려."

의아해하는 헌원가진의 목소리가 들리자마자 잔월비선은 안으로 뛰어들어 갔다. 헌원가진은 황궁에 가 있어야 할 잔월비선이 당황한 안색으로 뛰어들어 오자 의아하다는 눈길을 주었다. 벌써 자금성까지 다녀왔단 말인가. 물론 전력으로 경신법을 시전하면 불가능한 일만도 아니겠지만 말이다.

"…이게 어찌 된 일이오?"

"조짐이 심상치 않소. 황궁에 잠입했다가 우연히 황제에게 올려지는 장계를 보게 되었소. 그 장계에 써 있는 바에 따르면 요즘 세외에서 옥문관을 넘어오는 자들이 눈에 띄게 늘었다 하오. 그들은 하나같이 색목인이라는구려."

잔월비선이 정신없이 쏟아내는 말을 듣던 헌원가진의 눈동자가 어둡게 가라앉았다.

"…색목인이라……."

"그저 단순한 우연의 일치일지도 모르겠지만 예감이 좋지 않소."

"알았소. 귀중한 정보구려. 조치를 취해보리다."

헌원가진은 자리에 앉아 붓을 들고 무언가를 작성해 내려가기 시작했다. 잔월비선은 자꾸만 좋지 않은 예감이 떠올라 불안해서 견딜 수가 없었다. 황제에게 부탁해 옥문관의 출입을 엄중히 경계하라고 해놓았지만 자꾸만 큰일이 벌어질 것 같은 이 예감은 대체…….

*　　　*　　　*

쏴아아아—

굵은 빗줄기가 세상을 온통 축축이 적시고 있었다. 가을비와 스산한 가을바람이 합세한 죽림은 개미새끼 한 마리 얼씬대지 않아 적막감마저 감돌고 있었다.

"가을비라……."

짙은 대숲 사이, 푸른 청의를 걸친 청년이 내리는 비를 고스란히 맞고 있었다. 가을비치고는 양이 적잖았다.

"곧 그치겠지요."

뒤에 조용히 시립해 있던 검은 인영의 말이었다.

"연학림에서 설치고 있다지……? 꽤 용을 쓰는군. 귀한 자엽설련삼을 강호에 풀어놓다니."

청의청년은 빗속에 서 있지만 비를 하나도 맞지 않고 있었다. 옷으로는 한 치도 스며들지 못하고 전부 바깥으로 튕겨지고 있는 것이다. 긴 머리카락에도, 새하얀 피부에도 비를 맞은 흔적은 하나도 없었다. 그것은 청년의 뒤에 서 있는 검은 인영 역시 마찬가지였다. 둘 다 깊은 내력의 소유자임에 틀림없었다.

"…어느 고인이신가?"

청년은 무언가 기척을 느낀 듯 허공의 한 지점을 향해 대뜸 말을 걸었다.

"주군, 무슨 일이라도……."

검은 인영은 아무런 기척도 느끼지 못했기에 자신의 주군을 의아한 듯 바라보았다. 그때, 놀라운 일이 벌어졌다.

스르륵—

마치 거짓말처럼 비가 내리는 허공에서 한 인영이 모습을 드러냈다. 발치에까지 끌리는 긴 머리카락, 달랑 장포 하나만을 걸친 가냘픈 몸, 새빨간 입술과 더불어 대조를 이루는 창백한 피부의 소녀였다.

"…당신은……?"

청년은 당황하지도 않고 가만히 소녀를 바라보았다. 소녀는 허공에서 비로 인해 질퍽해진 땅으로 가볍게 내려섰다. 소녀의 발은 맨발이었으나 신기하게도 흙탕물은 소녀의 발에 전혀 묻어나질 않았다. 이 소녀 역시 청년과 마찬가지로 비를 맞고 있긴 하지만 비가 옷을 적시지 못하고 그대로 튕겨지고 있었다. 기다란 머리카락도 창백한 피부 어디에도 비를 맞은 흔적은 없었다.

"누구냐?!"

검은 인영은 소녀를 향해 검을 빼 들 기세였으나 청년이 손을 들어 그것을 저지했다. 검은 인영은 할 수 없이 뽑으려던 검을 도로 검집에 꽂아 넣고 청년의 뒤에 공손히 시립했다. 하지만 저 소녀가 허튼짓이라도 할 시엔 바로 해치우겠다는 의도로 검에서 손을 떼지 않았다.

"…나를 보고도 전혀 놀라지 않는군."

청년은 의미가 모호한 말을 소녀에게 던졌다. 소녀는 청년을 똑바로 바라보았다. 소녀는 청년을 아래위로 훑어보더니 역시 의미 모를 말을 했다.

"…이런 곳에서 천리(天理)를 역행(逆行)하는 자를 만나게 될 줄은 몰랐군."

소녀의 말에 청년의 몸이 흠칫 떨렸다.

"당신의 주위를 떠돌고 있는 그것들은 천리를 역행하는 것… 없애는 것이 나의 일이긴 하지만 지금은 다른 일이 더 급선무이니 참겠다."

청년은 소녀가 말하는 것이 무엇인지 알고 있었다. 언제나 자신의 주변을 맴도는 자신의 어머니를 말하는 것일 게다.

"이것을 알아챈 것은 네가 처음이야……."

"…살아 있는 사람이 혼백을 몸 밖으로 꺼내어 돌아다니는 것은 위험한 행위다. 그만두는 것이 좋아."

청년은 자신도 어찌할 수 없는 일이라는 의미로 고개를 저었다.

"…뭐… 지금 당장은 상관없지."

소녀는 고개를 들어 청년을 응시했다. 풀어헤친 머리카락으로 뒤덮인 소녀의 얼굴에서 보이는 것은 창백한 턱 부분과 피처럼 붉은 입술뿐이었다.

"난 당신을 돕고 싶다."

작지만 단호한 말이 소녀의 입에서 흘러나왔다.

"내가 누구인 줄 알고 날 돕는단 말인가?"

청년은 놀라지도 않고 피식 웃었다.

"네가 누구든 그것은 내게 중요한 것이 아니다."

"…널 어떻게 믿지?"

청년은 팔짱을 꼈다. 점점 눈앞의 이 소녀가 흥미로워졌다.

"믿고 안 믿고는 네 자유다."

소녀는 하늘을 향해 손을 뻗고 몇 번 소매를 흔들었다. 그랬더니 거짓말 같게도 비가 뚝 그쳤다. 청년과 검은 인영은 놀랍다는 듯 주변을 둘러보았다. 비로 축축이 젖어 있는 죽림 어디에도 비가 내린다는 느낌은 없었다.

"날 도와서 네가 얻는 이익은……?"

"…나의 죽음."

죽음이라는 말에 청년은 잠시 멍해 있다가 갑자기 웃음을 터뜨렸다. 어쩌면 자신과 저 소녀는 닮아 있을지도 모른다. 죽음을 원한다는 점에서는 말이다.

"나와 원하는 것이 같군. 좋아! 뭘 어떻게 도와줄 거지?"

소녀가 다시 한 번 하늘로 손을 뻗어 소매를 휘저었다. 그러자 멈추었던 비가 다시금 쏟아지기 시작했다.

"…네가 원하는 것이라면 뭐든지, 내 능력이 닿는 한에서라면."

* * *

중원 저편에서 자엽설련삼을 놓고 아귀다툼을 벌이고 있을 무렵, 옥문관 근처의 한 중소방파가 하루아침에 멸문지화를 당하는 일이 일어났다. 해검문(解劍門)이라 불렸던 이 중소방파는 정체를 알 수 없는 자들에 의해 그 식솔들과 제자들이 모조리 떼죽음을 당했고, 동시에 해검문이 있던 자리는 그들이 놓은 불로 인해 새까맣게 불탔다. 이 일에 관한 소문은 말보다도 빠른 사람들의 입을 타고 중원 전체로 구석구석 일파만파로 번져 나갔으며 소문의 일부에는 이런 말이 나돌았다. '해검문을 죽인 자들이 쓰던 무공은 세외에 있는 포달랍궁의 것이다' 라고 말이다. 일은 아주 조용하고도 빠르게 벌어지고 있었다.

은평 일행은 그 무렵, 맹의 항주 지부를 떠나 또 다른 자엽설련삼을 찾기 위해 사천성을 향하고 있었다. 항주에서 이틀 정도를 소비한 터라 길을 서둘렀지만 사천성에서 자염설련삼이 누군가의 손에 들어갔다는 소문은 아직 없었다. 누군가의 교묘한 수작일지, 아니면 사천성에는 여러 대문파들이 많아 경쟁이 치열해서인지는 알 수 없었지만 말이다.

"그 항주 지부장인가 하는 사람, 무지 웃겼어. 인을 꼭 신 모시듯이 하다니. 내가 보기엔 푼수나 다름없는데 말야."

인이 청룡이나 황 등을 따라가느라고 전력을 다해 경신법을 구사하기 때문에 제대로 대꾸를 못한다는 것을 알게 된 은평은 사천성까지 가는 동안 인을 놀려먹느라 정신이 없었다.

"그만 좀 해라. 불쌍하지도 않냐?"

보다 못한 청룡이 인을 향해 구원의 손길을 뻗었지만 별 소용은 없었다.

[언제까지 비가 내릴까요?]

백호의 말에 청룡이 하늘을 바라보았다. 잔뜩 먹구름이 낀 것으로 보아 스산한 가을비는 아직 그칠 기미가 없었다.

"글쎄다… 앞으로 한참은 더 내릴 것 같……."

청룡은 갑자기 말을 멈추었다. 방금 순간적으로 느껴진 이 기운은 분명 현무였다. 방향은 금릉 쪽… 금릉에서 현무가 무슨 일을 꾸미고 있음이 틀림없었다. 느낀 것은 청룡뿐만이 아닌 듯 백호와 황 역시 금릉이 있을 방향을 바라보고 있었다.

"큰일이군… 이번에는 현무가 또 무슨 일을 꾸미려는지."

청룡은 혀를 찼다. 청룡의 옆에 있던 황이 애써 명랑하게 말했다.

"걱정만 한다고 해결되진 않아."

"응, 그건 황의 말이 맞다고 생각해."

은평은 황의 말에 맞장구를 쳤고 백호 역시 동감한다는 듯 고개를 끄덕끄덕거렸다.

"그래, 벌써부터 걱정해 봐야 소용없겠지. 아, 저기 사천성도가 보이는군."

사천성으로 뻗어 있는 관도와 함께 흐릿하게 성벽이 보였다. 내리는 빗줄기로 인해 안개가 낀 듯 뿌옇게 보였지만 사천성임은 틀림없었다.

45
살 육

살육

구파일방을 비롯해 맹과 연계하고 있던 백도의 대소문파에 긴급한 내용을 담은 서찰이 전서응을 타고 전해졌다. 그리고 마도의 기둥이라 할 수 있는 마교에도 맹의 전서응이 날아왔다.

마교의 교주께 전하오.

갑작스런 서신에 놀라셨을 것이라 생각되오만, 길게 이야기할 틈이 없구려.

세외의 포달랍궁이 지금 중원 땅에 들어와 있는 모양이오. 벌써 해검문을 비롯해 여러 개의 방파가 무너졌소. 그들은 정도, 마도 가리지 않고 공격하는 듯하오. 배교의 짓이라 단정할 수는 없으나 이십 년 전에도 세외가 배교를 도와 중원을 침략한 일이 있었기 때문에 맹의 수뇌부에서는 배교의 일이라 여기고 있다오.

이런 때일수록 중원이 힘을 뭉쳐야 하는 것 아니겠소? 부디 힘을 빌려주시기를 바라는 바이오. 정확한 상황을 파악하기 위해 힘을 기울이고 있으니 맹을 찾아주시기를 간곡히 부탁드리오.

서신을 단숨에 읽어 내린 화우는 자리에서 벌떡 일어났다. 배교가 움직인다는 말은 세외에 보내놓은 간자들에게 들은 적이 없는데 어찌 된 일인지 어안이 벙벙할 뿐이었다. 배교가 움직인다는 말은 없고 오직 포달랍궁뿐인 것을 보니 아직 전체적으로 움직인 것은 아닐 터였다.

"어찌 생각하는가?"

화우는 백발문사에게 맹에서 날아온 서신을 건네며 조언을 구했다. 서신을 읽어본 백발문사는 한숨을 쉬었다.

"배교가 나선 것은 아닐 것입니다. 우리가 심어놓은 자들로부터는 아무런 연락이 없었지 않습니까. 그리고 설사 배교라 해도 어째서 포달랍궁뿐일까요. 뢰음사는 대체 뭘 하고 있다는 말입니까."

"포달랍궁에서 독자적으로 움직이는 거겠지… 대체 속셈이 뭘까."

"아마도 연학림의 짓일 겁니다. 어째서 연학림과 포달랍궁의 세력이 손을 잡았는지는 알 수 없으나 포달랍궁이 중원으로 들어오기 위해서는 필히 옥문관을 거쳐야 하는데 많은 인원이 한꺼번에 옥문관을 거쳤다면 분명 의심을 샀을 것입니다. 설사 나눠서 옥문관을 거쳤다 해도 분명 평소보다 인원이 늘어 관리들의 의심을 샀을 터. 한데 이들은 지금 중원에 들어와 있지 않습니까. 이건 분명 연학림이 돕지 않고서는 불가능한 일입니다. 연학림에 소속되어 있는 자들 중 관에 몸담고 있는 자들이 꽤 되니까 말입니다."

백발문사는 옛 기억을 떠올리며 씁쓸한 미소를 입가에 띠었다. 자신 역시 한때는 연학림의 사람이었으니 잘 알고 있었다. 연학림의 구조나 힘에 대해서 말이다.

"배교와 연학림이 연계를 하고 있는 것인가? 한데 어째서 세외의 세력이 포달랍궁뿐이지?"

"아마도 연학림주가 배교와는 다르게 독자적으로 행동하고 있을 공산이 큽니다. 그자는 야심이 많은 자이니까요. 분명 배교와 동맹 관계가 있었다 해도 오래가지 못했을 겁니다."

백발문사는 앉아서도 지금의 배교와 연학림의 관계를 훤히 꿰뚫어 보고 있었다. 화우는 초조한 듯 자리에서 벌떡 일어났다.

"이런 때에 배교가 정말로 나서 버린다면 큰일이 아닌가."

"일단은 사태를 좀 더 지켜보시지요. 배교가 나서지 않는 이상 마교 역시 함부로 나설 수 없습니다."

* * *

청의청년은 뭐가 그리 우스운지 피식피식 실소를 터뜨렸다.

"뭐가 우습지?"

소녀는 청의청년을 물끄러미 응시했다.

"아무것도 아니야… 그것보다도… 네 말대로 하면 되는 것인가?"

청년의 말에 소녀는 고개를 끄덕였다. 청년은 전해 들은 소식들을 머리 속에 떠올려 보았다. 포달랍궁의 세력들이 갑자기 나타나 여러 방파를 쑥대밭으로 만들고 있다 한다. 필시 연학림주와 막리가의 짓일 것이 분명했다.

"아아… 기대되는군. 배교가 나서지 않는 이상 마교 역시 나서지 않을 테니……."

청년은 언제나 자신의 곁을 맴돌던 사내를 세외로 보냈다. 그의 경신법이라면 아마 곧 머지않아 소식이 있을 터였다. 막리가가 자신의 세력을 동원해 제아무리 날뛴다 해도 자신에게는 미치지 못했다.

"…크크크… 즐겁군 그래. 우리를 내몰았던 중원이 피에 젖는 소리가 들리는 것 같아……."

*　　*　　*

사천성내로 들어온 은평 일행은 자엽설련삼을 찾아다녔지만 그 행방이 묘연했다. 누군가의 손에 들어갔다는 이야기도 없었고 은평 일행 말고도 찾아다니는 이가 수두룩했음에도 불구하고 자엽설련삼은 그 행방을 감춘 채 보이지 않았다.

"자엽설련삼이 애초에 나타난 것도 사람들의 시선을 끌기 위해서였을 거야. 한데 그 소기의 목적을 달성하고 나자 누군가가 다시 거두어들인 게 분명해."

인의 짐작은 거의 맞아떨어졌다. 애초에 자엽설련삼을 풀었던 황보영은 인과 은평이 나타나 일을 망쳐 놓자 자엽설련삼을 서둘러 거두어들이고 일을 빠르게 진척시켰던 것이다.

"거기다가… 세외의 세력들이 자꾸만 중원으로 들어오고 있는 것 같아. 벌써 여러 방파가 무너졌다는 소식이고……."

솔직히 말하자면 인은 자신과는 하등 상관없는 이야기라고 여겼다. 하지만 사실 눈앞에서 수만 명이 죽어가는 걸 그냥 보고 있을 만큼 뻔뻔한 것은 아니어서 여러모로 마음이 착잡했다.

"자엽설련삼의 행방은 이미 묘연하니 다시 금릉으로 돌아가자. 아무래도 이상해. 맹에 들러 맹주에게 좀 물어봐야겠어."

기분이 좋지 않은 것은 은평 역시 마찬가지인지라 인의 말에 동의를 표했다.

*　　　*　　　*

"맹주께서는 이 지경이 되도록 어찌 수수방관하셨단 말이오?!"

"포달랍궁이 넘어오는 것을 전혀 눈치 채지 못했소?!"

온갖 책망의 말들이 헌원가진의 앞으로 쏟아지고 있었다. 잔월비선이 알려온 대로 맹의 수뇌부에 알렸을 무렵, 해검문의 비보와 더불어 갖가지 안 좋은 소식들이 속속들이 맹으로 전달되었다. 사람들은 책임을 어떻게든 맹주에게로 떠넘기려 들었다.

맹주에게서는 그 어떤 대답도 흘러나오지 않았다. 온갖 책망의 말들을 가만히 앉아 묵묵히 듣고 있었다.

"뭐라 말 좀 해보시오, 맹주!!"

"한심하군! 어떻게든 책임을 전가하는 꼬락서니라니!"

보다 못한 잔월비선이 탁자를 내려치며 자리에서 일어났다. 같이 앉아 있는 이자들이 한심해서 견딜 수 없었다.

"어떻게든 일을 해결해 보려는 기미는커녕 책임을 전가하기 바쁘다니, 그러고도 당신들이 백도의 명숙들이란 말인가?!"

"말이 지나치질 않은가! 새파란 애송이가……!!"

자존심이 상했는지 중년인 하나가 잔월비선을 탓하고 나섰다. 물론 가만히 지고만 있을 잔월비선도 아니었지만.

"말이 지나치다고?!"

잔월비선이 뭐라 반론을 하려는 사이, 누군가가 허겁지겁 장내로 뛰어들어 왔다. 바로 교언명이었다. 경거망동하는 일이 거의 없는 그가 안색이 새하얗게 변한 데다 저렇게 요란스레 뛰어올 정도면 뭔가 큰일이 있음이 분명했다.

"크, 큰일이오이다!! 배교의 세력으로 보이는 세외인들이 옥문관을 넘고 있다는 소식과 중원 안에서 배교임을 자처하는 이들이 나타났소!!"

"…뭐라고?!"

"그게 사실인가……!!"

맹의 수뇌부들 사이에서 웅성거림이 일었다. 엎친 데 덮친 격이라더니 딱 그 꼴이 아닌가. 거기다가 중원 내부에서라니… 언제부터 배교의 세력이 중원 깊숙이 숨어들어 있었단 말인가. 모두의 눈앞이 깜깜해져 왔다.

'그럴 리가 없다. 아바마마께 신신당부를 해서 옥문관의 경비를 단단히 하도록 부탁해 놓았거늘… 자, 잠깐…….'

잔월비선은 황제에게 부탁해 옥문관의 경비를 강화해 달라고 했던 일을 떠올리며 고개를 내젓다가 번개같이 머리 속을 스치는 일이 있었다. 바로 연학림이 어떤 곳인지를 말이다.

'…젠장… 그것을 그냥 간과했다니…….'

연학림의 진정한 힘이 무공이 아니라 관을 등에 업었다는 것에 있었음을 간과한 자신의 실수를 뼈저리게 한탄했다.

"이 일을 어쩐다… 이십 년 전에도 전 무림의 힘만으로는 부족해 황군이 개입해서야 겨우 몰아낸 저들이 아닌가. 그동안 아무런 낌새도 없다가 왜 갑자기 이제야…….”

황군이란 말에 좌중의 눈이 번쩍 떠졌다.

“황군… 그래! 관에 도움을 요청합시다.”

“옳소!”

그 말에 잔월비선은 기가 막혔다. 자신들의 힘으로 해결할 생각은 하지 않고 벌써부터 남에게 의지할 생각이라니. 이들이 정녕코 백도의 명숙들이란 말인가.

“모두 진정들 하시오. 벌써부터 황궁을 논해서 어쩌자는 게요? 아직 우리는 저들과 맞부딪쳐 보지도 않았소. 본래 관과 무림의 불문율은 서로에게 관여하지 않는다는 것이 아니오? 설사 황궁에 도움을 청한다 해도 그것은 최후의 수단이 될 것이오.”

지금까지 입을 다물고 있던 헌원가진이 나섰다. 담담하고 착 가라앉은 그의 음성에는 알 수 없는 힘이 깃들어 있었다.

“일단… 그들은 아직 중원의 끝 쪽에 있소. 경공이 빠른 자들을 동원해 전 강호에 소식을 전해야 하오. 배교가 나선 이상 마교에서도 가만히 보고만 있지는 않을 것이오. 사실 배교는 마교의 일부였으니…….”

*　　　*　　　*

“으아아악—!!”

복면인들의 검은 겁에 질려 도망가는 이들을 잔인하게 도륙하고 있었다. 무공을 아는 이, 모르는 이를 가릴 것 없이, 남녀노소를 불문하고 잔인하게 검을 휘둘렀다.

복면으로 모두 얼굴을 가리고 있었지만 오랜 세월 강호에 몸담고 살아온 노인의 눈을 속일 수는 없었다. 이들은 모두 배교의 세력임을 자청하고 있지만 세외인이 아니라 바로 중원인들임이 분명했다.

"…네놈들은 누구냐……."

노인은 자신의 문도들과 식솔들을 모조리 도륙하고 있는 복면인들을 향해 물었다. 익숙한 무공, 익숙한 몸놀림, 목소리를 변조시켰지만 귀에 익은 억양이라니. 분명 자신이 아는 사람이리라. 아니기를 바라는 마음과 설마 하는 마음이 합쳐져 노인의 심경을 더욱 복잡하게 했다.

"곧 염라대왕 앞에 갈 늙은이가 별걸 다 알려드는구나."

"…쿨럭……."

노인은 목구멍으로 피가 역류해 자기도 모르게 피를 꾸역꾸역 뱉어냈다. 이미 그 내상이 가볍지 않았음에도 반드시 알아내야 했다.

"…네놈들은 분명히 노부를 예전에도 한번씩 봤을 게다. 아무리 감추려 해도 무공을 쓰는 몸놀림과 억양은 드러나기 마련이거든……."

노인의 말에 복면인들의 몸이 미미하지만 조금씩 흠칫거렸다. 그리고 노인의 날카로운 눈은 그것을 놓치지 않았다. 자신의 예상이 맞아떨어진 것을 저주하며 힘이 들어가지 않는 몸을 애써 일으켰다.

"노인네가 눈치도 빠르군. 어차피 황천길에 갈 노인이니 알려줘도 무방하겠지."

복면인들 중 하나가 자신의 복면을 벗어 젖혔다. 복면인의 얼굴과 마주한 노인의 눈이 커지고 배신감으로 인해 간신히 일어난 다리가 후들후들 떨렸다.

"역시 네놈들이었더냐… 천벌을 받을 놈들!! 너희들이 어찌 감히 배교와…….”

“…시끄러, 노인장. 너무 눈치가 빠른 것도 죄라니까.”

어느새 노인의 앞에 바짝 다가온 복면인 하나가 노인의 심장에 검을 찔러 넣었다. 검이 심장을 관통하는 순간 느껴지는 감촉과 함께 노인의 몸이 옆으로 무너져 내렸다.

*　　　*　　　*

황보영은 방금 전해져 온 소식에 부들부들 치를 떨었다. 그걸 본 막리가가 끌끌 혀를 찼다.

“…내가 뭐라 하였소. 배교의 교주는 만만히 볼 상대가 아니라 하지 않았소. 포달랍궁의 내 사부님과 뢰음사를 꽉 잡고 있는 위인이오. 내가 아무리 내 세력을 동원한다 해도…….”

어차피 막리가는 자기 자신을 너무도 잘 알고 있는 위인이었다. 자신이 원하는 것은 세외의 패권과 포달랍궁의 궁주 자리일 뿐이고, 무엇보다도 자신은 중원을 넘볼 그릇은 아닌 것이다. 더군다나 배교의 교주는 무슨 수를 썼는지 세외와 배교 자체의 세력뿐이 아니라 중원 내에도 자신의 세력을 심어놓은 듯했다.

“…황군까지는 동원하지 못한다 하더라도 관의 군대는 동원해야겠군. 배교 이놈들이 중원 내에까지 그리 많은 세력을 심어놨을 줄은 나 역시 예상하지 못한 바…….”

하지만 황보영의 그 계획 역시 누군가에 의해서 막히고 있다는 사실을 그는 아직 짐작치 못했다.

*　　　*　　　*

"어디서 이상한 냄새… 나지 않아?"

청룡의 말에 모두가 킁킁대며 냄새를 맡아보았다.

[…그렇군요… 꼭 뭔가가 타는 냄새 같기도 하고… 굉장히 역한걸요?]

"응… 꼭 사람 타는 냄새 같아."

백호와 황은 인이나 은평과는 달리 무슨 냄새를 맡은 듯 청룡의 말에 동의했다. 하지만 인과 은평은 아무리 코를 킁킁대 봤자 냄새를 맡을 수 없었다.

"무슨 냄새가 난다고 그래?"

"…상당히 거리가 있어서 너희들은 맡지 못할 수도 있겠군."

청룡은 갑자기 가던 방향을 돌렸다. 아무래도 이상한 기분이 들었다. 등골이 섬뜩해지는 예감, 이것은 인간들의 죽음이 많은 곳에서나 느껴지는 것이다. 분명히 저편 어딘가에서 인간들이 대량으로 죽어간 것임에 틀림없었다.

혈수가 바닥에 잔뜩 고여 있었다. 노랗거나 붉은 거품이 뭉글뭉글 일어나는 데다 냄새마저 역해 차마 숨을 쉬기가 힘들 정도였다. 거기다가 무언가가 타다 남은 잔해마저 있어 주변은 거뭇한 그을음이 번져 있었다. 바람이 불 때마다 타다 남은 검은 재가 휘날렸다.

"시골산으로 시체들을 녹였군……."

반평생을 이런 광경만을 보며 살아온 인이 정확한 상황을 짚어냈다. 불에 태우다가 귀찮으니 그냥 시골산을 부어버린 게 분명하다.

"…시끄럽군."

청룡은 일행 외에는 아무도 없거니와 바람 소리 외에는 아무것도 들리지 않는 허허벌판에 무슨 소리가 들린다는 것인지 괴로운 표정으로 귀를 막았다.

"무슨 소리가 들린다고 그……."

은평은 무슨 소리가 들리냐고 질문을 하려다가 귓가를 스치는 구슬픈 귀곡성(鬼哭聲)을 들었다. 희미하지만 무언가가 자글자글 모여 떠드는 소리가 들렸다. 울음소리 같기도 하고 비명 소리 같기도 한 기묘한 소리였다.

"이상한 소리가 들려."

"…그게 바로 사자(死者)의 원념(怨念)이야. 살려줘— 라고 울부짖고 있어……."

청룡은 뒤에 있던 황에게 눈짓했다. 황은 알았다는 듯 고개를 끄덕이고는 백호를 향해 한 가지 부탁을 했다.

"백호, 바람을 강하게 일으켜 주겠어?"

황은 은평의 품에 안겨 있던 백호에게 부탁했다. 보기 드문 황의 진지한 모습이었다. 백호는 황의 부탁대로 주변의 바람을 더욱 거세게 일으켰다. 황은 고맙다는 의미로 백호에게 살짝 고개를 숙였다.

"인간들의 일에는 나서지 않는 것이 원칙이지만 이런 걸 보고 그냥 갈 수는 없겠지……."

황은 바닥에 손바닥을 대고 흙들을 조심스럽게 쓰다듬었다.

화르륵—!

황의 손바닥이 닿았던 자리에서 갑자기 불길이 솟아올랐다. 불길은 백호가 일으킨 바람에 의해 순식간에 주변으로 번져 나갔다. 새빨간 불꽃들은 부글부글 끓고 있던 혈수와 타다 남은 재들을 모조리 휘감아 더욱더 활활 타올랐다. 이윽고 불꽃이 가라앉고 난 자리에는 아무런 것도 남아 있지 않았다. 그을음도, 혈수도, 타다 남은 재들도 말이다.

"…누가 이런 일을 한 걸까. 애초부터 흔적을 없애려고 시골산을 붓고 불을 질러 버려서 알 수가 없군."

인은 지나오면서 들은 배교의 침공설이 사실일까를 떠올렸다. 그들이 벌인 일일까. 그들은 세외뿐만이 아니라 어느새 중원의 중심부에도 세력을 심어놓았다 했었으니 말이다.

"어서 가자. 금릉이 얼마 남지 않았어."

인은 발길을 서둘렀다. 한시라도 빨리 작금의 사태를 파악하고 싶었다.

"…인간들이란 예나 지금이나 쓸데없는 짓을 벌인다니까."

황의 말에는 비웃음이 어려 있었다. 인은 뭐라 반론하고 싶었지만 황의 말은 사실이었기 때문에 뭐라 할 수가 없었다.

* * *

마침내 배교마저 나섰다. 연혁림 역시 이대로 가만히 있지는 않을 거야. 아마도 알게 모르게 자신들의 손이 뻗어 있는 관의 세력을 끌어들이려 할게다. 하지만 관이란 본디 황제의 명령을 받드는 것. 어명을 동원해서라도 네가 황궁에서 관이 움직이는 것을 막아주었으면 한다. 힘들겠지만 어떻게든 연혁림의 움직임을 봉쇄해야 한다. 나중에 정히 막을 도리가 없으면 황군을 동원하는 것도 생각하고 있지만 그것은 최후에, 최후의… 수단이 될 테니까.

일단은 아비마마의 후궁으로 있는 사시화화 나요의 수족을 묶어라. 그녀는 연

학림의 황궁에 남아 있는 끈이야.

주옥은 여장을 벗어 던지고 아주 오랜만에 태자의 신분으로 되돌아와 있었다. 누이와 헤어져 혼자만 황궁에 남아 있는 것이 쓸쓸하긴 했지만 그것도 잠시, 잔영문의 수하가 전해 온 누이의 서찰을 받아 든 주옥의 손이 떨렸다. 어쩌면 자신의 누이가 자신을 떼놓고 혼자서 맹으로 돌아간 것은 황궁 쪽을 자신에게 맡긴다는 의미가 아닐까 했지만… 이런 일을 맡길 줄은 몰랐다.

자신의 거처에서 그리 멀리 떨어지지 않은 후궁들의 거처로 주옥은 발걸음을 떼어놓았다. 어떻게든 황제의 관심을 그녀로부터 멀리 떨어뜨려 놓을 방법을 고심하면서 말이다.

*　　　*　　　*

태상장로를 비롯해 마교의 장로들과 교주가 한자리에 모인 것은 아주 오랜만의 일이었다. 그들은 제법 큰 원탁에 둘러앉았고 뒤에는 백발문사가 시립해 있었다.

"…결국 이런 사태가 와 버리고 말았군."

태상장로이자 전대 교주이면서 화우의 아버지인 단절강은 침통한 표정이 되어 있었다. 이십 년 만에 또다시 일이 벌어지고 말았다.

사실 배교는 마교에서 떨어져 나간 일파이니 마교가 거둬들이는 것은 어찌 보면 당연했다. 하지만 거둬들이기까지의 희생이 만만치 않을 것이다. 이십 년 전에도 그것 때문에 배교는 오랜 기간 동안 봉문에 들어야 했고 최근에야 간신히 예전의 전력을 회복할 수 있었다.

"배교만으로도 어찌 될지 알 수가 없거늘, 연학림까지 나섰다라…
어찌 생각하느냐?"

천음요희가 뒤에 시립해 있던 백발문사에게 물었다. 화우를 비롯한 여기 모여 있는 모두는 백발문사의 두뇌를 믿고 있었기에 앞으로의 대처 방안이 그에게서 나와주기를 기대하는 것이었다.

"일단은… 연학림과 배교가 양패구상하도록 해야 합니다. 분명 처음에 그 둘은 동맹 관계였을 것이나 어떠한 일 때문에 서로 독자적으로 중원을 노리고 있는 것이 분명합니다. 그러니 서로 양패구상하게 만들던가 그 둘이 싸우는 것을 보고 있다가 결정적인 순간에 마교가 나서야 할 것입니다. 일단 마교는 모든 전력을 전부 드러내지 않고 정도와 잠시 연합해야겠지요. 지금으로서는 그 수 외에는 별다른 방법이 없습니다."

백발문사에게도 그리 뾰족한 수는 없었다.

"무슨 수로 그 둘을 양패구상하도록 만든단 말인가?"

"그 둘은 노리는 것이 같으니 우리 쪽에서 손을 쓰지 않아도 부딪치게 될 것이 자명합니다. 그때를 기다리는 수밖에는……."

백발문사는 송구스럽다는 듯 고개를 조아렸다.

"그럼 일단 백의맹으로 제가 가겠습니다."

장로들 앞에서 화우는 자신이 맹으로 가겠다는 의견을 내놓았다. 장로들의 얼굴에 불안한 그림자가 스쳤으나 무작정 화우를 말릴 수도 없는 노릇이었기에 아무런 말도 할 수가 없었다. 태상장로는 자신의 아들을 불안한 눈으로 바라보았다. 가슴속에서 뭉글뭉글 피어오르는 이 불안한 마음은 대체 뭐란 말인가.

"그래… 상황이 이렇게 된 이상 어쩔 수 없겠지. 다녀오너라."

단절강은 애써 불안한 마음을 털어냈다.

"…일단 장로들의 전력은 마교 내에 묶어두겠습니다. 제 직속 휘하들만 거느리고 가는 편이 좋을 것 같습니다."

화우의 말이 떨어지자 백발문사가 준비를 하겠다며 장로들이 모여 있던 장내를 빠져나갔다.

"교주님 말씀대로 준비하겠습니다."

백발문사가 나가고 나자 화우 역시 자리에서 일어났다. 장로들 중 천음요희가 무언가 화우에게 할 말이 있는 듯했으나 화우는 그 기미를 미처 눈치 채지 못했다.

화우가 나가고 난 뒤, 장로들 사이에는 무거운 침묵이 깊게 가라앉았다. 그러던 중 천음요희가 갑자기 자리에서 일어났다.

"…천음요희, 어딜 가려는 겐가?"

단절강이 부르는 소리에도 천음요희는 대답하지 않고 신법을 시전해 빠르게 장내를 빠져나갔다.

'…이 이야기를 그에게 해줘야 하는 것인가…….'

오랫동안 묻어두었던 비밀… 왠지 이번 기회를 놓치면 그에게 영영 말할 기회가 없을 것만 같았다. 천음요희는 화우가 나간 방향으로 부지런히 몸을 놀렸다. 하지만 그녀를 저지하는 이가 있었으니 바로 단절강이었다.

"멈추게!"

천음요희는 단절강의 저지로 경신법을 멈추고 뒤를 돌아보았다.

"…지금 어디에 가는 것인가."

"……."

천음요희에게서는 아무런 대답도 나오지 않았다. 단절강은 자신의 짐작이 맞음을 깨달았다. 그 일을 화우에게 말하러 가는 것이 분명했다.

"…그 일은 우리 장로들이 평생 지고 가야 하는 비밀 중의 비밀일세. 그런 것을 저 아이에게 이야기해서 어쩌자는 것인가."

"계속 숨기실 작정이십니까?"

천음요희는 한숨을 쉬었다. 세상에 영원한 비밀이란 없는 법이 아니던가.

"세상에는 알아서 될 게 있고, 오히려 모르는 편이 득이 되는 일도 있는 것이네."

단절강의 간절한 얼굴을 본 천음요희는 마음이 조금 누그러졌다. 그로서는 아마 알리고 싶지 않을 것이다. 어찌할까를 놓고 고민하고 있을 때 다시 한 번 단절강의 애원이 이어졌다.

"제발 부탁이네. 이대로 입을 다물어주게. 언젠가 때가 되면… 내가 저 아이에게 직접 말할 테니."

단절강은 자신의 뜻이 천음요희에게 받아들여졌음을 알고 깊은 한숨을 내뱉었다. 입 안이 썼다. 모두 자신의 죄의 대가였다. 하지만 아직은… 자신의 아들에게 알리고 싶지 않았다. 자신을 바라보는 아들의 눈에 경멸이 가득 차는 것은 차마 볼 수 없었으니까. 아직은 조금 더 시간이 필요했다.

*　　　*　　　*

"방금 현무의 기운이 느껴졌다가 금세 사라져 버렸어……."

금릉에 들어서자마자 청룡이 내뱉은 말이었다. 요즘 들어 가끔가다 현무의 기운이 찰나지간에 느껴졌다가 다시 사라지는 일이 빈번했다.

분명히 뭔가 일을 꾸미고 있음은 분명했다. 하지만 너무 찰나지간에 사라지는 데다 채 행적을 느낄 틈조차 없어 현무가 지금 있는 곳이 어딘가 하는 것조차 알 수가 없었다.

금릉을 떠난 것이 얼마 되지 않았는데도 금릉은 떠나기 직전에 비해 어수선했다. 도검을 손에 쥔 무림인들의 표정은 딱딱히 굳어 긴장감으로 가득했고, 무슨 일인지는 정확히 알 수 없지만 평범한 사람들 역시 무슨 일이 있음을 눈치 채고 전전긍긍하고 있었다.

"…느껴지는 공기에 사람들의 불안함이 가득해. 겁에 질려 있어."

이히히히힝―!

말 울음소리가 길게 울리고 저편에서 몇 무리의 말들이 대로를 질주해 오고 있었다. 은평 일행은 황급히 옆으로 저만치 물러났다. 말을 타고 가는 이들의 방향으로 미루어보아 맹이 있는 방향임에 틀림없었다.

"우리도 어서 가보자."

왠지 모를 불길한 예감이 들어 은평은 발걸음을 재촉했다.

맹은 거의 초상집 분위기였다. 우울하고 침울한 기운이 주변을 온통 뒤덮고 있는 것이 어쩐지 상황이 심상치 않은 듯했다.

맹 내의 분위기는 어수선하고 부산했다. 사람들이 이리저리 뛰어다니고 여러 명이 우르르 몰려가기도 했다.

"이게 누구십니까!"

저편에서 교언명이 인을 발견하고 부리나케 달려왔다. 꽤 오랜만에 보는 교언명의 얼굴은 예전보다 수척했다. 어디를 가는 길이었는지 손에는 둘둘 말린 종이가 여러 장 들려 있었다.

"…굉장히 어수선하군. 오다가 듣기로는 배교에서 드디어 나선 듯하다던데 사실인가?"

인의 질문에 교언명은 가볍게 고개를 끄덕였다.

"예… 일단 안으로 드시지요. 맹주께서 반가워하실 것입니다."

인은 교언명을 따라나서기 전 청룡에게 전음을 보냈다.

—은평과 너는 여기 있어. 잠시 다녀올 테니.

인이 교언명을 따라가고 나자 은평은 따분하다는 표정으로 기지개를 켰다.

"청룡, 인을 따라가 보면 안 돼?"

"어떻게 따라가려고?"

"몰래 기척을 숨기면 되잖아."

은평에게서 조르는 기색이 보이자 청룡은 일찌감치 포기를 했다. 그리고 기척을 숨기고 몰래 무슨 이야기를 나누는지 보는 것 정도야 별일이 없을 것 같아 조용히 승낙했다.

"맘대로 해라. 단, 나하고 같이 가야 돼. 황, 너는 어떻게 할래?"

"귀찮으니 백호랑 여기 있을게."

끼어들기 좋아하는 황이 웬일인가 싶었지만 별 의심 없이 청룡과 은평은 인의 흔적을 좇아 걸음을 떼어놓았다.

중원 각지의 대소문파에서 파견된 자들과 맹의 수뇌부, 구파일방의 장문인을 비롯해 맹주 등이 모여 앉아 대책을 강구하고 있던 중이었다. 하지만 서로 책임을 전가하기 바쁘고 조금 생각이 있는 이들은 이것이 정녕 대책 강구인지 회의가 일고 있었다.

"천무존께서 오셨습니다."

교언명은 문을 열고 조용히 들어가 천무존이 왔음을 고했다. 깊은 한숨과 어둠이 내려앉아 있던 이들의 표정에서 갑자기 화색이 돈다.

"어서 오십시오."

헌원가진이 친히 일어나 인을 맞아들이고 자신의 옆 자리를 권했다. 인은 잠시 좌중들을 둘러보다가 헌원가진이 권하는 대로 순순히 앉았다.

"천무존께 감히 간곡한 부탁을 드리겠습니다."

한 장년인이 인을 향해 말을 걸어왔다. 인은 눈살을 찌푸리고 잠자코 사내가 하는 말을 들어보기로 했다.

"무슨 부탁인가?"

"…제발 저희들을 도와주십시오. 저희들을 이끌어주십시오. 연륜으로 보나 무엇으로 보나 천무존을 따라가실 분은 아니 계십니다."

"…이끌어달라?"

인은 장년인의 말을 들으면 들을수록 가관임을 느꼈다.

"배교를 쳐부숴야 합니다. 천무존의 능력이라면 배교를 일거에 쓸어버리실 수 있으실 것입니다. 그러니……."

"그러니 어쩌라고? 날더러 단신으로 배교에라도 가서 그들을 도륙해 내라 이것인가?"

인의 온몸 가득 뿜어내는 기분이 나쁘다는 기운을 그는 느끼지 못했는지 마구 도취되어 허무맹랑한 이야기를 늘어놓았다.

"예, 바로 그것입……."

"닥쳐라!!"

그의 말은 인에 의해 가로막혔다. 인은 딱딱히 굳은 얼굴로 그를 꾸짖었다. 내공이 실린 목소리 때문에 꽤 넓은 장내에 인의 목소리는 쩌렁쩌렁하게 울려 퍼졌다.

"…이것이 비단 나 혼자만의 일이던가? 중원에 있는 모두의 일이 아닌가? 모두가 힘을 합쳐 일을 해결할 생각은 하지 않고 나에게 뭘 어쩌라고? 내가 배교의 교주인지 뭔지만 죽여주면 해결될 일인가? 설사 그것이 가능하다 해도 난 그리하지 않을 것이다."

장년인의 얼굴이 붉게 물들었다. 부끄러움으로 인한 것인지 여러 사람의 앞에서 인에게 호통을 들은 것에 대한 모욕감과 수치심인지는 알 수 없었지만 말이다.

"자자, 모두 여기를 주목해 주시오."

가뜩이나 무거운 분위기가 급속도로 가라앉는 것을 느낀 헌원가진이 나섰다.

"일단… 교 총관, 지도를 펼쳐 주시오."

교언명은 자신이 들고 온 지도를 펼쳤다. 넓은 중원의 모습이 지도에 일목요연(一目瞭然)하게 그려져 있었다. 일단 여러 사람이 모여 있으므로 교언명은 다소 정중한 어투와 존대로 설명을 시작했다.

"이곳을 보시면 알 수 있겠지만, 옥문관 근처의 중소방파들이 급속도로 무너지고 있으며 중원의 한가운데에서도 배교의 세력임을 자청하는 이들이 나타나 여러 방파를 무너뜨리고 있습니다."

"양동 작전이라는 건가?"

인의 질문에 교언명은 고개를 끄덕였다.

"그런 것으로 사료됩니다. 일단 이 금릉을 비롯해 여러 대문파가 모여 있는 지점들이 아직 침범당하지 않은 곳이고 그 외 중소방파들은 지금도 끊임없이 위협을 받고 있습니다. 얼마 전에 잠시 자엽설련삼이 나타났던 사건이 있었는데 아마도 무림인들의 이목을 끌기 위한 작전이 아니었나 합니다. 일단 마도의 세력들은 잠잠한 편인데 전서응을 띄웠으니 곧 소식이 있을 것입니다. 그들 역시 이번의 배교 사태를 묵과하진 않을 테니 말입니다."

저쪽 편에서 제법 위엄이 넘치는 사내가 손을 들었다.

"의문이 있소."

"무엇이십니까?"

"맹에서는 세외의 세력에 대항하기 위해 사람들을 보내지 않는 것입니까?"

그 역시 어제 막 맹에 도착하여 상황을 잘 모르는 듯했다. 그것은 인역시 마찬가지였기에 교언명의 다음 대답을 기다렸으나 어째 주변 분위기가 이상했다. 더욱더 가라앉는 것이…….

"…보냈지만 무참히 도륙만 당했습니다."

교언명의 말에는 애통함이 절절이 묻어났다. 애꿎은 사람들을 잃었다는 생각과 배교 세력이 그렇게나 강했던가 하는 생각이 사람들의 머리 속을 스쳐 지나갔다. 하지만 몇몇의 이들은 벌써부터 겁에 질린 표정이 역력했다.

한편, 은평과 청룡은 천장 위에 몰래 기척을 감추고 아래를 내려다보며 대화를 듣고 있었다.

—…제대로 싸워보지도 않고 겁에 질리다니. 한심스러워.

—아마도 이번 일에는 분명 현무가 개입되어 있을 거야. 알게 모르게 인간들 틈에 껴서 이번 일을 악화시키고 있는 거겠지. 그렇지 않다면 쭉 잠잠하던 현무의 기운이 간혹 느껴질 리가 없어.

현무가 개입되어 있을 것이란 이야기가 나오자 은평은 침울해지는지 얼굴이 딱딱하게 굳어버렸다.

—너무 걱정하지 마. 다 잘될 테니.

청룡은 은평의 어깨를 툭툭 두드려 주었다.

"잠시 들어가도 되겠습니까?"

문밖에서 송구스럽다는 목소리와 함께 문을 두들기는 소리가 났다. 교언명은 성큼성큼 문 쪽으로 다가가 벌컥 문을 열었다.

"무슨 일인가?"

밖에는 보표 하나가 서 있었다. 급히 뛰어온 듯 이마에는 송골송골 땀이 맺혀 있었다.

"저… 지금 마교의 교주께서 맹에 당도하셨습니다."

보표의 말을 들은 교언명은 장내의 사람들에게 보표의 말을 그대로 전했다.

"마교의 교주께서 오셨다고 합니다."

드디어 마도 쪽에서도 나선 것인가 해서 사람들의 얼굴에는 반가움과 더불어 안도의 표정들이 떠올랐다. 사실 배교와 세외는 정도의 힘만으론 막아내기 버거운 것이 사실이었다. 마교가 나선다면 마도 전체가 나서는 것과 다름없는 일이 아닌가. 두말할 나위 없이 좋은 일이었다.

쏴아아아아—

유독 요즘 들어 비가 잦다고 느끼는 것은 기분 탓일까… 황은 은평과 청룡, 인을 기다리다 지쳐 백호와 함께 비가 뚝뚝뚝 떨어지는 처마 밑에 주저앉았다. 황은 심심풀이나 할 생각으로 눈앞의 비로 손을 뻗었다. 빗방울이 손에 와 닿는 순간, 손이 타 들어가는 것 같은 감각이 느껴졌다.

"앗! 뭐, 뭐야."

뻗었던 손을 끌어당겨 손바닥을 바라보니 비를 맞은 자국들이 새까맣게 타 들어가 있었다. 보통의 비라면 설사 맞는다 해도 이렇게 상처를 입지 않을 일. 한데 이렇게 상처를 입었다는 것은 이 비가 음기의 기운을 강하게 띤 비라는 소리였다.

[황님, 왜 그러십니까?]

백호가 다가와 황의 손을 바라보더니 그 역시 놀라는 눈치였다.

[이, 이건……!]

"…이 비는 자연적으로 내리는 게 아니라 현무가 내리게 하는 비일 거야."

황은 애써 음기가 스며들어 후끈후끈 쑤셔오는 손을 소매 속으로 밀어 넣었다.

—청룡, 지금 비가 내리고 있어.

정신을 집중해 멀리 떨어져 있는 청룡에게 말을 걸었다. 잠시 뒤, 청룡으로부터 화답이 왔다.

—비가 왜?

—무심코 손에 비를 맞았는데 상처를 입었어. 아마도 자연적인 비가 아니라 현무가 내리게 하는 비 같아.

—…역시 예상대로 현무가 이 근처에 있는 건 확실한 것 같군. 알았다.

그 대답을 끝으로 청룡에게서 더 이상의 말은 없었다. 황은 잔뜩 구름이 낀 하늘을 올려다보며 현무를 떠올렸다.

'죽어서 괴로움으로부터 벗어날 수만 있다면 주위의 누가 상처 입든… 누가 희생되든 아무 상관도 없다는 건가……?'

쓴 입맛을 삼키며 황은 한숨을 쉬었다.

화우는 교언명이 안내하는 곳으로 들어서면서 자신을 향해 빤히 집중된 시선에 조금 얼굴이 가려웠다.

"착석하시오. 천안의 주인께서는 잠시만 더 기다려 주시길 바라오. 이리 오실 줄은 예상하지 못한 바라 아직 자리를 마련하지 못했소이다. 곧 자탁을 가져올 것이오."

교언명이 화우를 따라온 능파를 향해 잠시만 기다리란 말을 하기가 무섭게 보표 하나가 작은 자탁 하나를 날라 왔다.

"진작에 왔어야 하나 조금 늦어진 점, 사과드리오."

화우가 좌중을 향해 가볍게 고개를 숙였다. 일단 마교가 나선 이상 다른 마도의 세력들도 이번 일에 동참해 줄 테니 사람들의 마음속에는 안도의 한숨이 흘러넘쳤다.

"그럼 하던 이야기를……."

"잠깐!"

화우가 이야기를 진행시키려던 교언명의 말을 가로막고 나왔다.

"이야기를 하기 전에 모두 본인의 말을 들어주셨으면 하오. 이 이야기는 마교에서 독자적으로 알아낸 배교에 대한 사실들이오."

배교에 대해 알아낸 사실들이란 말에 모두의 눈이 번쩍 뜨이는 듯 화우에게로 시선이 쏟아졌다. 화우는 헛기침을 한번 한 뒤, 천천히 말을 이어나갔다.

"지금 중원을 호시탐탐 노리는 세력은 모두 두 곳이오. 한곳은 여러분들도 잘 아시다시피 배교이고, 또 다른 한곳은 연학림이란 곳이오."

연학림의 이야기가 나오자 몇몇 사람들의 안색은 눈에 띄게 어두워졌지만 대부분은 연학림이 어디인가, 하는 반응이었다.

"연학림이 대체 어디요?"

"그것은 본인이 설명하겠소."

연학림에 대해 설명하겠다고 나선 이는 뜻밖에도 잔월비선이었다.

"오래전부터 알려야겠다고 생각했으나 기회가 없었는데 이렇게 말을 하게 되는구려. 여기 계신 모두가 알고 있다시피 본인은 잔영문의 문주이기도 하오. 오래전부터 연학림이란 세력이 있다는 사실을 입수하고 예의 주시해 왔소. 연학림은 쉽게 말해서 문인들이 뭉쳐 만든 세력이라 생각하면 될 게요."

문인들이란 말에 사람들은 의문을 표했다. 문인이라면 제대로 무공을 펼치지도 못할진대 어찌해 중원을 노린단 말인가.

"문인이라 해서 책만 파는 것은 아니라오. 그들 역시 무림의 여러 방파들에는 미치지 못할지라도 무공을 연마하오. 하지만 그들의 진정한 힘은 무공보다는 바로 관에 있소. 학문을 통해 과거를 보고 그들은 관리가 되오. 생각해 보시구려. 만약 그들이 높은 관직에 올랐을 때 알게 모르게 자신들의 세력을 도와준다면……?"

사람들은 일제히 머리 속을 회전시키기 시작했다.

"그렇다면 옥문관에서 세외인들이 쏟아져 들어오는데도 관에서 별다른 제지가 없었던 것은 그런 이유요?"

"아마도 그럴 것이라 예상하고 있소."

사람들 사이로 깊은 침음성이 번져 나갔다. 배교만으로도 버거운데 연학림이란 곳까지 나타났으니 사면초가(四面楚歌)가 아닌가.

"…연학림의 존재에 대해서는 본인 역시 오래전부터 알고 있었소."

"아니, 그럼 맹주께서도 알고 계셨단 말이오?"

헌원가진은 자신에게 쏟아지는 비난의 시선에도 굴하지 않고 뻣뻣이 고개를 쳐들었다.

"확실한 증거가 없었고… 그들은 언뜻 보기엔 무림의 세력이라기보단 그저 학자들의 집단이었다오. 함부로 건드릴 여지가 없었소. 한데… 모두들 기억하다시피 얼마 전에 맹 내에서 끔찍한 살인 사건이 있었던 것을 아실 거라 믿소. 살인 사건의 배후로 본인은 제갈세가의 소가주인 제갈 공자를 지목하였고……."

"그게 어쨌단 말이오?"

"…제갈 공자는, 아니, 제갈세가는 연학림과 결탁하고 있소. 범인이든 아니든 일단 제갈 공자와 제갈세가의 움직임을 묶어 조금이라도 연학림의 거동을 불편하게 하는 것이 목적이라 제갈 공자를 맹 내에 억류시켰었소."

연학림의 정체가 사람들 앞에 낱낱이 드러나고 있었다. 헌원가진은 할 말을 다한 듯 한숨을 내쉬고 입을 다물었다. 헌원가진의 말이 끝나자 다시 잔월비선이 말을 이어받았다.

"연학림을 이끌고 있는 자의 정체도 알고 있소? 아마 무림인들이라 해도 많이 들어봤을 것이오. 전 한림학사이자 대학사로 이름이 높은 황보영이라오."

간간이 이어지던 소곤거림이 뚝 끊겼다. 사람들 사이에는 무저갱 같은 침묵만이 감돌고 있었다. 혹시 자신들의 귀가 잘못된 것이 아닌가 의심해 보았지만 방금 자신들이 들은 말은 분명 환청이 아니었다.

"말이 되오? 전 대학사로 이름 높은 그가……."

간신히 무거운 침묵을 깨고 나온 말은 역시 불신을 강하게 담고 있었다.

"믿고 싶지 않다면 믿지 않으면 되오. 하지만 이건 사실이오."

사람들이 조금 충격에서 벗어났다 싶자 화우가 다시 나섰다.

"연학림에 대한 설명은 앞의 두 분께서 해주셨으니 생략하겠소. 어쨌거나 연학림과 배교는 처음에는 동맹 관계였다고 하오. 하지만 연학림주는 야심이 깊은 자인지라 스스로 배교와의 동맹 관계를 파기하여 둘은 독자적으로 행동하게 된 것 같소. 이 사실은 예전에 연학림에 속해 있다가 가까스로 빠져나온 자가 예측한 일이니 거의 맞을 것이오."

화우는 백발문사가 자신에게 들려준 이야기를 대충 사람들에게 들려주었다. 백발문사가 있다면 직접 설명해 주면 좋았겠지만 이곳에는 백발문사가 들어올 수 없었기 때문에 직접 해야만 했다.

"배교만으로도 버거운데 연학림이라니……."

마른하늘에서 날벼락이라도 친 것 같은 기분이었다. 마교가 맹에 합세함으로 해서 안도했던 마음은 이미 천리만리 도망가고 시름만이 남은 것이다.

"…현재 본인은 연학림의 움직임을 최대한으로 막고 있소."

잔월비선의 말에 모두의 눈이 번쩍 떠졌다. 대답을 재촉하는 모두의 시선에 잔월비선은 쓴웃음을 지었다.

"아시다시피 본인은 자객과 정보를 사고파는 데 능한 잔영문의 문주요. 오래전부터 연학림의 소속일 것 같은 관리들을 예의 주시해 왔고 이번에 대충 윤곽이 드러났소. 일단 그들을 저지하기 위해 손을 써두었으니 아마 연학림 역시 함부로 나서지는 못할 것이오."

잔월비선의 말에 사람들의 얼굴에 조금이나마 생기가 돌았다.

"마교가 그동안 나서지 않고 있었던 것은 배교가 직접 개입한 것이 아니라 연학림이 배교를 빙자해 날뛰고 있었기 때문이오. 자염설련삼이 최근 몇 뿌리나 강호에 나타났던 것이나 중추절 때 금릉 사람들이 중독된 것 역시 연학림의 소행이 아닐까 하오."

중추절 사건이 연학림의 짓이란 말에 천장 위에 숨어 있던 청룡와 은평은 쓴웃음을 삼킬 수밖에 없었다. 그렇게 착각해 준다면 편하기야 하겠지만 말이다.

46
그의 정체

그의 정체

"큭큭큭. 됐다."

햇빛이 들어오지 않아 어두컴컴한 방 안, 제갈묘진은 만족스러운 웃음을 터뜨렸다. 그의 눈앞에 초점을 잃은 눈동자를 하고 있는 난영이 있었다. 난영은 조금 상태가 이상해 보였다. 평소처럼 화려한 궁장 차림인 것은 변함없었지만 마치 인형처럼 멍하니 앉아 있는 데다 얼굴은 넋이 나간 듯했다.

"…이 계집의 심지가 굳어 제법 어려웠지만 그래도 성공적이군."

제갈묘진은 기문진식이나 학문에도 능했지만 연학림주인 황보영에게서 배운 탈백미혼술(奪魄迷魂術) 역시 상당한 경지에 올라 있었다. 아직 대성하지는 못했고 십성 정도를 시전할 수 있는 정도였지만 그것만으로도 사람을 미혹시켜 실혼인(失魂人)으로 만들기에는 충분

했다.

"일단 이 계집을 인질로 삼아 맹을 빠져나가자. 이 계집은 무공이 뛰어나질 않아 크게 써먹긴 어려울 터… 뭐, 상관없지. 무공이 뛰어나지 못하다면 신체의 잠력을 일시에 격발시키는 독단을 먹이면 그만일 테니."

제갈묘진이 일어서자 인형처럼 굳어 있던 난영 역시 몸을 일으켰다.

—이 문을 부숴라.

제갈묘진이 난영에게 전음으로 명령을 내리자 난영은 문을 향해 손을 뻗었다.

쾅—!!

요란한 소리와 함께 문이 산산조각나고 먼지바람이 주변에 일었다.

"무슨 일이냐?!"

보표 몇몇이 큰 소리에 놀라 달려왔다가 그 자리에 우뚝 서고야 말았다. 제갈묘진이 난영의 목을 우악스럽게 붙잡고 천천히 밖으로 나서고 있는 광경이 눈에 들어왔다.

"제, 제갈 공자……."

그야말로 정도의 표상이었던 후기지수가 아니던가. 하지만 제갈묘진의 입가에 걸려 있는 미소는 사악하기 그지없었다.

"물러나라."

보표들의 눈에는 제갈묘진이 난영을 인질로 붙잡고 있는 것만 같았으므로 차마 공격할 생각을 하지 못하고 뒤로 몇 발자국 물러났다.

제갈묘진은 몇 달 만에 보는 밝은 빛에 약간 눈이 부셨지만 곧 눈은 빛에 익숙해졌다. 이제 자신의 사부가 있을 만한 곳을 찾기만 하면 만사형통이었다.

"크크크……."

그 생각을 하니 절로 웃음이 나오는지 제갈묘진은 만족스런 웃음을 터뜨렸다.

"크, 큰일났습니다. 억류되어 있던 제갈 공자가 지금 화중화 금 소저를 인질로 잡고 갇혀 있던 방에서 빠져나왔습니다!"

보표 하나가 맹주의 집무실에 들어와 긴급한 소식을 전했다.

"…제갈묘진이?"

맹주는 놀란 얼굴로 서둘러 보표를 따라 밖으로 향했다. 여기저기 소식이 갔는지 맹의 사람들이 구름처럼 몰려 나와 있는 상태였다.

제갈묘진은 벌써 맹의 내당과 외당의 경계선까지 가 있었고 보표들은 그 주변을 에워싸기만 할 뿐 별다른 대처를 하지 못하고 있었다.

"잠시 무공을 봉하는 약을 먹였을 터인데……."

교언명 역시 달려와 사태를 보고는 한숨을 흘렸다. 애꿎은 난영을 인질로 잡고 있으니 함부로 건드릴 수도 없는 노릇이 아닌가.

"맹주, 모두 물러서게 하시구려. 지금 금 소저는 제정신이 아닐 게요."

어느새 헌원가진의 옆으로 달려온 화우가 조심스레 말을 꺼냈다.

"…연학림주의 무공 중 탈백미혼술이란 것이 있다고 하오. 아마도 금 소저는 그 미혼술에 걸린 게 틀림없소. 아마 저자의 말만 들을 것이오."

화우의 짐작은 정확하게 들어맞는 것이었다. 사실 화우의 예상이라기보단 백발문사의 예측이 정확한 것이겠지만.

"알았소. 그리하리다. 모두 물러서라!!"

헌원가진은 화우의 말을 따라 보표들로부터 물러서도록 했다.

한편, 제갈묘진은 자신의 뜻대로 일이 착착 풀려가자 만족스런 미소를 지었다. 이제 맹을 빠져나가는 일은 시간문제였다.

어둑어둑해진 저녁 무렵, 인은 요즘 배교의 문제로 매일같이 드나들고 있던 맹에서 나와 머물고 있는 금황성 내의 거처로 돌아왔다. 금황성에 그들을 머무르게 해줬던 난영이 제갈묘진에게 납치되었다는 소식과 함께 말이다.

"어서 와. 오늘따라 얼굴이 왜 그래? 꼭 뭐 씹은 사람마냥."

기다리고 있던 은평이 인의 얼굴을 보고 의아하다는 듯 고개를 갸웃거렸다.

"무슨 일이라도 있냐?"

청룡은 인의 분위기를 보아 필시 무슨 일이 있는 것이라 짐작했다. 인은 청룡을 바라보더니 한숨을 푹 쉬었다.

"…금 소저가 제갈묘진이란 놈한테 미혼술에 걸려 납치당했어."

"난 또 무슨 큰일이… 뭐, 뭐라구?! 잠깐, 난영 언니가 누구에게 납치가 돼? 그 살인마 놈이?!"

은평은 끔찍한 살인을 저질렀던 제갈묘진을 기억한 듯 펄펄 날뛰었다. 거기다가 다른 사람도 아니고 여기에 자신들을 머무르게 해준 난영이 납치되었다질 않는가.

"제갈묘진 그놈이 아는 무공 중에 미혼술이란 것도 있는데… 억류시켜 두면서 아무리 무공을 폐쇄했다고 해도 미혼술은 사실 무공이라 분류하기도 찜찜한 종류니까. 사실 미혼술을 쓰는 데 내공은 하등 관련이 없기도 하고. 어쨌거나 그 미혼술을 금 소저에게 걸어 인질로 삼아 맹을 빠져나갔다더군."

인은 하필이면 그때 다른 일로 맹에 없었기 때문에 미처 난영을 구해내지 못했고 사람들도 애꿎은 난영이 인질로 잡혀 있어 어쩔 수 없이 길을 터주었다고 했다. 일단 길을 터주는 척하면서 제갈묘진을 유인하려 했으나 난영이 갑자기 보표들을 공격했고 사람들이 우왕좌왕하는 사이 제갈묘진은 유유히 난영을 이끌고 맹을 빠져나간 것이다.

"…정말 그거 죽일 놈 아냐! 어쩐지 처음 봤을 때부터 기분이 묘하더라니."

은평은 비분강개(悲憤慷慨)해 발을 동동 굴렀다.

"그런데 제갈묘진 그놈은 맹주씨가 억류해 놨을 텐데 무슨 수로 난영 언니에게 미혼술을 걸었다는 거야?"

"제갈묘진을 지키던 보표들의 말에 따르면 난영이 자주 제갈묘진을 찾아왔다더군. 아마도 금 소저는 제갈묘진이 사람들을 죽였다는 사실을 믿지 못했던 것 같아."

은평은 둔기로 뒤통수를 얻어맞은 듯 멍해졌다. 어쩌면 오늘 난영의 일은 자신의 책임이 조금은 있는지도 모른다. 난영이 제갈묘진을 동정한다는 말을 했을 때 확실하게 못을 박아두어야만 했다. 싸우기 싫어서 그냥 넘어간 게 화근이라는 생각이 자꾸만 들었다. 그렇지 않았다면 억류되어 있던 제갈묘진을 난영이 만나러 갈 일도 없었을 게 아닌가.

"청룡, 그놈이 어디로 갔는지 추적할 수는 없어?"

청룡은 은평의 기대 섞인 눈총을 받았지만 손을 저으며 할 수 없다고 딱 잘라 말했다.

"신수라고 무슨 만능 재주꾼인 줄 아냐? 나한테 그런 재주는 없어.

그놈이 무슨 특정한 기운을 내뿜는 것도 아니고."

"그럼 그놈을 어떻게 잡지?!"

엄지손톱을 잘근잘근 씹으며 은평이 이를 부득부득 갈았다. 엄지손톱을 씹는 버릇은 최근에 생긴 은평의 버릇이었다. 무언가 골똘히 생각할 일이 있으면 으레 엄지손톱을 씹곤 했다.

청룡 역시 난영이 그리되었다는 말에 조금 씁쓸하긴 했지만 별수없는 일이었다. 도와주고 싶어도 인간들의 일에는 직접적으로 개입할 수 없는 게 자신이 아닌가.

"청룡."

"응?"

은평이 진지한 목소리로 청룡을 불렀다.

"그동안 쭉 생각해 봤던 건데……."

"뭔데? 니가 그렇게 진지하게 말하니 무섭다, 야."

청룡은 장난조로 받아넘기려 했지만 은평은 호락호락하게 거기에 넘어가 주지 않았다.

"대놓고 나서진 않겠지만 앞으로 오늘처럼 내 주변 사람들에게 무슨 일이 있다면, 난 나설 수밖에 없을 것 같아. 그럴 땐 말리지 말아줘."

"…네가 위험해지면 어떻게 할 건데?"

"내가 위험해지는 게 내가 도울 수 있는데도 불구하고 주변 사람들이 위험에 처해 있는 꼴을 그냥 보고 넘기는 것보단 나으니까."

청룡은 그제야 은평이 생각보다 난영의 일에 꽤 마음을 쓰고 있다는 사실을 깨달았다. 평소에는 강한 것 같아 보여도 내면은 생각 외로 나약한 게 은평이었으니 말이다. 때문에 청룡은 무작정 반대할 수가 없었다.

"알았어. 그렇게까지 말한다면야 어쩔 수 없지. 그리고 너무 마음 쓰지 마. 네가 말렸어도 그녀는 제갈묘진이란 놈을 찾아갔을 거야."

성강정검대(盛彊正劍隊).

경험이 노련한, 어느 정도 나이를 먹은 고수들만을 추려낸 정의맹의 전력 중 하나였다. 삼십 대에서 사십 대 사이로 구성되어 있어 젊은 청년들처럼 물불 가리지 않고 뛰어들 만큼 무모하지도 않았고 나이가 나이인 만큼 실전 경험도 높았다. 맹에서는 나름대로 이들이라면 물밀듯이 몰려오는 배교를 저지할 수 있지 않을까 해서 내보낸 터였다.

"세상이 어찌 되려고 이러는지……."

"그러게나 말일세. 어떻게든 배교를 저지하지 않으면… 순식간에 맹이 있는 금릉까지 내려올 기세라고."

성강정검대는 맹으로부터 배교의 공격을 받는 무림의 방파들을 지키라는 명령을 받고 금릉에서 떠나오는 길이었다. 그들은 떠나오기 전, 무슨 일이 있어도 배교를 저지하겠다고 맹세했었다. 그들에게는 목숨까지 내버릴 각오가 있었고 실력 또한 쟁쟁했다.

"잠깐 멈추시게. 저 앞에 뭔가가 있는 듯하네."

성강정검대의 대주를 맡고 있는 철혈검(鐵血劍) 진목조(眞睦條)가 대원들의 발걸음을 멈추게 했다.

"이건 피비린내……?"

바람결에 비릿한 피비린내가 코를 찌른다. 조금 전진하자 멀리 시체로 추정되는 것들이 쌓여 있었다. 분명 배교의 세력에 의해 무참히 도륙되었을 것이다.

"…정녕 몹쓸 놈들이 아닌가. 어찌 사람을 저 지경으로 도륙할 수 있단 말인가……."

점점 가까이 갈수록 시체의 윤곽이 뚜렷하게 드러났다. 시산혈해(屍山血海)라는 말이 딱 들어맞는 광경이었다. 눈을 부릅뜬 채 땅바닥에서 나뒹굴고 있는 목, 사지가 잘려 나간 몸뚱어리, 고통스러운 표정으로 일그러진 얼굴 등 차마 눈뜨고는 볼 수 없는 참상이었다.

"이런 꼴을 두고 그냥 갈 수야 없지. 대충 화장이라도 해주고 가세."

주변에서 살아 있는 자의 기척은 느껴지지 않았기에 성강정검대는 아무런 의심 없이 시체들 쪽으로 다가갔다. 대충 시체라도 거둬줄 요량이었던 것이다.

"킥킥킥……."

어디선가 음산한 웃음소리가 들렸다.

"누구냐?!"

성강정검대원들은 일제히 검을 빼 들고 소리쳤다. 그때 피범벅이 된 시신들 속에서 무언가가 우르르 튀어나왔다.

"아무런 기척도 느끼지 못했거늘……."

하지만 겨우 이런 일에 우왕좌왕할 성강정검대가 아니었다. 그들은 일사불란하게 한곳으로 모여 검진을 형성했다.

시신들 속에 숨어 있던 자들의 모습이 드러났다. 피칠갑을 해서 얼굴은 정확히 구분할 수 없지만 모두들 하나같이 괴이한 웃음을 입가에 띠고 있었다. 한데 몸을 놀리는 움직임이 나무토막마냥 뻣뻣했다.

"설마 이놈들… 강시인가……?!"

성강정검대의 예상은 맞아떨어졌다. 이들은 뻣뻣하지만 살기 어린 동작으로 성강정검대가 형성한 검진을 정확히 파고들었다.

"막아라! 어차피 이놈들은 자아가 없는 강시들이다! 그리고 분명 이 근처에 강시를 조종하는 놈들이 있을 것이다!!"

일반적인 강시가 아닌 듯 검은 먹혀들지 않았다. 검으로 강시들을 내려쳤을 때 단단한 바위 같은 느낌이 들었다.

"설마 하니… 도검불침인가……."

도검불침의 몸이라면 보통의 강시가 아니다. 성강정검대의 대주인 철혈검 진목조는 침음성을 흘렸다. 하지만 이대로 물러선다면 성강정검대의 이름이 아까운 일.

"최대한 내력으로 놈들의 내부를 파괴해라! 이놈들은 도검불침의 몸이라 검이 먹혀들지 않는다!"

대원들은 대주의 명령에 따라 일사불란하게 움직였다.

성강정검대와 강시들의 싸움을 멀리서 지켜보고 있는 한 쌍의 눈이 있었다. 온몸을 검은 천으로 둘러싸 모습도, 나이도 알아볼 수 없는 수수께끼의 인물이었다.

"…보통의 강시가 아닌 것을… 아마 너희들로서는 막아낼 수 없을 게다."

귀령탈백강시는 보통의 강시가 아니다. 살아생전 최소 일 갑자 이상의 내공을 지녔던 자들을 추려 만든 데다 도검불침의 몸에 심장을 완전히 부수기 전에는 끊임없이 되살아나 사람을 공격한다.

벌써부터 무참히 쓰러져 가는 성강정검대원들을 보며 그의 신형이 연기마냥 사라지려 하고 있었다.

"주군께서 기뻐하시겠군……."

성강정검대가 무참히 살해당한 채 시체로 발견되었다는 비보가 맹에 전해졌다. 한 사람도 남김없이 죽었다는 말에 맹은 큰 충격에 휩싸였다. 그것도 그들의 임무였던, 배교에 습격당하는 방파들을 돕다 그리된 것도 아니고 그저 인적 드문 허허벌판에서 조각난 시체로 발견된 것이다.

헌원가진은 이 일로 인해 사람들을 긴급히 소집했다. 사람들은 모두 하나같이 잔뜩 굳거나 침통한 표정으로 헌원가진의 말을 기다렸다.

"본인이 무슨 일로 여러분들을 소집했는지… 모두 아시리라 생각하오."

마침내 그의 입이 열리고 낮게 가라앉은 음성이 들렸다. 요 며칠 새 잠을 제대로 청하지 못했는지 그의 눈 밑엔 거뭇거뭇한 기미가 끼어 있었고 조금 수척해진 모습이었다.

"믿을 수 없소. 성강정검대가 전멸당하다니……!!"

울음 섞인 누군가의 외침이 모두의 가슴을 파고들었다.

"성강정검대가 전멸당한 일은 애석하지만 지금 제일 큰 문제는 그게 아니오."

화우가 말을 꺼내자 누군가가 화우의 말을 잘랐다.

"오호라, 협력하는 척을 하면서도 결국은 정도가 아니라 마도라 이건가?! 지금 그게 중요한 일이 아니라면 대체 무엇이 중요한 일인가!"

사람들이 화우를 바라보는 시선에는 의심과 불신이 깔려 있었다. 화우는 조금 당황했다. 자신이 말하고자 한 것은 그런 게 아니었는데 도중에 말을 끊고는 자기들 멋대로 오해를 해버리다니.

"역겹소. 추태 따위 보이지 마시오! 마교의 교주가 이야기하려는 것은 그런 의미가 아니질 않소?!"

화우의 말을 잘랐던 이를 향해 잔월비선이 호통 쳤다.

"오해하게 했다면 미안하오. 본인이 이야기하려는 것은 그런 의미가 아니었소. 본인이 생각하기로는 우리들 중, 간자가 있는 것 같소만……."

간자라는 말에 장내의 사람들은 주변을 돌아보았다. 믿을 수 없는 일이 아닌가. 간자라니, 그것도 여기 있는 사람들 중에 간자라……?

"간자라니! 말도 안 되오!"

"설마 하니 우리들 중에 간자가 있단 말이오? 그럴 리 없소!"

여기저기서 반발의 목소리가 튀어나온다. 절대 그럴 리 없다, 말도 안 된다 등등. 하지만 잔월비선만은 화우의 말에 동의의 뜻을 나타냈다.

"…듣고 보니 그렇구려. 성강정검대를 보내기로 한 것은 여기 모인 사람들끼리 결정한 사안이고 대외적으로는 비밀이었소. 한데 어찌 배교에서 그 사실을 알고 그들을 전멸시켰단 말이오?"

성강정검대를 내보내기로 결정했던 것은 맹의 수뇌부와 여기 모인 사람들이었다. 고로 그 사실을 알고 있었다는 것은 맹의 수뇌부 내에 배교 쪽으로 소식을 물어다주는 간자가 있다는 말이 아닌가.

교언명 역시 잔월비선의 말에 동감하는 듯 고개를 끄덕거렸고 여기저기서 작은 웅성거림이 일었다.

"모두 조용히 해주시오. 만약 간자가 있다는 것이 사실이라면 하루라도 빨리 색출해 내야 할 터. 빠른 시일 내에 간자를 잡아내지 못한다면, 결국 우리끼리 서로가 서로를 의심하는 시선으로 바라볼 수밖에 없을 테니 그것은 곧 결속이 무너지는 결과를 초래할 것이오."

아닌게 아니라 사람들은 화우의 말대로 벌써부터 서로가 서로를 의심에 찬 시선으로 쳐다보고 있었다.

"맹주의 생각은 어떻소?"

화우가 헌원가진의 의견을 물었다.

"지금 간자가 있는 것은 사실인 것 같소… 하지만 지금 당장으로서는 색출해 낼 길이 요원하오. 하니 서로 의심해서 결속을 흩트리는 것보단 일단 믿을 만한 수뇌부 몇몇들만 모여 전략을 논의하고 그 논의한 사항은 당일 날 아침에 공표하도록 하는 것이 어떻겠소?"

헌원가진의 의견에 모두가 잠시 생각에 빠지더니 이내 찬성하는 사람 몇몇이 나왔다.

"일단 그런 식으로 몇 번 해보다 보면 자연스레 간자가 가려질 수도 있겠구려. 본인은 찬성하오."

그때 상석에서 잠자코 사람들이 하는 말만을 듣던 인이 반론을 제기했다.

"하지만 문제는 간자가 그 믿을 만한 사람들 속에 있을 수도 있다는 것 아닌가?"

"천무존이 하시는 그 생각을 저 역시 안 해본 것이 아닙니다. 일단 그 인원을 최소화해야겠지요. 그런데도 불구하고 이야기가 새어 나간다면 그 인원들 중에 간자가 있다는 말이니 색출해 내기가 한결 수월해지지 않겠습니까?"

헌원가진의 말이 제법 그럴싸해 인은 어깨를 으쓱해 보이며 한발 물러섰다.

"제법 괜찮은 생각 같군. 마음대로 하시게."

인 역시 나름대로 생각이 있었다. 일단 한번 간자에 대한 일을 사람들 앞에서 공론화시켜 놨으니 지금 함부로 행동하면 간자라 바로 의심을 받게 될 것이 뻔한 일. 아마 그 간자 역시 한동안은 잠자코 숨을 죽이고 있어야 할 터였다. 이를테면 지금 사람들이 뻔히 모인 자리에서 화우가 간자의 이야기를 들고 나온 것은 간자의 발목을 붙잡아 둘 시간을 벌겠다는 의도인 것이라 인은 짐작했다.

*　　　*　　　*

'슬슬… 발을 빼야 할지도 모르겠군.'

막리가는 현재의 상태를 냉정하게 분석해 보았다. 자신의 세력은 포달랍궁의 일부에 불과했다. 포달랍궁과 뢰음사로 이루어진 배교의 세력을 막기 힘들뿐더러 연학림의 최대 전력이라 할 수 있는 관에 심어 놓았던 세력들이 무슨 이유에서인지 와해의 지경에 이르러 있었다. 철저하게 점조직으로 이루어져 있었건만 누가 어떻게 알았는지 그 세력들이 살해당하거나 관에서 파직(罷職)당하는 일이 빈번했다. 살해당한 자들의 경우는 그 솜씨가 일급살수, 쥐도 새도 모르게 죽어 나자빠졌다 들었다.

'어떻게 하면 조용히 발을 뺄 수 있을까…….'

눈앞에서 몸을 부들부들 떨고 있는 노인을 차가운 눈으로 응시하면서 막리가는 염두를 굴렸다. 배교의 일로 포달랍궁과 뢰음사의 전력이 모조리 중원으로 이동해 온 이 시점, 자신의 세력을 그대로 돌려 포달랍궁으로 되돌아간다면 궁주 자리를 차지할 수 있을지도 모른다. 문제라면 슬슬 와해의 조짐이 보이는 연학림과 연학림주인 황보영을 어찌 처리하느냐 하는 것뿐.

"급전입니다."

문밖에서 조그맣게 웬 남자의 목소리가 들렸다. 황보영은 깊은 생각에 잠겨 있는지 별 반응이 없기에 막리가가 대신 문을 열고 남자를 맞아들였다.

"무슨 일인가?"

유약해 보이는 인상에 마른 편인 청년이 서 있었다. 문사의를 입은 이 청년 역시 연학림의 소속인 듯 요 며칠 새 소식을 전해다 주거나 하는 일을 하고 있었다. 막리가와도 몇 번 안면이 있어 막리가를 보더니 고개를 꾸벅 숙여 인사를 했다.

"연학림주께선 안에 계십니까?"

"계시기는 하지만 지금 심기가 상당히 불편하시네."

요즘 들어 일이 뜻대로 풀리지 않자 상당히 신경질적으로 변한 황보영을 청년은 두려워하고 있었다.

"그럼 이 소식 좀 전해주십시오. 제갈묘진이 억류되어 있던 맹 내에서 탈출했다고 합니다. 그 때문에 제갈세가는 입장이 매우 난처하게 되었다고 제갈세가의 가주께서 전갈을 보내오셨습니다."

청년은 자기 할 말만 마치고 부리나케 뛰어가 버렸다. 막리가는 자신의 머리를 긁적이며 문을 닫았다.

'음… 제갈묘진이 탈출을 했… 자, 잠깐… 그렇다면……?

막리가의 머리 속을 번개처럼 스치고 지나가는 것이 있었다. 눈치로 보아 황보영은 제갈묘진을 그리 귀히 여기는 눈치가 아니었다. 오히려 이용물 정도로 여기고 있는 것이 뻔했다. 제갈묘진과 더불어 제갈세가 역시 황보영에게 소모품인 건 마찬가지일 것이다.

'잘만하면 일이 아주 잘 풀릴 것 같군…….'

제갈묘진이 맹을 빠져나왔다면 분명히 황보영을 찾아올 것이 뻔했다. 황보영은 제갈묘진이 더 이상 가치가 없다 생각되면 가차없이 내칠 것이고, 자신은 그 기회를 이용하면 되었다.

'사냥개에게 주인을 물도록 하면 되는 것이군.'

생각에 잠겨 있던 막리가는 황보영이 자신 쪽을 응시하고 있었다는 것을 미처 알지 못했다.

"누가 왔다 갔는가?"

황보영의 말에 화들짝 정신을 차린 막리가는 애써 평온한 목소리로 고했다.

"…아아, 방금 소식을 전해왔소. 제갈묘진이 맹을 빠져나왔다는구려."

그 말을 듣는 순간 황보영의 눈썹이 꿈틀거렸다.

"쓸모없는 놈 같으니라고. 제놈이 거기서 그렇게 빠져나와 버리면 어쩌자는 것인가. 오히려 죄를 시인하는 꼴이지 않은가."

역시 황보영에게 있어 이미 제갈묘진 따위는 안중에도 없었음이 분명하다고 막리가는 확신했다.

"하지만 그로서도 별다른 방법이 없지 않았겠소?"

황보영의 반응을 떠보기 위해 은근슬쩍 제갈묘진을 두둔하는 말을 흘려보았다. 하지만 황보영은 못마땅하다는 듯 고개를 홱 돌리고 대꾸가 없었다.

* * *

엄습해 오는 불안감에 사람들은 전전긍긍하고 있었다. 성강정검대의 전멸 이후로 들려오는 소식이라고는 어느 방파가 무너졌다라던가, 누군가가 죽었다라는 소식밖에는 없었으니 말이다.

더욱 절망스러운 것은 중원 내에서 갑자기 배교의 세력임을 자처한 자들이었다. 배교의 세력이 오래전부터 중원에 흘러 들어와 있었던 것인지 아닌지는 모르겠으나 그들은 중원의 사정을 이미 훤히 알고 있는 듯했다.

강호에서도 알아주는 정보력을 지닌 천안과 개방, 그리고 잔영문에서 나날이 전해오는 소식은 온통 절망적인 것밖에는 없었다.

"맹주, 제발 뭐라 말 좀 해보시오! 이제 우린 어찌하면 좋단 말이오?"

헌원가진을 닦달하는 것만이 해결책이라고 생각하는 듯 몇몇은 헌원가진을 책망하고만 있었다.

"모두들 그만두시오! 맹주를 탓한다고 지금 상황이 달라지오?!"

보다 못한 화우가 헌원가진을 감싸보지만 사람들의 반응은 별반 차이가 없었다. 하지만 이상한 것은 헌원가진의 태도였다. 마치 고요한 물마냥 요즘 들어 말수도 부쩍 적어졌고 사람들의 태도에도 별 반응이 없었다.

'어이가 없군.'

맹에서 회의가 열릴 때마다 꼭꼭 참석하고 있었지만 보면 볼수록 가관인 행태에 인은 한숨만 나왔다. 그나마 여기서 제정신을 유지하고 있는 것은 자신과 저 마교의 교주, 그리고 잔월비선 정도인 듯했다. 맹주인 헌원가진은 도무지 무슨 생각인 건지 알 수가 없었다. 인은 짜증스러운 마음에 자리에서 일어나 문으로 저벅저벅 걸어나갔다.

"어, 어딜 가시려는 것입니까?"

뒤쪽에서 자신을 부르는 소리가 들려왔지만 무시해 버렸다. 이런 짜증스런 장소에 남아 있고 싶지 않았고, 이럴 바엔 차라리 배교의 본거지를 알아내 자신 혼자 쳐들어가는 게 더 효과적이겠다고 생각할 정도였으니까.

인이 그렇게 불쑥 빠져나가고 나자 사람들 사이에서는 작은 수군거림과 함께 이제 중원은 끝났다는 말만이 되풀이되었다. 배교의 세력은 무서운 속도로 전진해 중원을 야금야금 먹어치우고 있었다.

"일단… 마교의 모든 세력을 동원해 보겠소. 혹시나 싶어 본인의 휘하 세력을 제외한 모든 세력은 마교에 남겨 두었었다오."

화우는 사람들을 안심시키기 위해 마교에 남겨놓고 온 세력을 들먹였다. 잔월비선 역시 지금은 사람들의 사기를 끌어올리는 것이 급선무라 여기고 자신의 세력인 잔영문을 들고 나왔다.

"어쨌거나 살수라 해도 그들 역시 무공을 닦은 자들. 일단 투입시킨다면 큰 도움이 될 것이오. 여기 지도를 보면 아시겠지만 이 부근이 놈들 세력의 근거지요. 이끄는 자의 정체가 드러난 것은 아니지만 일단……."

지도를 펼쳐 놓고 잔월비선이 설명을 시작했다. 어쨌거나 이대로 무너질 수는 없질 않겠는가.

사람들이 머리를 싸매고 한참 동안 지도를 바라보다가 헌원가진의 의견을 물었다.

"맹주께서는 어찌 생각하시오?"

"…나 말이오?"

헌원가진이 숙이고 있던 고개를 천천히 쳐들었다. 한데… 이상하게도 잔월비선은 헌원가진의 얼굴을 마주 보는 순간 머리부터 발끝까지 소름이 돋았다.

"쓸데없는 짓이오……."

헌원가진은 고개를 도리질 쳤다.

"…쓸데없는 짓? 맹주, 그게 무슨……."

사람들은 영문을 알 수가 없었다. 누구보다도 앞장서야 할 그가 하루 종일 말도 없거니와 자꾸 이상한 소리를 늘어놓고 있지 않은가.

"맹주, 지금……."

조금 화가 난 잔월비선이 뭐라 말을 하려다가 멈추었다. 갑자기 알 수 없는 으스스한 살기가 느껴졌기 때문이다. 그건 비단 잔월비선만이 아닌 듯 화우를 비롯해 여러 사람이 주변을 두리번거리고 있었다.

"누구냐!!"

설마 이자들이 벌써 맹 내에까지 침입했단 말인가? 하지만 맹에 침입했다면 소란이 났어도 벌써 났을 것인데 어째서 이렇게 주변이 조용한 것인가. 사람들은 초조함을 느끼며 일제히 자신들의 애병을 꺼내 들었다.

"…딱히 누구라고 할 것도 없소."

긴장감을 깨뜨리는 한줄기 목소리에 사람들의 시선이 목소리의 주인공에게로 쏠렸다. 여전히 자신의 자리를 지키고 앉아 있는 헌원가진은 사람들의 시선이 자신에게로 쏠리자 실소를 터뜨렸다.

"…맹주……?"

헌원가진의 분위기가 이상했다. 평소라면 볼 수 없던 활짝 웃는 얼굴을 하고 있는 그를 바라보는 사람들의 심정은 '이건 분명 무언가 잘못되었다' 라는 심정이었다.

"지금 그게 무슨 말씀이시오?"

"…누군가가 침입한 것이 아니라는 말이외다."

쿵— 쿵— 쿵—

헌원가진의 말이 끝나기가 무섭게 창을 깨고 혹은 천장에서 푸른 청의를 입은 인영들이 쏟아져 내렸다. 살기 등등한 그들의 모습은 연령도, 성별도 모두 제각각이었지만 공통점이 있다면 그들이 입은 옷과 맹 내 어디에선가 한번씩 봤던 것 같은 낯익은 얼굴들이란 점이었다.

"이들은 원래부터 맹에 있던 자들이라오. 아주 오래전부터 말이오."

사람의 분위기가 어찌하면 이렇게 전혀 판이하게 달라진단 말인가. 같은 옷차림에 언제나와 다를 바 없는 모습이었지만 풍기는 기도는 예전의 헌원가진이 아니었다. 평소의 무인이라기보단 오히려 문인의 모습에 가깝던, 단아하고 부드러웠던 분위기는 어디로 가고 헌원가진의 전신을 휘감고 있는 것은 알 수 없는 강렬한 패기와 허무함, 그리고 사악함이었다.

"서, 설마……?"

잔월비선은 그럴 리 없다고 고개를 도리질 치면서도 설마― 하는 생각이 들었다. 사람들이 경악에 차 있는 사이 청의인들은 거침없이 공격을 시작했다. 낯익은 얼굴들, 맹 내에서 자주 보이던 자들이 상당수 그 청의인들 사이에 끼어 있었다. 모여 있던 자들은 강호에서의 경험도 많고 무공도 모두 고수의 반열에 드는 자들이었지만 충격에 휩싸여 제 실력을 낼 수 없던 탓에 사람들은 청의인들에게 점점 밀리고 있었다.

"이놈!! 대체 이유가 무엇이냐?! 아니, 대체 네놈은 누구냐?!"

청의인들 사이를 헤치고 교언명이 어느새 헌원가진 앞에 다가와 있었다. 바로 곁에서 헌원가진을 도와왔던 그였으므로 배신감은 더 클 터였다. 하지만 헌원가진은 눈길 한번 주지 않고 귀찮다는 듯 소맷자락을 한번 휘둘렀다. 알 수 없는 장력이 교언명의 가슴에 와 박히자 교언명은 저만치 날아가 벽에 처박혔다.

“본인을 소개하는 것을 잊었군. 본인은 혈요사령(血妖死靈) 만천학(晩千學), 배교의 교주라오.”

사람들의 얼굴이 새하얗게 변하며 핏기가 가셨다. 설마설마 했던 자들 역시 말도 안 된다며 눈을 부릅떴다가 청의인들의 공격에 속절없이 쓰러져 갔다.

‘배… 교… 라고……?’

화우의 심장이 쿵쾅쿵쾅 맥박 쳤다. 앞에서 달려드는 청의인을 가차 없이 베어내며 화우는 숨을 헐떡인다.

‘…저자가… 배교의 교주였다고……?!’

어째서 수없이 보았으면서 눈치 채지 못했을까. 하지만 그것보다도 완벽하게 속았다는 배신감이 더 컸다. 머리 속이 뒤죽박죽이 되어 아무것도 생각나지 않았다.

‘당신이 배교의 교주였군… 배교의 교주가 정도에 오래전부터 숨어들어 있다는 것은 알았지만 설마 당신이었을 줄은…….’

오랜만에 자신의 연검을 빼 들고 청의인들을 상대하고 있던 능파는 한숨을 쉬었다. 누구인지까지는 알 수 없었지만 대략적인 것을 알고 있던 그녀는 다른 사람들만큼은 충격받지 않았으나 그녀의 고운 아미에는 근심이 깃들어 있었다.

만천학, 저자의 목표는 중원도 정도도 아닌 마교 그 자체였다. 그렇다면 무엇보다도 화우가 위험해지는 것은 당연할 터.

헌원가진, 아니, 만천학은 한꺼번에 세 명의 청의인과 싸움을 벌이고 있는 화우를 음울한 눈빛으로 바라보고 있었다. 그런 만천학의 뒤로 검은 장포를 걸친 소녀가 어느새 다가와 서 있었다. 소녀는 발치에까지 닿는 긴 머리로 얼굴을 휘감고 있어 어디를 바라보는 것인지 알 수 없었지만 고개의 방향으로 미루어보아 청의인들과 사람들이 벌이는 난전인 것만은 확실했다.

"드디어 시작이로군……. 내 어머님의 복수, 억울하게 죽어간 배교인들에 대한 복수……."

만천학은 빙긋이 웃었다. 눈앞에서 피를 흘리며 쓰러져 가는 사람들의 모습이 더없이 통쾌했다.

"뭘 그렇게 넋 놓고 앉아 있냐?"

등 뒤를 툭툭 쳐오는 인의 손길에 은평은 화들짝 놀랐다.

"응?!"

"왜 그렇게 놀래?"

"아니, 아무것도 아냐."

은평은 고개를 저었다. 방금 들었던 이 오싹한 소름은 대체 뭘까. 하지만 은평은 깊게 생각하지 않고 이내 묻어버렸다.

"어쩐 일이냐? 방금 나가놓고 왜 이렇게 금방 와?"

안쪽에서 청룡과 황이 휘적휘적 걸어나왔다. 인에게 왜 이렇게 빨리 왔는지를 묻는 그들에게 인은 어깨를 으쓱해 보이며 질렸다는 표정을 지었다.

"해결책 강구할 생각은 안 하고 남 책망만 해대는 것들이 짜증나서 그냥 나와 버렸어."

인은 자신의 마음만큼이나 흐린 하늘을 올려다보았다. 요 며칠 새 흐리거나 비가 오는 날씨가 계속되고 있었다.

"아까부터 너 이상하다? 왜 그렇게 기운이 없어?"

황이 은평을 붙잡고 의심스럽다는 시선을 보냈다.

"내가 뭐가 어떻다고 그래?"

애써 얼굴 근육을 움직여 웃는 모양새를 만든 은평이었지만 황의 눈썰미는 피해갈 수 없었다. 황은 은평의 어깨를 꽉 붙잡고 단호한 어조로 물었다.

"얼른 안 불래?! 귀신은 속여도 난 못 속이지."

"…아무것도 아니야. 그냥 조금 불안한 예감이 들어서."

불안한 예감이라는 말에 황이 안색을 일그러뜨렸다. 그리고 진지한 눈으로 은평을 빤히 바라보았다.

"구체적으로 어땠어?"

"나도 잘 모르겠어. 그냥 찰나지간에 스쳐 지나간 거라서."

할 수 없다는 듯 한숨을 푹 내쉰 은평은 순순히 사실대로 말했다. 황은 잠시 은평의 말이 사실인지 아닌지를 판단해 보다가 은평의 어깨에서 손을 뗐다.

"사실은 나도 방금 너와 같은 불안함을 느꼈거든. 둘 다 동시에 느꼈다면 그건 보통 일이 아니야."

황의 말에 화답하기라도 하듯 갑자기 밖에서 세찬 소나기가 쏟아져 내렸다. 비와 함께 느껴지는 것은 강렬한 음기였다.

"현무다……!"

청룡이 창문을 활짝 열었다. 세차게 쏟아져 내리는 빗줄기가 안으로 조금씩 새어 들었지만 그는 별로 개의치 않고 그대로 창문을 열어두었다.

"…맹이 있는 방향이야. 현무의 기가 아주 강하게 느껴져. 대체 무슨 일이지?"

청룡은 비 때문에 흐릿하게 보이는 저편을 응시했다. 저편에서는 대체 무슨 일이 벌어지고 있는 것일까. 어쩐지 예감이 좋지 않았다.

"맹에 한번 가보자, 무슨 일인지 알아보러."

은평의 제안에 황은 고개를 저었다. 현무의 음기가 실린 비가 내리는 이상 자신은 갈 수 없었다.

"난 갈 수 없어. 비가 저렇게나 내리는걸. 그냥 평범한 비도 아니고 현무가 불러낸 비란 말이지."

현무의 음기에 큰 영향을 받지 않는 백호나 청룡은 상관없었지만 상극인 황은 아무래도 가기가 곤란했다.

"그럼 넌 여기에 남아 있어. 나하고 백호가 다녀올 테니."

청룡의 말에 황은 고개를 끄덕였다. 몸속에서 자신의 반신인 봉이 '어찌 되도 상관없으니 가보자' 라고 난리를 피웠지만 애써 무시했다.

"크으윽……."

백의가 온통 피로 물든 중년인이 볏단처럼 그 자리에 무너져 내렸다. 청의인들은 그의 숨이 완전히 끊어진 것을 확인하고 만약을 위해 중년인의 심장에 확인차 검을 내리꽂았다. 만약 귀식대법으로 숨을 멈추고 죽은 체를 하고 있다 해도 심장을 관통당하면 살 수 없는 법이니 말이다.

"…이 천벌을 받을 놈들!! 네놈들이 그러고도… 컥……!"

그 광경을 목격한 청수한 인상의, 화산파에서 파견된 사내가 노성(怒聲)을 울렸지만 청의인들의 검에 허벅지를 관통당하고 그 자리에 풀썩 쓰러졌다. 사람들의 수는 이제 얼마 남지 않았다. 일찌감치 항복하거나 제압당한 이들은 혈도를 짚인 채 쓰러져 있었고, 끝까지 반항하며 청의인들을 베어 넘기던 이들은 죽임을 당했다.

넓다고 한다면 넓은 장내였지만 난전을 벌이기엔 턱없이 좁은 곳, 화우는 잘 돌아가지 않는 머리로 애써 제정신을 차리려 애썼지만 점점 머리가 몽롱해져 왔다. 무턱대고 공격하자니 애꿎은 사람들이 피해를 입을 것 같고, 그렇다고 적당히 사정을 봐주자니 청의인들의 검에 검상을 입어 피가 흘러내렸다. 상당히 피를 많이 흘렸는지 점점 눈앞이 어지러웠다.

"단, 정신 차려요!!"

옆에 붙어 있던 능파와 힘을 합치지 않았더라면 어찌 됐을까. 능파는 연검을 자유자재로 휘두르며 청의인들의 사혈을 노렸다.

'…큰일이다. 어떻게든 단을 데리고 빠져나가야 하는데… 밖에 있던 이들은 대체 안에서 이런 소동이 이는 데도 뭘 하고 있단 말인가…….'

그때 능파의 눈에 제법 커다란 벌 한 마리가 보였다. 어디서 어떻게 들어왔는지는 알 수 없지만 사지가 없는 밀랍아의 팔과 다리를 이루고 있으며 밀랍아가 수족처럼 부리는 남만사독봉임이 틀림없었다. 밀랍아가 공격할 때가 아니면 자글자글 밀랍아의 몸에 달라붙어 팔이나 다리의 모양을 형성하고 있는 저것이 밖으로 나와 있단 말인가.

'…역시 밖에서도 난전이 벌어지고 있는 모양이야.'

쉴 새 없는 청의인들의 공격 속에서도 능파는 부지런히 머리를 굴렸다. 마교의 전력이 전부 이곳에 와 있는 것은 아니라 들었다. 일단 단과 함께 이곳을 빠져나가 마교의 온 전력을 끌어 모으고 재정비를 할 수만 있다면…….

"언제까지 질질 끌 셈인가?"

만천학은 기다리기가 따분했는지 자리에서 천천히 일어났다. 그는 천천히 자신의 검을 뽑아 들고 백의를 휘날리며 난전 속으로 뛰어들었다.

"진천만리(振天萬里) 배화격참(排火格慘)."

처음 들어보는 생소한 무공명이었지만 그가 검을 휘두를 때마다 비명 소리가 여기저기서 울렸다. 그는 청의인이라 해서 가리지 않았다. 청의인들이 뭉쳐 있는 곳에도 아무렇지 않게 검을 휘둘렀다. 청의인이라 해도 안중에 두지 않는다는 태도였다.

"마교의 무공을 함부로 쓰지 마라!! 네놈 따위가 함부로 굴릴 게 아니야!"

하지만 화우는 만천학이 쓰고 있는 무공이 무엇인지 알 수 있었다. 잘 알려지진 않았지만 마교의 장로들이나 교주 혹은 직계제자들에게 전해지는 무공이었다. 자신 역시 익히 알고 있는 무공이었고 말이다.

"언제까지 그 잘난 주둥이를 나불댈 수 있는지 지켜보지."

만천학은 피식 웃으며 화우와 대적하고 있던 청의인을 밀치고 자신이 화우의 상대로 나섰다. 화우가 많이 지쳐 있는 까닭도 있겠지만 검을 맞부딪치는 순간, 화우는 느낄 수 있었다. 예전에 무림대전의 개전시 자신과 이자가 했던 비무에서 이자는 자신의 실력을 사 할 이상 감추고 있었음을.

"네놈이 잘 아는 마교의 무공으로 상대해 주마. 크크……."

하지만… 의문인 것은 어째서 만천학이 마교의 무공을 알고 있느냐는 것이었다. 아니, 다시 생각해 보면 배교는 원래 마교에서 떨어져 나간 세력이니 알고 있다 해도 하등 이상할 것은 없겠지만 그가 쓰는 무공은 마교의 수뇌부에서도 극히 일부만이 알고 있는 무공이 아니던가.

"마경참후(魔境站侯)!"

화우의 검이 다시 한 번 날았다. 하지만 만천학은 그 공격에도 피식 웃기만 할 뿐이었다. 마치 적당히 상대해 주고 있다는 그 태도에 화우의 자존심은 크게 상처를 입었다. 더군다나 그는 검을 오른손에 쥐고 있었다. 자신이 알기로 그는 왼손을 쓰지 않았던가.

"재롱은 이제 다 끝난 게냐?"

"…뭐?!"

화우의 눈썹이 꿈틀거렸다. 뒤에서 능파가 화우를 부르는 소리가 들려왔다.

"조심해요!! 그는… 악!"

청의인들의 공세를 막아내면서도 그녀는 화우를 걱정하고 있었다. 능파가 잠시 화우에게 정신이 쏠린 사이 청의인들의 검이 어깨를 스쳐 지나간 듯 능파가 입고 있는 하늘하늘한 경장의 어깨는 붉은 피로 물들고 있었다.

"널 상대하고 있는 것도 지겹군. 이제 그만 끝내도록 하지. 천경조화(千警造化) 십팔번식(十八番式)!"

만천학의 움직임이 갑자기 빨라졌다. 화우는 당황하며 몇 발자국 뒤로 물러났지만 그의 검은 여지없이 뒤쫓아와 화우의 사혈을 노렸다.

"크윽……."

이런 강적은 처음이었다. 압도적인 실력 차이를 느끼고 있는 것도, 아무리 지쳐 있다고는 하지만 이렇게 일방적으로 밀리는 것도 어렸을 적을 빼면 없던 일이었다.

"악……!"

급소는 아니지만 미처 막아내지 못한 만천학의 공세가 화우의 옆구리에 틀어박혔다.

"단!!"

능파가 자신을 부르는 소리가 들렸다. 바로 지척임에도 불구하고 그 목소리가 아련하게만 느껴졌다. 옆구리가 화끈거리고 옷이 점점 뜨거운 것에 젖어들고 있었다. 가뜩이나 흘린 피가 많은 그로서는 다시 한 번 검상을 입어 피를 흘리게 되자 눈앞이 혼미해질 지경이었다.

"…헉… 헉……."

화우가 거칠게 숨을 몰아쉬었다. 이대로 주저앉을 수는 없는 일, 어떻게든 이곳을 빠져나가야 한다고 생각했지만 몸이 말을 듣지 않았다.

"얌전히 있는 것이 좋을 게다."

만천학이 들고 있던 검의 검날을 톡톡 치며 말했다. 검에 무언가 발라놓은 모양이었다. 화우가 점점 정신을 잃어가고 있을 무렵이었다.

"크아아악!!"

청의인의 높은 비명 소리가 울렸다. 만천학이 그쪽으로 천천히 고개를 돌리자 청의인을 연검으로 꿰뚫고 그를 방패 삼아 청의인들 틈을 빠져나가는 중인 능파가 보였다. 어떻게든 장내를 빠져나갈 생각인 듯 입구 쪽으로 돌진하고 있었다.

"뭣들 하고 있느냐! 쫓아라!!"

만천학의 고함이 울리고 청의인들이 일제히 능파를 쫓았으나 이미 그녀는 입구를 빠져나가고 있었다.

"…되었다, 놔두어라. 어차피 이곳은 내당의 가장 깊숙한 곳. 맹 내를 무사히 빠져나가기는 어려울 것이다."

혹시나 해서 맹 주변으로 천라지망을 펼쳐 둔 것이 안심이 되었다.

만천학은 이미 정신을 잃고 쓰러져 있는 화우를 힐끔 바라보더니 이내 다시 장내로 고개를 돌렸다. 청의인들 역시 사람들을 전부 죽이거나 사로잡아 놓고 있었다. 잡혀 있는 사람들 틈으로 다가가자 사람들이 일제히 그를 경멸에 찬 눈빛으로 바라본다.

"…더러운 놈……."

아직까지 살아 있는 사람들 중에는 교언명과 잔월비선을 비롯해 몇몇의 백도명숙도 끼어 있었다. 교언명은 그를 보자 사나운 들개처럼 눈을 번뜩이며 저주의 말을 퍼부었다.

"천벌을 받을 것이다, 이놈!!"

자신을 향해 던져지는 저주의 말에도 그는 피식피식 웃기만 했다.

"시끄럽군."

그가 들고 있던 검이 잠시 반짝 하니 교언명이 붕어처럼 입을 뻐끔거리며 천천히 쓰러졌다. 그의 이마에는 동전만한 구멍이 뚫려 있었다. 그가 쓰러진 자리로 허연 뇌수와 끈적한 피가 콸콸콸 쏟아져 내려 바닥을 적셨다. 청의인들에게 혈도가 짚여 꼼짝도 할 수 없었지만 모두가 그 광경에 경악하고 있는 듯하다.

"…진짜 맹주는 어찌 되셨느냐?"

혈도는 짚였으되 말은 할 수 있도록 해놓은 탓일까. 사람들 중 한 명이 입을 열었다. 자색이 섞인 무복에 검상을 입고 피를 흘리고 있는 몰골임에도 불구하고 마치 상처 입은 맹수를 연상케 하는 장년인이었다. 그는 바로 자화검린 연검천이었다.

"진짜 맹주……?"

"그렇다……. 그 헌앙한 기도를 가지셨던 분과 네놈이 동일인일 리는 없을 터… 그분을 어찌했느냐. 맹주를 죽이고 그 인피면구라도 뒤집어쓴 게냐?"

그의 말에 사람들의 안색은 더욱더 사색이 되었다. 연검천의 말이 맞다면 더욱 큰일이 아닌가.

"큭… 크하하하하… 자화검린 연검천의 눈이 이리 낮았을 줄은 생각도 못했군."

광소를 터뜨린 만천학은 연검천의 질문에 대답할 가치조차 없다는 듯 고개를 돌렸다.

"…자화검린께서는 저것이 인피면구로 보이시오?"

안색은 창백했으나 잡혀 있던 자들 중에서는 그나마 멀쩡해 보이는 잔월비선의 말이었다.

"…저자는 우리가 알던 그 맹주가 맞소. 어찌 된 일인지는 모르겠으나……."

잔월비선은 체념한 기색은 아니었지만 그렇다고 분해서 어쩔 줄 모르거나 하는 기색 역시 아니었다. 붙잡힌 사람치고는 지나치게 담담했다.

"둘 다 반은 맞고 반은 틀렸군. 내가 맹주인 것도 맞고 헌원가진이 아닌 것 역시 맞다. 진짜 헌원가진은 이미 십여 년 전에 죽었으니까."

그렇다면 그는 이미 오래전부터 헌원가진으로 행세를 해왔던 것이란 말인가.

"…대체 언제부터……."

연검천의 질문에 만천학은 의외로 순순히 대답해 주었다.

"구파일방의 장문인들이 헌원가진이란 인물의 자질을 보고 맹주 자리에 앉히기 위해 공동의 전인으로 삼았던 때부터다. 헌원가진이 구파일방 장문인들의 공동 전인이 되기 위해 길을 나섰던 그때, 난 그가 머물렀던 객잔에서 그를 죽이고 그가 되었다. 즉, 네놈들은 스스로 호랑이 새끼를 거두어 키운 꼴이지. 내가 배교의 교주란 것도 모르고 맹주로 삼겠다며 온갖 백도의 무공을 가르치고 영약을 먹여 키운 셈이란 말이다.”

그가 하는 말에 사람들은 모두 충격을 감추지 못했다. 자신들은 그동안 대체 저자의 무엇을 봐왔더란 말인가. 헌원가진으로서 보여주었던 모습들은 모두 거짓이었고 위선이었단 말인가……?

“마지막으로 기회를 주지. 여기 있는 사람들 모두 그동안 내가 눈여겨봐 왔던 자들, 나와 손을 잡지 않겠나?”

그 말에 제일 먼저 반응을 보인 것은 잔월비선이었다.

“큭큭큭. 미치겠군. 그거 지금 날더러 웃으라고 한 말이냐?”

잔월비선의 비웃음에 만천학의 눈썹이 꿈틀거렸다.

“그쯤 해둬. 슬슬 가야 할 때다. 그들이 와.”

존재감마저 희미했던, 검은 장포 한 겹만을 달랑 걸친 소녀였다. 있는 듯 없는 듯했다가 갑자기 나타난 소녀는 어느새 만천학의 지척에까지 다가와 있었다.

“알았다. 이번 일엔 네 도움이 컸으니 네 말을 따르도록 하지.”

청의인들 중 우두머리 격으로 보이는 자에게 만천학이 전음으로 뭐라 명령을 내렸다. 그자는 청의인들을 지휘해 일사불란하게 움직였다.

“사, 사 살려줘… 크읔…….”

만천학은 제압해 놓았던 자들의 대부분을 죽이고 자화검린 연검천과 잔월비선, 그리고 마교의 교주만을 살려놓았다. 그리고 그 셋의 아혈을 봉한 뒤, 수혈을 짚었다.

‘그 녀석이… 잘해줘야 할 텐데…….’

자신에게서 연락이 갑자기 끊기면 자신의 동생 역시 뭔가 일이 이상하게 돌아간다는 것을 눈치 채긴 할 터였다. 갑자기 덮쳐 온 수마를 이겨내지 못하고 천천히 눈을 감으면서도 잔월비선은 동생을 떠올렸다.
'제발 경거망동하지 마라…….'

"헉… 헉……."
흘러내린 땀으로 인해 자꾸만 면사가 벗겨졌다. 거칠게 숨을 몰아쉬면서도 능파의 눈동자는 쉼없이 돌아갔다. 어떻게 해서든 배교의 소굴로 변한 이곳을 빠져나가야 했다. 맹의 사람들 중 반 이상이 죽어 나자빠진 듯 여기저기 시체들이 즐비했다. 아마 자신들을 덮치면서 맹 내에 있던 사람들 중 배교가 아닌 이들은 전부 죽인 듯싶었다.
'…도대체 그들은 언제부터 배교에 가담하고 있었던 걸까… 아니면 애초부터 배교이면서 몰래 맹에 잠입했던 것일지도……. 아니야. 능파야, 잡생각은 그만두자.'
화우를 놔두면서까지 빠져나온 그녀였다. 어질어질한 몸을 부여잡고 애써 경신법을 운용해 맹 내 여기저기를 떠도는 청의인들의 눈을 피해 어떻게든 내당과 외당의 경계점까지 빠져나왔다. 자신이 할 일은 여기서 어떻게든 살아남아 마교까지 가야만 했다. 이 일을 알려야만 했다. 그리고 자신의 사부를 어떻게든 충동질해 연학림과 배교와 맞붙도록 해야 하는 일도 남아 있었다.
그때 능파는 묘안을 하나 떠올렸다. 마침 싸우다 죽은 듯 머리에 구멍이 뚫린 채 죽어 있는 청의인의 시체까지 옆에 있었다. 능파는 주저없이 죽은 시체에게서 청의를 벗겨내고 자신의 얼굴 위에서 거추장스럽게 팔락대는 면사를 찢어발겼다. 그리고 재빨리 피에 젖은 경장을 벗고 청의를 걸쳤다. 옷을 입을 때마다 어깨에 난 상처에 닿아 쓰리고 아팠지만 상처 따위를 돌볼 틈이 없었다. 대충 벗어둔 경장의 천을 찢어서 피가 나지 않도록 동여매고 능파는 흡사 배교의 세력인 양 가장했다.

'휴…….'

청의인들이 자신을 보고서도 별다른 반응을 보이지 않는 것에 안심한 그녀는 용기를 내어 발걸음을 재촉했다. 이제 외당이었다. 이 외당만 빠져나가면 전력으로 경신법을 운용해 빠져나가면 된다.

"잠깐, 거기 너!"

갑자기 자신을 부르는 목소리에 능파는 최대한 침착하게 뒤돌아보았다.

"어딜 가는 것이냐. 지금 당장 철수하라는 명령이 떨어졌는데……."

조금만 더 가면 맹의 외문(外門)이 나올 터였다. 어떻게 할까를 고민하던 능파는 전력으로 경신법을 운용해 도망치기 시작했다.

"…앗!! 쪼, 쫓아라!!"

자신을 불렀던 자가 고함을 지르자 여기저기서 청의인들이 꾸역꾸역 밀려들었다. 능파는 젖 먹던 힘까지 쥐어짜 연검을 휘둘렀다.

"누접산화(淚蝶散花)!"

마치 나비가 꽃송이처럼 분분히 날리는 듯한 광경과 함께 그녀를 뒤쫓던 청의인들이 비명을 지르며 그 자리에 주저앉았다.

'…어떻게든 저 문만 빠져나가면… 저 문만…….'

잠시 생긴 틈을 이용해 능파는 있는 힘을 다해 몸을 날렸다.

47

어둠 속의 진실

어둠 속의 진실

눈가를 아려오게 하는 밝은 촛불 빛에 능파는 잘 열리지 않는 눈을 비틀어 떴다. 이곳은 어디일까. 정신이 든 것을 자각하자 온몸이 뻐근하고 어깨에서 아릿한 통증이 느껴졌다.

"정신이 좀 드나 보네?"

갑자기 눈앞에 불쑥 나타난 것은 붉은 화복을 걸친 미녀였다. 능파가 보기에도 대단히 요염하고 아름다운 미녀였다. 능파가 하얀 날개를 펄럭이는 백접(白蝶)이라면 저쪽은 화려한 날개를 뽐내는 봉접(鳳蝶:호랑나비)이었다.

"어이, 모두 와봐. 정신을 차린 모양이야."

미녀는 누군가를 불렀다. 여러 명의 인기척이 들리는 것이 느껴지고 이내 주변이 시끌시끌해졌다.

"뭐야, 드디어 정신을 차린 거야?"

"응. 인, 네가 가서 누구냐고 한번 물어봐."

'음… 어쩐지 분위기가 한번 본 듯하기도 하고.'

"시끄러워! 좀 조용히 못해?!"

붉은 화복 차림의 미녀가 소리치자 시끌시끌했던 말소리가 일시에 멈췄다. 능파는 힘이 들어가지 않는 몸을 억지로 일으켰다.

"어라, 왜 벌써 일어나요? 아직 몸이 안 좋을 텐데."

자신을 향해 걱정하는 말을 하고 있는 것은 분명 은평이었다. 그의 뒤로 은평이 항상 안고 다니던 새끼 백호와 천무존, 그리고 푸른 청자색 옷을 입은 청년이 있었다.

"…어찌 된 일이죠……? 여긴 어디구요?"

"여긴 객잔이에요. 우리가 갔을 때 맹의 문 앞에서 정신을 잃고 쓰러져 있길래 데려왔어요."

"고마워요, 은평."

능파는 아무 생각 없이 은평의 이름을 불렀다. 그러자 은평은 흠칫 놀라 눈을 동그랗게 떴다.

"…날 알아요?"

"아……? 그럼 은평은 절 모르나요?"

능파는 어쩐지 이상한 생각이 들었다. 그것은 은평 역시 마찬가지였다. 처음 보는 여자가 자신의 이름을 알고 있으니 왜 아니 그렇겠는가.

"기억이 안 나는데… 어딘가 모르게 낯익긴 한데 전 당신을 잘 모르겠는데요?"

'아차! 내가 지금 면사를 벗고 있어서…….'

능파는 대충 어떻게 된 일인지 짐작이 갔다. 자신이 면사를 벗고 있는 상태이고 면사를 벗은 모습으로는 한 번도 은평을 만나본 적이 없기 때문에 은평이 자신을 몰랐던 것이 분명했다.

"미안해요, 경황이 없었군요. 저 능파예요."

"…에엑?!"

놀라는 은평의 얼굴을 보면서 능파는 화우를 떠올렸다. 그는 어찌 되었을까. 거기다가 맹의 문 앞에서 발견했다니 대체 어찌 된 일일까.

"단은 무사한가요?"

"단……? 아, 교주씨 말이에요? 모르겠어요. 우리가 맹 앞에 도착했을 땐 죽어 나자빠져 있는 시체들과 몸 여기저기에 상처를 입고 쓰러져 있던 당신밖에는 없었어요."

능파는 시체밖에는 아무도 없었다는 말을 듣고 조용히 머리를 회전시키기 시작했다. 배교의 세력들과 화우는 대체 어디로 갔단 말인가. 백발문사도, 밀랍아도 무사하긴 한 것인지 걱정이 되었다.

"대체 어떻게 된 일인가?"

능파가 누워 있던 침상께로 다가온 인의 질문에 능파는 한숨을 쉬었다. 어디서부터 이야기를 해야 할까…….

"…그러니까……."

흥분하지 않기 위해 스스로의 감정을 추스르며, 능파는 최대한 냉정하고 침착하게 이야기를 시작했다. 헌원가진이 배교의 교주였다는 것과 자신들을 갑자기 습격했으며 자신만 간신히 빠져나왔다는 이야기를 말이다.

"그가… 배교의 교주라고?!"

인조차도 고개를 설레설레 내저으며 믿지 않으려 들었다.

"사실입니다. 그는 배교의 교주였고, 우리들을 불시에 습격했지요."

"…속였다는 거네, 그 많은 사람들을."

은평의 목소리에는 분한 기색이 어려 있었다. 사실 직접 본 능파조차도 믿어지지 않는 사실이었다.

"…우리가 맹으로 갔을 때 맹은 아수라장이었다. 하지만 맹을 샅샅이 뒤져도 시체밖엔 없었어."

인의 말에 능파는 일단 안도했다. 화우의 시체가 발견되지 않았다면 그건 분명히 배교에서 데려갔다는 소리고 아직까진 무사하다는 의미였다.

"그렇다면 일단은 다행이군요… 단은 죽지 않고 살아 있을 거예요."

은평과 인, 능파를 내버려 두고 백호와 청룡, 황 세 신수는 자리를 비켜주었다. 자신들끼리 따로 할 이야기가 있었기 때문이다.

"…현무의 행적을 추적하려고 했는데 실패했어. 아마 자신의 흔적을 일부러 지운 거겠지. 인간들의 피비린내라도 쫓아볼까 했는데 그것마저도 옅어서 어렵더군. 철저하게 손을 쓴 모양이야."

청룡은 머리를 긁적였다. 내렸던 비에 음기가 섞여 있던 탓에 현무의 음기와 헷갈려 헤맨 탓도 있지만…….

[…현무님께서 인간들의 일에 직접적으로 개입을 하고 계시다는 겁니까?]

백호의 질문에 황이 대답해 주었다.

"…어디까지나 직접적인 건 아니겠지. 하지만 간접적이라고 해도 방해할 건 다 방해하고 일 꾸밀 건 다 꾸미고 있잖아."

황은 입을 삐죽였다. 자신들도 나서면 될 텐데 자꾸만 청룡이 제지하니 그것마저도 어렵다.

"…이쯤 되면 할 수 없겠군, 우리도 나설 수밖에."

"정말?"

"그래, 할 수 없잖아. 조그만 일을 현무가 간접적으로나마 인간들 틈에 개입하면서 더 커지게 만들고 있는 느낌이야. 일을 확대시킨달까."

황은 청룡의 결정이 매우 만족스러웠는지 청룡의 등을 팡팡 두들겼다.

"잘 생각했어. 그렇게 나와야지!"

* * *

뚝— 뚝— 뚝—

일정한 간격으로 떨어지는 물방울 소리가 울렸다. 화우는 멍한 머리를 들고 천천히 고개를 들었다. 눈을 떴지만 앞이 흐릿하니 잘 보이지 않았다. 탈진한 듯 온몸에 기력이 없었지만 애써 팔다리를 움직이려 해보았다. 하지만 쩔그렁대는 소리만 날 뿐 몸은 맘대로 움직여 주질 않았다.

'…여긴 어디지?'

눈에 겨우 시력이 돌아오자 화우는 자신의 팔과 다리에 매어져 있는 쇠고랑을 볼 수 있었다. 그리고 더불어서 자신이 처해 있는 상황 역시 대략이나마 파악이 되었다. 선 채로 벽에 박힌 쇠고랑이 수족을 구속하고 있었고 하체에 힘이 들어가지 않아 다리는 흐느적하게 바닥에 늘어진 상태였다.

어디선가 쥐새끼의 찍찍대는 소리가 석벽(石壁)을 타고 울렸다. 천장은 제법 높았고, 사방이 어두컴컴한 가운데 맞은편 벽에 달린 횃불만이 유일하게 불을 밝히고 있었다. 입구는 커다란 철문뿐이었는데 언뜻 보기에도 상당히 두꺼워 보였다.

철문의 위쪽에 달린 조그마한 구멍이 갑자기 열리더니 사람의 두 눈동자가 보였다. 화우와 눈이 딱 마주친 그 눈동자는 이내 다시 구멍이 닫힘으로써 사라져 버렸다.

"정신이 들었나 보군. 보고해야 하나?"

"그래? 그럼 내가 보고하러 다녀오지."

굳게 닫힌 철문의 저편에서 작은 두런거림이 들려왔다. 여기는 대체 어디일까. 자신을 가두기 위한 감옥이란 건 알겠지만 대체 중원의 어느 위치쯤인지가 궁금해졌다.

화우는 자신을 갑갑하게 구속하고 있는 쇠고랑을 풀기 위해 내력을 일으켰지만 단전이 끊어지는 것 같은 통증과 더불어 아무리 애써도 내력은 모아지지 않았다. 옆구리의 검상이 지끈지끈 쑤셔오기 시작했다.

'…서, 설마…….'

텅 빈 것같이 허한 느낌의 단전… 화우는 그제야 자신의 단전이 파괴되었음을 깨닫고 절망감에 휩싸였다. 아무것도 하지 못하는 범인의 몸이 되어버린 것이다. 아니, 몸에 부상까지 입고 있으니 범인보다도 못한 지경이었다.

끼이익—

듣기 싫은 금속성의 소리와 함께 굳게 닫혀 있던 철문이 열렸다. 들어온 것은 푸른 청의를 걸치고 머리를 길게 풀어 내린 만천학이었다. 바로 몇 시진 전까지만 해도 헌원가진이라 알고 있던……. 화우는 이글이글 타오르는 시선으로 그를 노려보았다.

"그렇게 노려볼 필요 없어. 내가 원망스러운가?"

마치 친구에게 이야기하는 듯한 다정한 어조였다. 백의를 걸치고 저 풀어 내린 머리만 문사건으로 단정하게 묶는다면 헌원가진이라 해도 이상치 않을 그런 모습에 화우는 더욱더 분노를 느꼈다.

"…네가 원하는 게 뭐냐? 중원을 노리는 거냐?"

"중원? 푸하하하. 중원이라… 큭큭큭. 내가 정말로 중원 따위를 노릴 것이라 생각했던가?"

우스워서 견딜 수 없다는 태도로 만천학은 배를 잡고 폭소를 터뜨렸다. 그러더니 갑자기 웃음을 멈추고 차가운 시선으로 화우를 노려보았다.

"…내가 원하는 것은 마교의 말살이다."

"어째서냐? 대체 마교가 너희에게 무슨 해를 끼쳤다고. 중원에서 내쫓겨 세외로 가게 된 것은 다 네놈들이 자초한 화가 아니… 윽……."

"닥쳐라!! 아무것도 모르는 주제에!! 뭘 안다고 지껄여?!"

화우의 말은 끝까지 이어지지 못했다. 옆구리의 검상을 만천학의 기다란 손가락이 쑤시고 들어왔기 때문이다. 제대로 치료하지 못해 피와 고름이 얼룩진 검상을 손톱이 파고들어 후비는 감각에 화우는 말을 잇지 못할 만큼 고통스러워했다.

"크윽……!"

"뭔가 잘못 알아도 크게 잘못 알고 있어. 네놈의 아비가 말해 주지 않더냐? 하긴 스스로도 입에 담기 수치스러웠겠지. 육합천천뇌(六合天

闌腦) 만경소(晩竟蕭)란 이름을 들어보지 못했나?"

그 이름이라면 화우 역시 들어본 적이 있었다. 본래는 마교의 장로였으나 오십 년 전, 자신이 이끄는 무리를 이끌고 마교를 빠져나와 배교의 교주가 되었다고 하는 인물이었다. 무공도 뛰어났지만 그 당시 강호에서 그의 두뇌를 따를 자가 없었다고도 전해지는 석학(碩學)이었다 들었다. 아마도 그가 그대로 마교에 남아 있었다면 마도에서 두고두고 추앙받는 인물이 되었을 거라고도 말이다.

"그분이 마교를 나온 것은 그분 스스로가 아니라 마교에서 내쫓긴 것이었다. 전혀 들어보지 못했나?"

그가 하는 말 전부 금시초문이었다. 화우는 그가 자신을 따르는 세력들을 이끌고 마교를 나왔다고 듣고 자랐다.

"…내쫓겼던 이유는 하나, 입장의 차이 때문이었다. 본래 관과 무림은 서로를 침범하지 않는 관계. 그 당시 관은 혼란스러웠다. 원에서 명으로의 왕조 교체가 있을 시점이었으니까. 그분께서는 아무리 서로를 침범하지 않는다는 불문율이 있긴 하지만 명을 도와야 한다 주장했고 그 당시 마교의 교주를 비롯한 이들은 좀 더 지켜보자 했지. 그러던 과정에서 내분이 일었고 결국 그분께서는 마교에서 내쫓기셨다. 파문(破門)을 당하신 거지."

화우는 희미하게 고개를 도리질 쳤다. 거짓말이었다. 만천학은 지금 자신을 속이기 위해 거짓말을 하고 있는 것이었다. 자신이 들은 사실로는 만경소가 일방적으로 마교에서 자신의 세력을 끌고 나와 배교를 세웠고 사람들을 일방적으로 도륙하고 학살하는 등 차마 눈뜨고 보지 못할 만행을 저질러 무림공적이 된 게 아니던가. 도대체 어떤 것이 사실인지, 누구의 말을 믿어야 하는 것인지 화우의 머리 속은 더없이 혼란스러워졌다.

"그분께서는 자신의 뜻을 관철시켰고 주원장(朱元璋)을 도와 명 건국에 일조를 하셨다. 하지만 막상 명이 건국되고 나자 주원장은 배교란 존재가 거추장스러웠지. 정확히는 그분의 뛰어난 두뇌에 겁이 난 게야. 그 당시 마교의 교주였던 네놈의 할아비는 자신의 뜻을 거스르고 내쫓기까지 했는데도 결국은 명을 돕고 있던 그분의 존재가 매우 거슬렸지. 거기다가 마교에 속해 있었을 땐 모르되, 일단 그는 마교를 나가 배교를 세운 상태니 배교가 마교보다 더 큰 세력으로 자라날까 두려워했어."

"…말… 도… 안… 돼……."

화우는 분명 만천학이 자신을 속이는 것이라 스스로에게 되뇌었다. 자신이 자랑스러워하던 조부였다. 절대 그럴 리가 없었다.

"그리고 네놈의 조부는 주원장의 심리 변화를 알아차리고 그를 찾아가 한 가지 제안을 하지. 배교를 없애 버리자고. 그 이후, 갑자기 중원에는 배교인임을 자처하는 자들이 나타났다. 무림인과 양민(良民) 상관없이 사람들을 베고 인육을 먹기도 하며 죄없는 여인들을 겁탈하는 만행을 저지르는 인간 말종들이었지. 배교는 일시에 무림공적으로 몰렸고 숙청당했다. 결국 배교는 황군과 무림인들에게 전멸당하다시피 해 세외로 쫓겨났지. 아무런 죄 없이 말이다. 만경소 그분께서는 그런 일련의 사태를 눈치 챘으나 자신의 아들 부부가 황군에게 볼모로 잡혀 있어 아무런 손도 쓸 수 없었다. 그리고 그분의 아들은 황군에서 마교의 손으로 넘어갔지."

화우는 멍한 눈빛으로 만천학을 바라보았다. 만천학의 눈은 거짓말을 하고 있는 그런 눈빛이 아니었다. 천 길 나락으로 떨어져 내리는 것 같은 아찔한 감각이 몸을 스쳤다.

"배교는 세외에서 포달랍궁과 뢰음사의 구제로 그나마 명맥을 유지할 수 있었다. 하지만 네놈의 할아비는 그분의 두뇌를 두려워한 나머지 아들의 목숨을 담보로 스스로 천령개(天靈蓋)를 내려쳐 자결하라 강요했고, 그분은 그것을 순순히 따랐지. 그 후 아들 부부는 몇 년 뒤, 마교에서 딸을 낳았다. 조금이나마 양심이 있었던 것일까. 네 할아비는 그 딸을 데려다가 말년에 자신의 제자로 삼았다. 그녀에겐 사형과 사저가 있었는데, 바로 네놈의 아비와 어미지. 후계자가 없었던 네놈의 할아비는 자신의 제자와 딸을 결혼시키고 제자에게 교주의 자리를 물려준 후 물러나지. 그리고 그 사이에서 네가 태어났다. 네놈이 태어난 지 몇 년 되지 않아 배교는 세외의 힘을 빌려 중원으로 넘어오게 된 거야. 자신들을 내쳤던 자들에게 복수하기 위해, 그리고 만경소 그분의 유일한 혈손을 구해내기 위해서 말야."

"그만! 그만 해……!!"

화우는 눈을 감았다. 자신이 알고 있던 것이 모두 거짓이었다니… 모든 것이 와르르 무너져 내리는 것 같았다.

"더 들어봐라. 제일 중요한 것이 남아 있으니. 네놈의 아비는 부인 몰래 어리디어린 자신의 사매에게 흑심을 품게 되지. 그리고 춘약을 먹여 강제로 범했다. 그 와중에 네놈의 어미가 그 사실을 알게 되어 그녀를 마교 지하의 뇌옥에 가두고 그녀가 만경소의 유일한 혈손이라 소문을 퍼뜨렸다. 그리고 배교가 중원을 쳐들어왔다는 소식이 들려오자 마교의 놈들은 광분했고, 본보기를 보인다며 만경소 그분의 유일한 혈손으로 알려진 그녀를 윤간(輪姦)한다. 보다 못한 마교의 장로 하나가 분연히 들고일어나 그녀를 데리고 마교를 빠져나가 배교에 데려다 주었다. 그녀가 바로 내 어머니다……!"

만천학의 얼굴에도 흥분한 기색이 어려 있었다.

'아니다… 그럴 리가 없다. 날 혼란스럽게 만들기 위해 저놈이 거짓을 꾸며낸 게 분명하다……!!'

자신의 아버지가 그런 짓을 할 리가 없다고 자신에게 되뇌이던 중, 화우는 자신이 마교를 떠나오기 전에 자신의 얼굴을 보며 안절부절못하던 아버지를 떠올렸다.

"내 어머니를 데려오긴 했으나 황군과 무림의 합동 공격으로 배교는 다시 세외로 물러나야만 했다. 피맺힌 원한을 다 갚지도 못하고 말이지. 한데… 세외로 도망치던 내 어머니는 자신이 원수의 씨앗을 배었다는 것을 깨달았어."

"그게 무슨 말이냐… 원수의 씨앗이라니……?"

화우의 눈이 더 이상 커질 수 없을 만큼 크게 떠졌다. 더 이상 듣고 싶지 않았음에도 만천학의 원망스런 목소리는 계속해서 이어졌다.

"그 씨앗을 죽이겠다 마음먹었으나 이내 마음을 바꿨지. '원수의 씨앗으로 그 원수에게 피맺힌 원한을 갚는다' 랄까……."

"그게 무슨 말이냐니까!!"

화우의 고함이 석벽을 타고 메아리쳤다. 하지만 만천학은 피식피식 웃으며 화우가 알고 싶지 않던, 끝까지 믿고 싶지 않던 마지막 사실을 똑똑히 못 박았다.

"아직도 모르겠나? 아니면 모르는 척하는 건가? 뭐, 내 입으로 말해주지. 저주스럽게도 난 네놈 아비의 피를 받고 태어났다 이 말이다. 굳이 따지자면 넌 내 형.님.이 되겠군. 큭큭큭… 크하하하하하!"

말을 마친 만천학은 웃음을 터뜨렸다. 웃는 것인지 울음소리인지 모를 웃음소리였다. 그리고 화우의 절규가 이어졌다.

"아니야……. 그럴 리 없다… 말도 안 돼… 아니야… 아니야……!!"

존경했던 아버지였다. 자랑스러웠던 아버지였다. 존경과 자랑스러움이 컸던 만큼 배신감과 실망감 또한 컸다.

"괴로우냐? 하지만 난 더 괴로웠다……."

만천학의 푸른 청의가 스스륵 돌 바닥 아래로 떨어져 내렸다. 그의 벗은 상체가 드러나자 마치 지렁이가 기어가는 듯한 구불구불한 흉터와 검에 베인 듯한 흉터들이 드러났다. 등에도, 어깨에도, 팔에도 온통 흉터투성이, 절로 눈살이 찌푸려지는 흉한 몰골이었다.

"어미에게 목을 졸리는 자식의 심정을 아느냐? 모친의 애정을 갈구해 아무리 맘에 들려 노력해도 돌아오는 것은 매질뿐이었을 때의 심정을 아느냐?! 죽기 직전까지 매를 맞고 죽다 살아났을 때의 심정을 아느냔 말이다!!"

만천학은 어렴풋이 자신의 어린 시절을 떠올렸다. 오로지 복수만을 주입당하고 살아온, 복수만이 삶의 목표인 그런 세월이었다. 모친의 사랑을 갈구했지만 모친의 사랑은 아무리 기다려도 돌아오지 않았다. 그러니 복수만 이루면 모친이 자신을 조금쯤은 돌아봐 줄 것이다. 복수만 이루면 말이다.

"괴로워해라. 고통으로 몸부림쳐라… 내가 고통스러웠던 것만큼 괴로워해… 자식의 고통은 곧 부모의 고통이니까……."

핏발이 선 만천학의 눈에서 희미하게 혈루(血淚)가 흘러내리고 있었다…….

*　　　*　　　*

제갈묘진은 연학림의 본거지라 할 수 있는 조그만 서점(書店)으로 들어섰다. 개봉부에 위치한 이곳은 겉으로 보기엔 평범한 서점이었지만 지하에는 밀실들이 만들어져 있었다. 이곳이라면 분명히 자신의 사부가 있을 터였다.

"가자."

"…예."

제갈묘진의 옆에는 초점 잃은 눈을 한 난영이 서 있었다. 마치 인형처럼 자신의 명에 충실히 따르는 모습을 제갈묘진은 만족스럽게 바라보았다.

'이년은 여러모로 쓸모가 있단 말이지. 금황성주가 자신의 딸을 되찾기 위해 난리가 났다고 하니 일단 이년을 담보로 재물을 긁어 모아야겠군.'

이런 생각을 하며 제갈묘진은 서점으로 들어섰다. 강호의 정세는 배교에게로 기울고 있었지만 그는 걱정하지 않았다. 그는 자신의 사부라면 금방 사태를 반전시킬 수 있을 것이라 굳게 믿고 있었다.

"어서 오십시오. 원하시는 서적이 있으십니까?"

회색의 학창의를 입은 서점 주인이 제갈묘진 앞으로 다가왔다. 제갈묘진은 암호 같은 말을 내뱉었다.

"연한 버들잎이 바람에 나부끼고 그 옆의 선비 학문의 시름에 젖는다."

"아, 이쪽으로 가시지요."

서점 주인은 별 당황하는 바 없이 제갈묘진을 어디론가 안내했다.

높게 쌓여 있는 서책들 사이를 지난 그가 벽 어딘가를 꾹 누르자 그르릉— 하는 소리와 함께 바닥에 출구가 나타났다. 제갈묘진은 별 주저 없이 그 안으로 향했고 난영 역시 그 뒤를 따랐다.

지하이긴 했지만 천장에 촘촘히 박힌 야광주(夜光珠) 때문에 지하라는 사실조차 느끼지 못할 만큼 밝았다. 복도를 지나고 나니 여러 갈래로 나눠진 서실(書室)들이 보였다. 이곳 어딘가에 자신의 사부가 있을 터였다.

막리가는 두 개의 기척이 잡히는 것을 눈치 챘다. 평소에 소식을 전해주러 다니던 그 유약한 청년의 기척과는 많이 달랐다.

'…설마 제갈묘진 그자가 이곳을 찾아온 것인가?

그의 얼굴에는 눈에 띄게 화색이 돌았다. 황보영은 아직 기척을 눈치 채지 못한 것인지 서책을 읽으며 시름에 잠긴 얼굴을 하고 있었다. 요즘 들어 부쩍 낮 술이 잦은 그였다. 오늘도 그것은 별반 다르지 않아 눈가에는 은은한 홍조가 깃들어 있었다.

"…제갈 공자가 찾아오면 어찌할 것이오?"

"뜬금없이 무슨 소리인가?"

요 며칠 새 폭삭 늙어 십 년 정도는 더 나이 들어 보이는 몰골의 황보영이 막리가의 질문에 서책에서 눈을 떼고 고개를 쳐들었다.

"그가 이곳을 찾아오면 어쩌겠냐는 말이오."

"…그런 쓸모도 없는 녀석 이야기는 입에 담지 말게. 그놈만 아니었어도 일이 이리 틀어지지는 않았을 게야."

황보영은 일을 그르친 잘못을 모두 제갈묘진에게로 돌리고 있었다. 자존심 강한 그로서는 자신의 실수를 인정하지 않음은 당연한 일이었다. 막리가는 바로 문 앞에 두 명이 다가온 것이 느껴졌다.

똑똑—!

문을 두드리는 소리에 황보영이 흠칫 놀랐다. 막리가는 일이 조금 틀어졌다며 혀를 찼다. 조금 더 황보영이 하는 말을 제갈묘진이 들었어야 했는데 말이다.

"누구냐?"

황보영이 문밖의 인영을 향해 누구냐고 물었으나 잠시 대답이 없다가 조그맣게 제갈묘진의 음성이 울렸다.

"접니다."

황보영의 안색이 더욱더 붉으죽죽하게 변했다.

"지금은 네놈의 얼굴 따위… 보고 싶지 않다!"

그의 축객령에 당황한 것은 막리가였다. 저렇게 직접적으로 노골적인 반감을 드러낼 줄은 몰랐으니 말이다. 그에게 있어서 잘된 일인지 아닌지는 좀 더 지켜봐야 하겠지만 말이다.

"…알겠습니다."

나지막한 목소리가 들려왔지만 막리가는 그의 음성이 치욕으로 희미하게 떨리고 있다는 것을 감지해 냈다.

'이거 아주 일이 쉬워지겠는걸.'

* * *

황궁 깊숙이 위치한 내궁(內宮), 내궁에서도 중심부에 위치해 있는 태자의 거처는 밤늦도록 불이 꺼질 줄 몰랐다. 검은 면복과 면류관을 걸친 주옥은 여장을 했을 때의 교태로움이나 요염함은 온데간데없고,

태자로서의 위엄이 넘치는 모습이었다.

'…벌써 며칠째 누님으로부터 소식이 없다니. 역시 무슨 일이 생긴 게 틀림없다.'

잔영문에서 전해온 소식으로는 갑자기 맹이 정체 불명의 청의인들의 습격을 받았고 마교의 교주, 맹주 헌원가진, 자화검린 연검천을 비롯해 여럿의 행방이 묘연하고 백도명숙이라 손꼽혔던 자들이 떼죽음을 당했다는 것이다. 잔월비선의 행방도 묘연한 데다 며칠째 연락이 없어 주옥은 큰 시름에 빠져 있었다.

'일단… 사사화화 나요의 발을 묶어놓고 아바마마의 관심으로부터 멀어지게 하는 것은 성공했으나 정작 누이의 소식이 없다니…….'

그는 하기 싫은 남장(?)을 해가며 모범적인 태자의 모습을 요 며칠새 보이고 있었다. 황제의 환심을 사고 질투심 많은 황후를 부추겨 사사화화 나요, 즉 강숙비와 대적하게 해두었다.

전전긍긍하던 그는 마침내 결정을 내렸다. 자신이 직접 강호로 나가 누이의 행방을 찾기로 말이다. 만약 누이가 납치됐다면 황군을 동원해서라도 구해낼 작정이었다.

"황제 폐하 듭시오~"

환관의 길게 늘인, 황제의 행차를 알리는 그 소리에 주옥은 자리에서 일어났다. 황제가 이런 야심한 시각에 무슨 일일까.

"아직 자지 않고 있었느냐? 아, 예는 되었으니 거두어라."

황제는 예를 갖추려는 주옥을 만류했다. 요즘 들어 여장도 하지 않고 자신의 맘에 쏙 들게 변한 아들 덕분에 살맛이 나 있었다. 강호에서 들려오는 어두운 소식만 아니라면 말이다.

"이런 야심한 밤에 어쩐 일이시옵니까?"

"이야기해 둘 것이 있어 들렀느니라."

황제는 자탁 위에 앉았고 주옥 역시 맞은편 자탁에 몸을 낮추어 앉았다. 황제는 뭔가 시름이 있는 듯 한숨을 내쉬더니 힘겹게 입을 열었다.

"조만간 황군을 무림으로 내보내야 할 일이 생길지도 모르겠구나."

"…황군을 말씀이시옵니까?"

어디서부터 말을 꺼내야 할까, 명의 건국 초기에 얽힌 일이니 말이다. 자신의 아버지였던 홍무제(洪武帝)께서 배교와 얽혔던 이야기를 풀어놓으며 황제는 한숨을 지었다. 끊임없이 자라는 독버섯같이 배교는 다시 일어나 자신의 대에 와서 중원을 침범한 것이다.

"…그게 사실이옵니까?"

자식의 얼굴이 불신감으로 번지는 것을 그는 보고 싶지 않았다. 하지만 언젠가는 알게 될 사실이었기에 오늘 힘겹게 이야기를 꺼낸 것이었다.

"그래. 그 탓에 조만간 황군을 내보내야 할지도 모르겠구나."

한동안 부자는 말이 없었다. 어색한 침묵이 한참 동안 흐른 뒤에야 주옥이 겨우 말문을 열었다.

"…아바마마, 황군을 내보내시게 된다면 그 지휘권을 저에게 주시옵소서. 소자가 강호로 나가겠사옵니다."

주옥의 음성이 너무도 담담해 황제는 잠시 그의 말을 이해하지 못하다가 뒤늦게야 이해를 하고 펄쩍 뛰었다.

"뭣이?!"

"소자가 가겠다 하였사옵니다."

터무니없는 소리였다. 그는 이 나라의 태자이자 자신의 후계자였다. 그런 위험한 곳에 그것도 지휘권을 줘서 보내다니 말이 안 되었다.

"아니 된다! 너는 이 나라의 태자이니라. 어찌 그런 위험한 일을 자청한단 말이냐."

황제는 한마디로 딱 잘라 거절했다. 하지만 주옥은 순순히 물러나지 않고 자탁에서 일어나 황제의 앞에 무릎을 꿇었다.

"심사숙고해 주시옵소서. 누이를 위한 일이옵니다."

"누이라니… 설마 상부 공주가 어찌 되기라도 했단 말이냐?"

"강호에 있던 누님으로부터 소식이 끊겼사옵니다. 아마도 배교에 사로잡힌 것 같다 하옵니다."

그 말에 황제의 얼굴이 사색이 되었다. 아무리 미운 짓만 골라서 하고 다녀도 상부 공주 역시 황제에게는 소중한 자식이었다.

"그것을 왜 이제야 알리느냐!"

"너무 심려치 마옵소서. 그들은 누님이 황실의 공주라는 것을 아직 모르는 눈치이옵니다."

황제는 한숨을 지었다. 아버지 대의 업보가 자신에게로 이리 내려올 줄은 몰랐던 것이다. 상부 공주의 얼굴이 아련히 떠오르며 황제는 눈앞의 태자를 바라보았다.

"좋다, 허락하마. 황군을 보내게 된다면 너에게 지휘권을 주겠다."

"정말이시옵니까?!"

"단… 조건이 있느니."

황제는 조건을 달았다. 주옥은 어떤 조건이라도 수용할 기세였다. 황제는 자신의 평생 소원인 말을 입에 담았다.

"제발 여장하고는 가지 마라."

"……."

황군의 총지휘권이 그냥 태자도 아니고 여장한 태자라니… 생각만 해도 끔찍하지 않은가.

*　　　*　　　*

"…일이 그리되었던 것입니다. 이것은 저도 저희 사부께 들은 내용입니다."

능파의 말이 끝나자 청룡과 황은 '인간들이 그러면 그렇지' 라는 표정으로 한숨을 쉬고 인은 '대충은 짐작했다' 라는 표정이었지만 유독 은평만은 충격에 휩싸인 듯했다. 배교와 마교의 관계가 그런 것이라니… 이 얼마나 추악하고 지독한 모습이란 말인가.

"그 기간은 내가 선인 한번 해먹어보겠다고 난리 피우고 있던 시절이라 강호의 사정은 잘 알지 못했지만 그런 거였구먼……."

인은 머리를 긁적였다.

"인은 아무렇지도 않아?"

은평의 말에 인은 실소를 지었다. 그런 음모가 판치는 곳이 바로 강호가 아닌가. 그런 곳을 수십 년간 누비고 다닌 자신이다. 새삼스레 충격을 받을 리가 없질 않은가 말이다.

"뭐… 이제 와서 새삼 충격받을 만한 거리는 못되는 것 같은데."

인과는 달리 은평은 좀처럼 충격에서 벗어나지 못하는 모습이었다. 처음, 헌원가진이 모두를 속이고 있었다는 말에 배신감을 느꼈지만 지금 이 이야기를 들으니 그의 심정이 이해되기도 한다. 자신이라도 당연히 복수하겠다고 날뛰었을 것이다. 하지만 여전히 화가 나는 것은 감쪽같이 속았다는 것, 바로 그것이었다. 몇 명을 죽였든 그런 사실은 자신은 잘 모른다. 다만 열받는 것은 속았다는 사실뿐. 어찌 보면 이기적인 말이었지만 지금 은평의 심정은 그랬다.

"감히 천무존께 부탁 하나 드려도 되겠습니까?"

침상에 앉아 있던 능파가 갑자기 침상 아래로 내려왔다. 비장한 각오로 인 앞에 무릎까지 꿇어앉은 능파를 보고 모두는 적잖이 당황했다. 은평은 이제 기력을 되찾은 능파의 몸이 걱정되어 옆에서 얼른 일어나라 해보았지만 소용없었다.

"무슨 부탁인가?"

"마교를 찾아가 주십시오. 그리고 남은 백도의 세력과 아직 남아 있는 마도의 전력을 규합해 주시기를 간곡히 청합니다."

그 말에 인의 인상은 마구 구겨졌다. 그런 중책을 맡는 것은 딱 질색이었기 때문이다. 하지만 능파 역시 순순히 물러날 기색은 아니었다.

"네가 직접 가면 되질 않겠느냐."

인의 말에 능파는 고개를 저었다. 자신은 할 일이 따로 있었다. 바로 연학림을 찾아가는 것이었다. 지금은 자신이 맡고 있긴 하지만 천안의 본래 주인인 자신의 사부 황보영을 찾아가는 것이 시급했다.

"전 중요하게 할 일이 있습니다. 부탁을 제발 들어주십시오."

은평은 인에게 눈을 부라리며 어서 승낙하지 않고 뭐 하느냐고 자꾸 눈치를 주었다. 인은 은평 때문에라도 억지로 승낙해야 할 것 같은 분위기에 '내가 동네북인가!' 하는 울분이 느껴졌다.

"후… 알았다. 너는 어찌할 셈이냐?"

"전 할 일을 마치고 곧장 마교로 찾아가겠습니다."

인이 승낙하자 한시름 놨다는 듯 능파의 표정이 한결 밝아졌다. 그리고 그제야 꿇었던 무릎을 펴고 천천히 몸을 일으켜 세웠다.

쇠뿔도 단김에 빼라는 옛말을 그대로 실천하기라도 하듯 능파는 그 즉시 떠날 채비를 갖추었다. 연학림의 본거지가 있을 개봉부로 말이다.

*　　　　　*　　　　　*

태산(泰山).

험준한 산봉우리와 깊디깊은 골짜기, 추절기(秋節氣)에 접어들어서인지 붉고 노랗게 물든 단풍, 산의 정상마다 듬성듬성 자리 잡고 있는 구름들과 험한 산세가 어째서 태산이 오악(五岳)의 하나로 꼽히는지를 알게 해주고 있었다.

"…근데 도대체 여기 어디에 마교가 있다는 거야?"

[글쎄요, 아무리 봐도 안 보이는데요.]

아무리 돌아보아도 끝없게 펼쳐져 있는 태산을 내려다보며 은평이 투덜거렸다. 그냥 걸어다니는 것으로는 태산이 어디 있는지를 발견할 수 없어 하늘 높이 올라왔는데 이번에는 구름에 가려 보이질 않았다.

"인은 찾았을까?"

"낸들 아냐."

청룡이 시큰둥하게 대답했다. 아래로 내려다보는 태산은 기가 막히게도 풍광이 수려하지만 영 눈에 들어오질 않았다.

"기다려 봐, 황이 태산에 사는 온갖 새를 집합시키러 갔으니까 뭔가 소식이 오겠지. 슬슬 내려가자."

청룡은 은평을 끌고 인이 있을 장소까지 찾아갔다. 인 역시 청룡의 얼굴을 보더니 '찾았냐?' 라는 눈빛으로 빤히 쳐다보았다.

"인, 찾았어?"

"아니. 내 평생 마교에 와본 적이 있어야지. 왕년에 마교 놈들이랑 싸움질은 많이 했지만."

이제 믿을 건 황밖에 없었다. 그때 저편에서 황이 터덜터덜 걸어오고 있었다. 황의 주변에는 온갖 새들이 푸드덕거리며 날고 있었다.

"왜 새들을 끌고 와?"

청룡이 의아하다는 듯 물었다. 양기의 신수인 동시에 모든 새들의 제왕이기도 했으므로 새들이 황의 말을 따르는 것은 여러 번 봐온 터라 그리 놀라운 일은 아니었지만 새들을 왜 전부 끌고 오는지 알 수가 없었다.

"마교가 어떻게 생겨먹은 건지를 알아야 말이지. 그래서 죄다 끌고 왔어."

황의 손짓에 주변에 있는 온갖 산새들이 모조리 푸드덕대며 하늘 위로 날아올라 일렬 종대(?)를 만들었다. 황은 허공을 향해 입을 벌리고 뭐라고 크게 외쳐 댔지만 이상한 것은 시늉만 할 뿐 정작 소리를 내지는 않는다는 것이다.

"저거 뭐 하는 짓이래? 왜 허공에다가 대고 뻐끔뻐끔 붕어 짓을 하는 거야?"

[저건 새들을 부르는 신호입니다. 인간들은 들을 수 없어요. 새들만의 언어죠. 아무것도 들리지 않아도 새들은 전부 다 듣는답니다.]

백호의 설명에 은평은 고개를 끄덕였다. 어디선가 날갯짓 소리가 들리고 하늘을 까맣게 물들일 만큼 어마어마한 새 떼가 날아오고 있었다.

"저, 저게 뭐야……?"

인은 엄청난 새 떼를 보고 지레 질렸다. 아니, 저건 이미 새 떼의 수준을 넘고 있었다. 예전에 사막에서 보았던 커다란 비황(飛蝗:비황이란 여러 가지 풀벌레들을 한데 모아 부르는 말이지만 여기서는 메뚜기를 일컬음) 떼보다 더한 광경이었다.

"자, 대충 다 부른 거 같아. 근데 마교는 어떻게 생겨먹은 거야?"

"그건 모르겠고 그냥 사람들이 큰 건물을 짓고 사는 곳이 태산의 어디쯤이냐고 물어봐 줘."

은평의 말에 황은 고개를 끄덕였고 다시 새들을 향해 입을 뻐끔거리기 시작했다. 새들의 언어라고는 하지만 아무리 봐도 붕어가 입질하는 걸로밖엔 보이지 않아 은평은 웃음을 터뜨렸다.

"대충 어딘지 알겠다."

새들과 한참을 더 대화하던 황은 새들을 모두 날려 보내고 일행을 바라보았다.

"자, 그럼 가볼까?"

황의 안내를 받아 찾아간 마교의 본거지는 태산의 깊은 골짜기에 꼭꼭 숨겨져 있었다. 천혜의 요새라 해도 손색이 없었으며 방어에는 최상처럼 보였다. 하지만 공격을 할 때나 급하게 빠져나올 때는 조금 불편해 보이는 지형이기도 했다.

"이걸 불라고 했지?"

은평은 능파에게서 건네받은 조그마한 뿔 나팔을 소맷자락에서 꺼냈다. 마교 근처에서 이것을 불면 마중 나와줄 사람이 있을 거라 했다.

은평은 있는 힘을 다해 뿔 나팔을 불었고 뿔 나팔에서는 뿌우— 하는 소리가 마교가 자리 잡은 골짜기 구석구석 퍼져 나갔다. 골짜기라 그런지 소리가 꽤 크게 울렸다.

얼마 지나지 않아서 마교의 커다란 문이 열리고 몇몇의 도검을 찬 무사들이 마교의 밖으로 빠져나왔다.

"소저께서 그 뿔 나팔을 부셨소? 그 나팔은 교주의 친구 분이신 섭 소저의 것인데 어찌 소저가 가지고 계시오?"

"잠시 섭 소저의 심부름을 왔소. 마교의 장로들을 뵐 수 있겠소?"

이런 일엔 익숙지 않은 은평 대신 인이 나섰다. 무사들은 인을 아래위로 훑어보더니 고개를 끄덕였고 무사들의 안내를 받아 은평 일행은 무사히 마교 안으로 진입할 수 있었다.

마교의 안은 거대한 마을과도 같았다. 마교 안에는 주점(酒店)을 비롯해 도박장까지 개설되어 있을 정도였고 무사들의 가족으로 보이는, 무공을 익히지 않은 일반 사람들이 모여 사는 마을도 있는 듯했다.

"대단한걸?"

인마저도 감탄사를 터뜨릴 정도로 마교의 내부는 상당한 수준이었다.

마교의 중심부에 위치하는 고풍스러운 전각으로 들어서니 장로전이라는 편액이 보였다. 이곳에 장로들이 모여 있는 듯했다.

"들어가 보시오."

무사들의 안내로 당도한 커다란 문 앞에서 인은 휘파람을 불었다.

"휘유~ 대단한걸?"

문이 만년한철의 재질로 된 철문인 것이다. 즉, 문을 여는 것조차도 어지간한 내공이 없다면 불가능하다는 소리였다. 인은 내력을 일으켜 문을 열었다. 육중한 소리와 함께 열린 문 사이로 넓은 장내가 삐죽이 눈에 들어왔다.

안에는 기다란 탁자가 놓여 있었고 거기에는 드문드문 몇몇의 사람들이 앉아 있었다. 보면 볼수록 교태가 묻어나는 중년 미부와 너무 말라 뼈밖에 없는 노인, 그리고 어딘가 모르게 골격이 화우와 닮은 노인과 땅딸막한 키에 뚱뚱하게 살찐 노인 등등이었다.

"어서 오세요."

중년 미부가 일어나 은평 일행을 맞아들였다. 미부는 은평 일행을 자리로 인도한 다음 나긋나긋한 태도로 다른 사람들을 은평 일행에게 소개시켰다.

"저쪽의 저분이 전대의 교주이시자 지금은 태상장로 직을 맡고 계신 녹혈환마(綠血還魔) 단절강(端切强), 저쪽의 저 깡마른 분이 인형사(人形師) 제갈귀(諸葛鬼), 제 옆에 계신 분이 육살도광(戮殺屠狂) 피륵(皮勒)이십니다. 천첩의 이름은 천음요희(賤淫妖姬) 관유란(官有欒)이라 합니다."

"안녕하세요, 전 은평이라 하구요. 이쪽은 인, 그리고 이 녀석은 백호고, 저기 저 녀석은 청룡, 저기 저 녀석은 황이라고 합니다."

어쩐지 자신도 소개를 하지 않으면 안 될 것 같다는 압박에 은평 역시 제법(?) 예의 바르게 모두를 소개했다.

"그래, 어쩐 일로 이 협소한 곳에 위치한 마교를 다 찾으셨나요?"

천음요희는 나긋나긋했지만 그녀를 제외한 다른 모두는 은평 일행을 날카로운 시선으로 바라보고 있었다. 보통 저 정도의 기도를 지닌 이들이 노려보면 기죽기 마련인데 저 은평이란 소녀는 품 안의 새끼 백호와 손장난을 치고 있었고 청룡이란 사내와 황이란 여인은 서로 투

닥거리며 가벼운 입씨름을 하고 있었다. 인이란 사내는 한술 더 떠서 하품까지 하질 않는가. 긴장감이라고는 눈곱만치도 찾아볼 수 없는 일행이었다.

"섭 소저의 부탁으로 찾아왔네."

인의 자연스런 하대에 천음요희의 고운 아미가 부르르 떨렸다. 그것은 다른 장로들 역시 마찬가지였다.

"무례한 놈! 감히 어디서 함부로 말을 놓는 것이냐?!"

육살도광 피륵이 분연히 일어나 인을 꾸짖자 인의 안색이 변했다. 그래도 체면 생각해서 하대라도 해주려 했는데 저렇게 나오니 아예 막말로 돌아서 버렸다.

"웃기고 자빠졌네. 닥치고 앉아서 내 말이나 들어. 내가 한참 강호 누비고 다닐 때 아직 태어나지도 않았을 놈들이 어디다 대고 삿대질이야?!"

인은 품에서 능파의 서찰을 꺼내 장로들 앞으로 정확히 던졌다. 장로들은 서찰을 읽어보더니 인을 한번 바라보고 다시 서찰을 읽더니 은평을 한번 바라보고 하는 괴이한 행동을 반복했다.

"호호호, 이제 보니 천무존이셨군요. 나이에 비해 너무나 젊어 보이시는 관계로 육살도광 장로께서 살짝 실수를 하신 모양입니다. 용서하세요."

천음요희가 배시시 웃으며 사태 수습에 나섰다.

"단도직입적으로 말하겠다."

인은 지금까지 겪었던 일과 능파로부터 들은 일을 짤막하게 이야기한 후 장로들을 한번씩 바라보았다.

"시간을 허비하고 있을 시간이 없어. 하루라도 빨리 배교의 세력을 잡지 못하면 마교 교주의 목숨 역시 위험할 테니."

화우의 목숨이 걸려 있다는 말에 제일 안색이 급변한 것은 녹혈환마 단절강이었다. 자식이 잡혀 있다는데 왜 아니 그렇겠는가.

"최대한으로 빨리 마교의 전 세력을 동원시키게! 각 장로들은 어서 서두르게나!"

조용하던 마교가 그의 말 한마디로 부산스러워지기 시작했다. 무려 이십 년 만에 마교의 전력이 밖으로 드러나는 순간이었다.

*　　　*　　　*

고요한 새벽, 짙은 안개가 개봉부를 가득 메우고 있었다. 짙은 안개 사이를 살포시 걸어가던 능파는 이윽고 목적지에 당도한 듯 걸음을 멈추었다.

"오랜만이로군."

능파의 목적지는 작은 서점이었다. 이곳에 찾아온 것은 스스로가 생각해도 꽤 오랜만이었다. 능파는 옥용을 면사로 가리고 안으로 걸어 들어갔다.

이른 새벽 시간이었음에도 불구하고 서점은 이미 문을 열어두고 있었다. 서점의 주인이 달려나오다가 면사를 쓴 능파를 보더니 황급히 고개를 숙였다.

"오랜만에 뵙습니다. 어서 오십시오."

그는 능파를 아직 기억하고 있었다. 천안의 주인이 된 뒤로는 한 번도 찾아오지 않았던 곳이었지만 말이다. 서점 밑으로 이어진 지하실 역시 여전했다. 천장에 박혀 있는 야광주도 서실을 연상케 하는 이 구조도 말이다.

서실들 중 한곳에서 막리가가 문을 열고 나왔다. 처음 느끼는 인기척이 느껴지니 나와본 모양이었다.

"누군가?"

"당신은……?"

"난 막리가라고 하네. 연학림주를 찾아온 것인가?"

막리가는 자신의 머리를 긁적이며 어서 들어오라는 듯 문을 활짝 열어주었다. 능파는 조심스럽게 안으로 들어섰다.

"네가 어쩐 일이냐?"

능파를 본 황보영의 반응은 시큰둥했다.

"오랜만에 찾아뵙는군요."

능파는 가볍게 고개를 숙여 보이고 황보영의 맞은편에 다소곳이 앉았다. 그리고 얼굴을 덮고 있던 면사를 걷어냈다.

"드릴 말씀이 있어서 찾아왔습니다."

"너에게 들을 말 따위 없다."

황보영은 불편한 기색을 여과없이 드러내며 능파의 말을 들으려 하지 않았다. 능파가 다시 말을 꺼내려 할 때 귓가로 누군가의 전음이 들려왔다.

—소저, 헛수고하지 마시오.

굳이 뒤를 돌아보진 않았지만 누가 자신에게 전음을 보낸 것인지는 알 수 있었다.

—그냥 순순히 물러나는 것이 좋을 게요. 소저에게 할 이야기가 있소.

왠지 그의 말을 들어봐야겠다는 생각이 든 능파는 순순히 따랐다.

아직 개봉부의 거리엔 안개가 가시지 않았는지 주변은 온통 희뿌연 빛을 하고 있었다. 능파가 서점을 나오자 막리가 역시 그 뒤를 따라 나왔다.

"무슨 이야기가 하고 싶으신 건가요?"

"본인은 막리가라 하오. 포달랍궁의 소궁주요."

포달랍궁의 소궁주라는 말에 능파는 영문을 알 수가 없었다. 어째서 포달랍궁의 소궁주가 연학림에 있단 말인가. 거기다가 대충 눈치를 보아하니 황보영에게 협조를 하고 있는 눈치가 아니던가.

"배교가 마음에 들지 않아 잠시 연학림에 협조를 했던 것뿐이오."

능파의 생각을 눈치 챘음일까, 막리가는 쓴웃음을 지으며 자신이 왜 능파를 보자고 했는지를 설명해 주기 시작했다.

"난 포달랍궁의 궁주 자리를 원하오. 중원 침략 따위는 바라지 않소. 내가 바라는 것은 세외의 패권으로 족하오."

매우 뜻밖의 말에 능파는 눈을 크게 떴다. 언뜻 보기엔 야심만만해 보이지 않은가. 능파는 그의 벽안(碧眼)을 가만히 응시했다.

"난 내 그릇을 잘 알고 있소. 사실 나에겐 지금이 호기라오. 배교 때문에 포달랍궁의 전력이 중원에 나와 있는 이때에 포달랍궁으로 되돌아가면 손쉽게 자리를 빼앗을 수 있소."

"당신은 소궁주라 하지 않았나요? 시간이 지난다면 굳이 그러지 않아도 궁주가 될 수 있을 텐데 무슨 까닭에서……."

그 말에 막리가는 고개를 저었다. 자신의 사부는 무공이 뛰어날지 모르나 궁주로서의 위엄이나 사람들을 이끄는 통솔력은 없는 자다. 또한 욕심이 많은 탓에 터무니없게도 중원을 노리겠다 호시탐탐 세력을 키우기도 했었다.

"비록 내 사부이오만 궁주로서의 자질은 되지 못한다오. 더군다나 그 큰 욕심만큼 정력도 왕성해 향후 몇십 년은 죽지 않을 기색이니 성질 급한 나로서는 별수없지 않겠소?"

웃으면서 농담처럼 말하긴 했지만 자신의 사부에 대한 불만이 고스란히 담겨 있었다. 능파는 그에게 뭔가 생각이 있을 것 같다는 생각에 빙그레 웃었다.

"뭔가 생각이 있으신 것 같은데… 그쪽의 고견을 들려주시지요."

막리가는 자신이 생각했던 것을 솔직히 털어놓았다.

"제갈묘진이란 자를 아시오? 그와 황보영의 사이에 작은 균열이 일고 있다오. 이 균열의 틈을 조금 더 벌여두면 연학림에 내분이 일 것이고 나는 그 틈을 타 연학림에서 발을 빼고 포달랍궁으로 내 세력을 이끌고 되돌아갈 작정이오."

거기까지만 들었음에도 능파는 대략적인 구도가 머리 속에 떠오르고 있었다. 그의 말로 미루어보자면 그의 사부는 욕심이 많은 자이고, 중원 정복이 바로 눈앞에 있어도 자신의 본거지인 포달랍궁을 침범당하면 세력의 일부라도 세외로 되돌려 포달랍궁을 다시 되찾으려 할 터였다. 즉, 세력의 분산이 생기게 되는 것이다.

"그야말로 고견이로군요. 저와 거래를 하지 않으시겠습니까?"

능파는 이번에는 자신의 생각을 늘어놓았다. 제갈묘진과 황보영 사이에 내분이 생긴 틈을 타 자신이 개입해 둘 다 제거하고 연학림의 세력을 자신의 휘하로 놓는 것이었다.

"전 연학림의 세력을 차지하고 그쪽은 포달랍궁을 차지하면 되는 것입니다."

"나쁘진 않구려."

둘은 서로가 원하는 것을 명확하게 나누고 서로의 일을 결정했다. 둘의 웃는 모습은 마치 여우와 너구리를 연상시켰으나 누가 여우고 누가 너구리인지는 알 길이 없었다.

48
황군(皇軍)의 개입

황군(皇軍)의 개입

"마교의 잔당들이 나섰다고?"

"예, 그런 듯합니다."

웬 남자의 보고에 새하얀 얼굴 가득 비웃음이 배어들었다. 헌원가진으로 보여주던 기도와 단아함은 다 어디로 갔는지 만천학의 얼굴에는 깊은 허무와 요사스러움이 배어 있었다. 하지만 분위기는 전혀 상반되는 것임에도 여전히 관옥 같은 잘생긴 미남자의 얼굴은 변함없이 빛나 보였다.

"마교의 교주는 어찌하고 있더냐?"

"며칠째 넋 나간 사람처럼 반응이 없습니다. 옆에 누군가가 다가가도 쳐다보지도 않고 있는 데다 곡기마저 끊었습니다."

만천학은 자신의 붉은 입술을 깨물었다. 고작 그 정도의 사실을 알려줬다고 넋이 나가다니, 우습지도 않다.

"알았다. 절대 죽지 못하게 해라. 정히 곡기를 거부하면 억지로라도 처넣어 먹이도록."

자신의 복수는 이제 슬슬 시작이었다. 겨우 이 정도에서 죽으면 아니 되질 않겠는가. 좀 더 괴로워하고 좀 더 고통스러워하고, 그리고 그 모습을 그 아비인 녹혈환마 단절강이 두 눈으로 목도해야 했다. 원래 자식의 고통만큼 부모에게 있어 고통스러운 것은 없는 법이니까.

만천학은 둥근 원탁 가득 펼쳐져 있는 중원 전도로 고개를 돌렸다. 배교의 세력은 어느새 중원의 삼 분지 이 이상을 먹어치웠다. 이제 남은 것은 황궁 쪽을 어찌하느냐만이 남았다. 어차피 마교는 마교의 교주가 잡혀 있는 이상 별다른 힘을 발휘하지 못할 것이고 조심할 것은 황군뿐이었다.

'문제는 황군이 개입을 하느냐, 마느냐인데…….'

아직까지는 별다른 움직임을 보이지 않는 황궁이었기에 그는 황궁은 최후로 남겨놓기로 했다. 배교 말살의 이면에는 황궁 역시 개입되어 있으니… 해묵은 이자는 톡톡히 갚아줘야 하지 않겠는가.

"무사들에게 내가 건네준 것을 일일이 복용시켰는가?"

갑작스런 질문이었지만 만천학의 옆에 있던 남자는 별 무리 없이 대답했다.

"예, 건네주신 것은 모두 무사들에게 복용시켰습니다. 모두들 내공이 한층 더 증진되어 있는 상태입니다."

만천학이 건넨 것은 다름 아닌 그 정체 불명의 소녀, 즉 현무가 건네준 것이었다. 강한 음기를 띠고 있는 현무의 피를 정제한 것으로 일시적으로 내공을 증진시키는 효과가 있지만 다시 양기의 영약을 복용하지 못하면 몇 달 이내에 몸속의 음기를 감당하지 못하고 얼어 죽는 극약이었다. 그러나 만천학은 신경 쓰지 않았다. 그런 하찮은 놈들의 목숨 따위 자신이 알 바 아니었으므로. 자신이 원하는 그 목적만을 이루면 되었다. 그리고 그 목적은 이제 곧 이루어질 것처럼 보였다.

* * *

한줄기 등불이라 해야 할까. 백의맹이 초토화되고 난 뒤 이리저리 뿔뿔이 흩어졌던 강호인들에게 희소식이 전해졌다. 태산의 마교를 중심으로 사람들이 모이고 있다는 소문이었다. 소문은 본디 사람의 발보다도 빠른 법이라 그 소식은 입에서 입을 타고 강호인들에게 전해졌고 사람들은 꾸역꾸역 태산으로 몰려들었다.

금빛 무복을 입은 자들이 줄지어 태산의 험한 산세를 오르고 있었다. 그들의 뒤에는 모두 '황' 자가 새겨진 무복을 입은 병정들이 따르고 있었다. 무리의 중심부쯤에 유일하게 잡털 하나 없는 새하얀 백마가 걷고 있어 유독 눈에 띄었다. 백마의 위에는 황금빛과 흑빛으로 이루어진 간편하지만 화려한 무복을 입은 미청년이 올라 있었다. 백마의 고삐는 나이가 지긋해 보이는 노인이 잡고 있었는데 그 노인은 험한 길임에도 불구하고 숨 하나 헐떡이지 않은 채 산을 오르고 있었다. 노인의 얼굴은 수염 하나 없이 매끈해 뭔가 밋밋한 느낌이었다.

"길이 꽤 험하옵니다."

백마를 이끄는 노인의 말에 백마 위에 올라탄 미청년은 가볍게 고개를 끄덕였다. 알 수 없이 흘러나오는 고귀한 기품이며 옷차림으로 미루어보아 이 미청년의 신분이 범상치 않음을 짐작케 했다.

삐이이익—!

날카로운 맹금류의 울음소리가 어디선가 울렸다. 그 골짜기를 벗어나자 이내 미청년의 눈에 마교의 위용이 비춰졌다.

"저곳인가?"

미청년의 말에 노인이 공손히 대답했다.

"그런 줄로 아옵니다. 사람을 보내 태자 전하 맞을 준비를 하라 일러놓겠사옵니다."

"아, 아니… 꼭 그럴 필요는……."

노인의 말에 당황한 미청년이 노인을 말렸지만 노인은 펄쩍 뛰었다.

"무슨 말씀이시옵니까! 이 나라의 태자 전하께서 오시었거늘 앉아서 전하를 맞다니, 아니 될 말씀입니다."

'미치겠네.'

미청년의 얼굴에 당혹이 스쳐 지나갔으나 아버지가 자신의 시종을 가장한 감시꾼으로 붙여준 노인을 차마 말리지 못했고, 마교는 점점 더 가까워지고 있었다.

"황궁에도 도움을 요청해야 하지 않겠소?"

"하지만 황궁이 순순히 도움을 줄 것인가가 문제요."

"황궁이 있는 웅천부까지는 누가 간단 말이오?"

정도와 마도를 막론하고 배교를 몰아낸다는 공통된 희망 아래 모인 이들이 황궁에 도움을 청하느냐 마느냐를 놓고 의논을 하고 있었다.

이십 년 전에도 황궁에서 도움의 손길을 주었으니 이번에도 그렇지 않겠느냐는 의견과 아무리 그래도 무림의 일인데 도와주겠냐는 비관론이 이어졌다.

"황궁? 말을 잘하면 될 것 같기도 한데."

한 소녀의 말에 모두의 목소리가 일시에 뚝 멈추었다. 사람들은 고개를 돌려 말을 한 소녀 쪽을 돌아보았다. 천무존의 옆에 앉아서 감히(?) 천무존과 아무렇지도 않게 하대를 하고 말장난까지 치는 대범함(?)을 보였던 소녀… 바로 은평이었다.

"소저 지금 그게 무슨 말씀이시오?"

"안다고 해야 하나… 황궁에 아는 사람이 있는데 꽤 높은 위치라서 잘만 말하면 황군인지 뭔지를 동원해 줄 것 같기도 하거든요."

물론 그 아는 사람들 중 하나는 일인지하(一人之下) 만인지상(萬人之上)의 위치에 있는 이 나라의 태자이니 '꽤 높은' 이라는 표현이 절대 적합치 않았지만 말이다.

"크, 크, 큰일났… 아니아니, 좋은 일(?)이 났습니다!!"

허겁지겁 달려온 무사 하나가 당황함이 역력한 목소리로 횡설수설했다. 사람들은 무슨 일인가 싶었다. 설마 하니 배교가 여기로 일시에 쳐들어오기라도 했단 말인가. 하지만 그러기엔 마교의 위치가 꽤나 찾기 어려웠다. 마교의 위치는 태산에서도 가장 깊은 골짜기인지라 제대로 알아채긴 어려웠고, 이곳을 꾸역꾸역 찾아드는 무림인들마저 며칠씩 산에서 길을 잃고 헤매기가 부지기수였던 것이다.

"무슨 일인가?"

"그, 그… 밖에 나가 보십시오! 황군이… 황군이……!"

"황군이 대체 어쨌다는 겐가?"

"…황군이… 밖에 와 있습니다!!"

사람들의 사이에서 경악과 환성이 터져 나왔다. 지금도 마침 그 문제를 놓고 논의를 벌이던 중이 아닌가. 하늘의 도우심이라며 감격하는 자도 있었고, 벌써부터 허겁지겁 밖으로 달려나가는 자도 있었다.

"황군이 왔다고? 그럼 설마 그 변태 남매가 데리고 온 건가?"

은평 역시 궁금했던지 사람들을 따라 밖으로 나가보았다.

마교 밖에는 온통 황금빛 옷을 걸친 이들이 일렬로 도열해 있었고, 군데군데 황(皇)이란 글자가 새겨진 깃발이 보였다. 은평은 그 광경을 보며 혀를 찼다.

"취미도 저런 악취미가 없다니까. 온통 황금색 옷이라니."

황제를 상징하는 황금빛의 모든 것이 은평에 의해서 '악취미' 로 도매금에 넘겨지는 순간이었다.

"그대들이 무림인들인가?"

얼굴이 매끈매끈한 노인 하나가 그 금빛 무리(?) 사이에서 걸어나와 무림인들 앞에 섰다. 사람들은 직감적으로 그 노인이 황궁에서 일하는 환관일 것이라는 생각이 들었다. 수염이 하나도 없는 얼굴도 그러했고 약간 구부정하게 구부러진 허리는 평소 그 노인이 어떤 자세를 취하고 있는지를 나타내 주었으니 말이다.

"그렇소."

"나는 황제 폐하를 모시고 있는 추공공이라 하네. 어서 나와 태자 전하를 맞으시게."

태자 전하라는 말에 사람들은 조금 놀랐다. 황군을 파견했다 해도 잘해야 장군이 통솔해 왔을 것이라 생각했는데 자그마치 태자라니 말이다.

"추공공, 되었네. 예는 생략하시게. 강호에 나와서까지 군이 예를 차려서야 되겠는가."

당혹스러워하는 목소리와 함께 황군들 사이에서 천천히 걸어나오는 미청년이 있었다. 황금빛과 흑빛으로 이루어진 간편하면서도 화려한 무복, 무릎 아래까지 단아하게 걸쳐져 있는 폐슬(蔽膝), 비단을 여러 겹 덧대어 만든 석(舃)까지 온통 황실의 자손임을 뜻하는 화려한 것들로 치장되어 있는 데다 알게 모르게 뿜어져 나오는 기품에 사람들은 저 미청년이 태자 전하임을 알아챘다.

"내, 내 눈이 이상한 겐가? 저 얼굴은 잔혹미영과 꼭 닮지 않았는가."

"쉿, 말조심하게. 그냥 얼굴이 닮은 것뿐이겠지. 한낱 여인과 닮았다는 소리를 한다면 노여워하실 것일세."

잔혹미영을 기억하고 있거나 한 번이라도 보았던 자들 사이에서 수군거림이 일었다.

"뭐야, 이렇게 보니 꽤 남자답잖아. 왜 여장을 하고 다닌대?"

뒤늦게 설렁설렁 황군을 보러(?) 걸어나온 인의 말 한마디에 모두가 어리둥절한 표정을 지었다. 여장이라니……?

"…풉… 푸하하하하… 저, 저 모습 정말 오랜만에 보네."

인 옆의 은평 역시 배를 잡고 웃음을 터뜨렸다. 모두가 굳어 있는 가운데 은평은 간신히 웃음을 멈추고 미청년의 앞으로 걸어갔다. 은평이 미청년 근처로 접근하자 뒤에 있던 황군들이 일제히 검이라도 빼 들 기세였으나 미청년이 손을 들어 그것을 막았다.

"오랜만이네요. 앞으로는 계속 그렇게 다니세요. 그게 더 어울려요.

여자 옷 입고 호호호호 웃으면서 애교를 떨 땐 얼마나 닭살 돋았는지 알아요?"

미청년에게 말을 거는 은평의 말투는 한없이 자연스러웠다. 마치 오래전부터 알고 있었던 사람마냥 말이다. 하지만 문제는 그게 아니라 바로 말의 내용이었다.

"서, 설마……?"

"에이, 말도 안 돼. 아니야! 아무리 그래도 그렇지. 태자씩이나 되는 신분으로 여장하고 돌아다닐 리가……."

사람들의 수군거림을 들은 미청년은 머리를 긁적였다. 이래서 남장하고는 오고 싶지 않았는데 말이다.

"음… 그럼 이젠 뭐라고 불러야 하나? 잔혹미영? 아니면 태자 전하?"

하지만 은평은 잔인하게도(?) 못을 콱 박아놓았다.

"편한 대로 불러요. 이래서 이 차림으로 오기 싫었는데."

누군가가 궁금증을 참지 못하고 미청년에게 공손히 물었다.

"저… 감히 질문 하나 드리겠습니다. 태자 전하께서 혹시 그… 잔혹미영… 이신 겁니까?"

미청년은 아무런 주저 없이 고개를 끄덕였고 사람들의 표정은 굳거나 입을 쩍 벌리거나 둘 중 하나였다.

"혼자만 온 건가요?"

"아, 누님은 아무래도……."

누님이라는 말에 설마 하니 잔월비선마저 남장하고 다니는 공주인 건 아니겠지라는 엄한 생각을 떠올리고 사람들은 고개를 저었다. 그런 건 상상하고 싶지도 않았다. 물론 그 설마가 곧 사람을 잡을 테지만 말이다.

*　　　*　　　*

“정말… 그렇게 말씀하셨단 말인가요?”

“그렇소. 하지만 좀 말이 심했소. 아무리 그래도 지금까지 자신을 도와준 자인데 말이오.”

두런두런 들리는 말소리에 제갈묘진은 잠에서 깼다. 어두운 침상 가 옆에 인형같이 무표정한 난영이 앉아 있었고 문밖 복도에서는 계속해서 말소리가 들려왔다.

“곧 그는 제거될지도 모르겠소.”

“글쎄요… 아무리 그래도…….”

왠지 저 이야기의 주인공이 자신일 것 같다는 예감에 제갈묘진은 자신도 모르게 그 대화에 귀를 기울이고 있었다.

“사부님을 설득하기 위해 왔는데 영 소용이 없게 되었군요.”

“그러니 소저도 얼른 포기하시오. 지금 그 노인은 제정신이 아닌 게 분명하오. 사냥개를 내치면 그 주인을 무는 법인데 그런 간단한 이치조차 모르다니.”

제갈묘진은 귀를 틀어막고 듣지 않으려 했지만 발달한 청각은 쓸데없이 저 대화를 머리 속으로 전달해 주고 있었다.

‘사부님께서 날 제거한다… 이제까지 내가 누굴 위해 연학림의 일을 돕고 수족 노릇까지 해왔단 말인가…….’

맹에 억류되었을 때부터 어렴풋이 짐작은 했지만 이렇게까지 나올 줄은 몰랐다. 제갈묘진의 마음은 허무함에서 점점 원망과 분노로 변해

갔다.

'제거당하기 싫으면 내가 먼저 그 노인네를 제거하면 되지 않는가……'

문득 스치고 지나간 생각에 제갈묘진은 침상에서 내려와 그 자리에 벌떡 일어섰다. 어차피 그 노인네가 죽기 전엔 연학림을 자신의 것으로 할 생각이었다. 그것이 조금 더 빨라진 거라고 생각하면 그만이었다.

한편, 문밖에서 일부러 제갈묘진에게 들려주기 위한 대화를 했던 두 사람은 전음으로 말하고 있었다.

—이 정도로 되겠소?

—정공법이 좋은 거예요. 나머지는 그가 알아서 할 테니 내버려 두죠. 그리고 중요한 건 요즘 사부님께서 술이 느신 것 같으니 술 속에 약을 섞으세요. 사부님은 아직 만독불침지체가 아니니니 이 미독(迷毒)이 말을 들을 거예요.

능파는 막리가에게 약한 미독을 건넸다. 고수라 해도 느끼지 못할 정도로 약한 미독이었지만 많이 먹으면 먹을수록 체내에 축적되어 내공을 잃게 만드는 것이었다.

—이제 그쪽은 본래의 세력을 이끌고 포달랍궁으로 돌아가는 일만이 남았군요.

* * *

"중원인들이 점점 꿈틀거리고 있습니다. 내버려 두실 것입니까?"

언제나 자신을 그림자처럼 따르는 흑영의 말에 만천학은 빙긋이 웃었다.

"어차피 마교의 교주가 이쪽에 있다. 일단 마교의 전력을 잡아둘 수만 있다면 문제될 건 없다."

자신감이 넘쳐흐르는 목소리에 흑영은 요즘 떠돌고 있는 소문에 대한 이야기를 꺼냈다.

"황군이 나섰다는 소문입니다."

"잘됐군."

흑영의 가슴이 죄어오는 듯 아팠다. 요 며칠 새 자신의 주군은 먹지도 자지도 않으며 오직 복수만을 외치고 있었다. 마교라는 이름을 들을 때마다 눈에서 번뜩이는 광기에 무엇이 그를 저리 만들었는가를 한탄했다.

"넌… 한때 마교의 장로이기도 했으니 마교의 위치를 알겠지?"

"예, 그렇습니다."

천무광혈(擅無壙血) 양무(羊無)라는… 자신의 옛 이름을 떠올려 본 그는 아직도 생생하게 마교의 위치를 기억하고 있었다.

"며칠 뒤, 세력을 규합해 그곳을 쳐 일거에 무너뜨리겠다. 선봉대를 내보낼 때 뇌옥에 갇혀 있는 마교의 교주를 앞세워라."

"예……?"

그의 명령의 진의를 알 수 없어 흑영, 아니, 양무가 눈살을 찌푸리자 만천학은 입술을 비틀어 올려 웃었다.

"그 몰골을 아비란 작자에게 보여줘야 할 것이 아니냐. 자신이 저지른 죄 때문에 자기 대신 자기 자식이 괴로워하는 몰골을 봐야 한다, 그 자는……."

"알겠습니다. 지금 당장 준비시키겠습니다."

지하 뇌옥에 갇혀 있을 마교의 교주를 찾아가 봐야겠다고 생각을 하며 양무는 한숨을 쉬었다. 어쩐지 그가 안쓰럽다는 생각이 들었다. 자신의 주군도 가엾지만 그에 못지않게 마교의 교주 역시 가여운 자였다. 둘 다 아무런 죄도 없이 부모들의 원한에 의해서 희생된 것이 아닌가. 따지고 보면 그 둘은 이복형제인 셈인데 말이다.

"그리고… 곧 어머님이 중원 땅에 들어오신다."

"예?"

성천요후(娍濻耀后) 만교려(晩嬌璷)가 온다는 말에 양무는 화들짝 놀랐다. 벌써 이십 년 가까이 사막 한가운데 펼쳐져 있는, 배교의 본거지라 할 수 있는 녹야(綠野)에서 빠져나와 본 적이 없던 그녀가 어쩐 일이란 말인가.

"어머님에 대한 예우를 철저히 갖춰라."

"예……."

가슴이 꾹— 조여드는 것 같은 느낌에 양무는 자신도 모르게 가슴께를 손으로 어루만졌다. 요즘 들어 왠지 모르게 가슴이 답답한 것만 같았다.

한편, 불빛도 제대로 새어 들어오지 않아 횃불에 의지해야 하는 뇌옥에서 화우는 벌써 오랫동안 곡기를 끊고 있었다. 그 탓에 눈에 띌 정도로 바짝 마르고 계속 감옥에 갇혀 있다 보니 텁수룩하게 자라난 수염 때문에 예전의 그 말쑥하던 모습은 찾아볼 수 없었다. 거기다가 간수들의 구타가 있었는지 어쨌는지 여기저기 자잘한 상처에 만천학에게 입었던 검상도 치료를 제대로 받지 못해 상처에서는 고름이 줄줄 흘러나오고 있었다.

끼이익—

듣기 싫은 쇳소리에 화우는 또 식사 때가 되었나 하고 생각했다. 하지만 고개를 돌릴 기운도, 마음도 없어 그냥 멍하니 허공을 응시하고 있을 뿐이었다.

"오랜만이오."

어쩐지 귀에 익은 저음에 화우는 고개를 돌렸다. 그곳에는 무림대전의 비무 때 보았던 사내가 서 있었다. 자신을 천무광혈 양무라 소개했던 그자였다.

"당신은……."

"천무광혈 양무. 언젠가 검을 겨뤘던 적이 있소."

양무는 세상일이란 참 아이러니하다고 생각했다. 그때 자신이 마교를 나오지 않았다면 눈앞의 이 청년을 교주로 받들고 있었을 것이다.

"…무슨 일이오?"

"곧 배교는 전 세력을 동원해 마교를 침공할 것이오."

마교의 이야기가 나오자 화우의 멍하던 눈빛이 조금 본래의 생기를 되찾았다.

"…마교의 위치를 물으러 왔소……?"

마교는 한번 찾아가 본 이가 아니면 찾을 수 없는 위치였다. 화우는 분명히 저자가 마교의 위치를 자신으로부터 캐내기 위해 왔을 것이라 생각한 것이다.

"당신은 기억하지 못하겠지만… 난 아주 어렸을 적 그대를 본 적이 있고 그때 당시 난 마교의 장로였소."

마교의 장로라는 말에 화우는 내심 놀랐다.

"들었을지 모르겠구려. 만경소 그분의 혈손을 데리고 마교를 나오며 파문당했던 장로가 바로 나요."

만천학의 이야기 속에 등장했던 그 장로가 자신의 눈앞의 있는 이자란 말인가. 반신반의하는 마음이었지만 화우에게는 이젠 어찌 되든 상관없었다. 탈출하고자 하는 의욕도 생기지 않았고 파괴된 단전 때문에 잃어버린 무공에 대한 미련도 없었다. 모든 것이 다 귀찮았다.

"내 주군께서는 마교를 공격할 때 선봉장에 당신을 끌고 가라 하시오."

"…내 몰골을 마교의 교도들에게 보이고 싶은 겐가……?"

"……."

양무는 굳이 화우의 예상을 부인하지 않았다.

"당신에게 말하고 싶은 것이 있소."

그는 화우에게 성큼성큼 다가오더니 피고름에 젖은 옷을 벗겨내고 그의 온몸 곳곳에 난 상처와 만천학에게 당한 검상에 금창약을 발라주었다. 무척 따가울 것임에도 불구하고 화우는 별 반응이 없었다.

"제발… 그분을 불쌍히 여겨주시오."

"…불쌍히 여기라고……?"

"복수라는 두 글자가 삶의 목표가 되어 살아온 분이오. 자신의 복수라기보단 그 모친의 복수요. 그분은 그저 모친의 사랑을 갈구하기 위해, 모친이 자신을 돌아봐 주길 바라는 마음으로 이 모든 일을 행하고 있소. 당신은 어땠을지 모르나 그분의 어린 시절은 참으로 불행했다오."

쩔그렁대며 화우의 수족을 묶고 있던 쇠고랑이 요동쳤다. 화우가 분노를 못 이겨 팔다리를 흔들어댔으나 단단히 고정된 쇠고랑 탓으로 석벽과 쇠고랑의 울림 소리만 크게 났을 뿐 화우의 수족에는 쇠고랑의 흔적을 따라 상처가 났다.

"크하하하하. 그놈을 불쌍히 여기라고? 난 죽어도 그리 못하겠소. 지금 내 몰골을 보고도 그런 소리가 나오는 게요?"

"…당신에게 아무런 죄가 없듯이 그분에게도 아무런 죄가 없소. 그저 그분은 인형에 불과하니까. 따지고 보면 당신과 나의 주군은 이복형제가 되지 않소."

"웃기지 마!! 그놈과 내가……."

묻어두었던 분노가 격렬하게 되살아나는 듯 화우의 목소리가 쩌렁쩌렁하게 뇌옥 안을 울렸다.

—기회를 봐 당신을 놓아주리다. 제발 그분을 불쌍히 여기시구려.

화우의 귓전으로 한 가닥 전음을 남긴 양무는 그를 남겨두고 뇌옥 안을 빠져나왔다. 그의 마음처럼 하늘은 잔뜩 찌푸려 있었다.

'비라도… 주르륵주르륵 내려줬으면 좋겠군.'

* * *

"크아아악!"

비명 소리가 울리고 은평은 진저리를 치며 뒤로 슬금슬금 물러났다. 요즘 들어 꽤 많은 수의 세외인과 배교의 교도임을 뜻한 청의를 입은 이들이 어떻게 알고 찾아왔는지 마교를 불시에 습격하는 일이 잦아졌다. 사람들이 싸우는 광경을 본 은평의 얼굴이 혐오감으로 얼룩졌다.

피가 튀고 비명을 내지르는 그 광경이 은평의 눈에는 더없이 끔찍하게만 비쳐졌다.

"겁나?"

뒤에서 황의 웃음 섞인 목소리에 은평은 발끈했다.

"누가 겁난다고 그래?!"

"겁내 하는 목소리인걸. 봐봐, 어깨도 딱딱하고."

황은 뒤에서 은평의 어깨를 붙잡았다. 은평의 어깨가 긴장으로 딱딱하게 굳어 있었다. 황은 은평의 귀에 대고 속삭였다.

"잘 봐둬, 저 인간들의 모습을."

높은 망루에 올라 내려다보는 것만으로도 소름 끼치는 광경을 똑똑히 머리 속에 담아두라는 황의 말에 은평은 지레 질렸다. 주변의 수풀로 검붉은 피가 튀고 여기저기 시체가 나뒹굴었다. 찢어질 듯한 비명소리에 놀랐는지 어느새 들리던 새소리도 멈춘 그 광경에 은평은 토기가 치밀었다. 차라리 저번에 보았던 그 혈수는 나은 지경이다. 직접적인 시체는 아니었으니까.

"너무 애 겁주지 마."

청룡이 새파랗게 질린 은평의 얼굴이 딱했는지 구원의 손길을 내밀어주었다.

"넌 너무 무르다니까. 조금 있으면 얘가 저렇게 사람을 죽이고 다녀야 할지도 모른단 말야."

황은 청룡에게 간섭하지 말라는 듯 손을 휘휘 저었다.

"…내가 사람을 죽여야 한다고?"

여러 사람과 싸우면서 상처를 입힌 적도, 사람을 베어본 적도 있지만 직접적으로 죽여본 적은 단 한 번도 없었다.

"그래, 각오해 두는 게 좋을 거야."

두려움이 먼저 앞섰다. 사람을 죽인다니… 생각도 못해본 일이었으니까.

"사람을 죽인다는 거… 그리 좋은 느낌은 아니야."

수도 없이 사람을 베고 죽여본 인의 말이었다. 사람을 벨 때의 그 섬뜩한 감촉과 죽이고 나서 밀려오는 알 수 없는 허무감은 말로 다 표현하지 못할 것들이었다.

"오호라, 경험자가 계셨군."

신수는 인간에게 직접적인 공격을 할 수 없으므로, 고로 한 번도 죽여본 적 없는 황의 말에 인은 쓴웃음을 지었다. 사람을 죽여보는 것도 경험이라 해야 할까.

"너무 걱정하지 마. 넌 나설 틈도 없게 할 테니. 나 이래 뵈도 인간들 틈에서는 꽤 강한 편이잖아."

꽤 강한 게 아니고 거의 적수가 없을 정도로 강했지만 말이다.

하늘 위에서 날아가는 새들을 잠시 바라보던 황이 무슨 생각을 했는지 청룡과 백호를 바라보며 말했다. 오랜만에 활짝 웃고 있는 것을 보니 좋은 일이라도 떠올린 듯했다.

"태산 전체에 진(陣)을 쳐두면 어때?"

"진?"

[진… 말씀이십니까?]

청룡과 백호는 잘 이해가 가지 않는지 고개를 갸웃거릴 뿐 황의 말을 알아듣는 눈치가 아니었다.

"그래, 현무가 들어오지 못하도록. 일단 현무가 들어올 수 없도록 화(火)의 기운으로 이루어진 진을 쳐두고 우리들과 연결해 두면 진 내로 침입자, 즉 현무가 들어오려 할 때 알 수 있겠지. 현무의 활동을 어느 정도 차단할 수도 있고 말이야."

황의 말에 청룡이 자신의 무릎을 탁 내려치며 묘안이라 기뻐했다. 왜 이런 생각을 진작에 하지 못한 것일까.

"좋은 생각이군. 일단 현무와 상극을 이루는 네가 주요 진을 쳐야 할 것 같은데?"

[쇠뿔도 단김에 빼랬다고 지금 당장 쳐두는 게 어떨까요.]

세 신수는 진의 사문(死門)이 어떻고 생문(生門)이 어떻고를 입에서 침을 튀겨가며 논하더니 자기네들끼리 어디론가 사라져 버렸다.

"지루한 난전이군."

아래를 내려다본 인이 무슨 생각을 했는지 갑자기 망루 아래로 훌쩍 뛰어내렸다.

"뭐 하는 거야?"

인은 은평을 향해 손을 한번 흔들고는 멋지게 지면으로 착지했다. 그리고 등 뒤에 항상 메고 다니는 검집에서 장검을 뽑아 들었다. 그러더니 난전 속으로 끼어들었다.

평소에 보여주던 장난기 어린 모습과는 반대되는 모습에 은평은 적잖이 놀랐다. 인의 표정은 더없이 가라앉아 있었고 눈빛은 얼음처럼 차가웠다. 그는 거침없이 적들 사이를 누비며 베어 넘기고 있었다.

"이이충천(以異衝天)!"

인의 검날이 한 청의인의 단전에 쑤셔 박혔다. 인이 주저없이 그 검을 뽑아내자 청의인은 입가에서 피를 주르륵 흘리며 나무토막마냥 쓰러졌다.

'…난 죽어도 저렇게는 못하겠어.'

뭔가 겉모습은 분명 인이었지만 지금의 모습은 전혀 달라 보여 굉장한 이질감이 들었다. 인이면서도 인이 아니게 되는 것 같은 느낌이랄까.

'그런데… 어쩔 수 없이 죽일 수밖에 없는 순간이 오면 난 어떻게 해야 하는 거지?'

어쩔 수 없이 다른 사람을 베어 넘겨야 할 상황이 올지도 모른다. 그렇지 않다면 황이 자신에게 그렇게 말할 까닭이 없었을 것이다. 지금 은평이 자신에게 물은 것의 대답은 '모르겠다' 였다.

'좀 더… 생각해 봐야겠어…….'

*　　　*　　　*

아름답지만 어딘가 모르게 어두워 보이는 미부가 마차에서 내려섰다. 검은빛의 망사를 머리 위에서부터 어깨까지 뒤집어썼지만 음울한 눈빛과 창백한 안색, 그리고 전신에서 풍기는 요사스러움은 감출 수 없었다.

"으하하하, 여기까진 어쩐 일이시오?"

뢰음사의 주지인 서호미륵(西昊彌勒)과 포달랍궁의 궁주인 흡막지사(吸漠地寺) 지군천(沚宭韅)이 마차에서 내린 미부를 환대했다. 미부는 검은 망사 사이로 살짝 경멸의 빛을 띠었으나 그 빛은 찰나지간에 사라져 버렸다. 경멸의 빛 대신 사람을 금방이라도 녹일 듯한 교태가 어렸다.

"포달랍궁주와 뢰음사의 주지께오서 직접 마중을 나오시다니 영광스럽군요."

미부의 나긋하지만 어딘가 모르게 축 늘어지는 느낌의 옥음이 흘러나오자 포달랍궁주는 자신의 비대한 몸을 흔들며 호탕하게—물론 제 딴에만—웃음을 터뜨렸다. 미부에게 반한 것이 역력한 모습이었다. 서호미륵 역시 그것은 포달랍궁주와 별반 다르지 않았다.

"중원을 모조리 집어삼킬 날이 머지않았소. 이젠 시간문제요."

"…이제껏 우리 배교를 도와주신 것, 감사드립니다……. 포달랍궁과 뇌음사의 힘이 아니었다면 필시 여기까지 오지 못했을 것입니다."

미부는 검은 망사를 들어 올렸다. 길게 흘러내린 머리가 마치 수초(水草) 같은 눅눅한 윤기를 머금고 있었다. 하지만 그럼에도 불구하고 눈에 확 띄는 것은 미부의 옥용이었다. 그 퇴폐적인 미부의 분위기에도 불구하고 미부의 얼굴은 누구나가 '아름답다'라고 느낄 만한 것이었다. 하지만 객관적으로 평가해 본다면 미인이긴 하지만 너무 오밀조밀하게 생겨 특징이 없다고나 할까.

"어서 오십시오."

천무광혈 양무가 와서 미부에게 고개를 숙였다. 미부의 입가에 아주 잠시 희미한 미소가 어렸다.

"내 아들은… 어디에 있습니까?"

자신의 아들의 행방을 물으며 그녀는 주변을 천천히 둘러보았다. 자신의 아들을 찾기 위해서였다. 그리고 미부의 눈에 푸른 청의를 입은 자신의 아들 만천학이 들어왔다. 만천학의 오밀조밀한 이목구비는 미부와 매우 닮아 있었다.

"어서 오십시오, 어머님."

약간은 겁먹은 눈동자로 만천학이 자신의 어머니를 맞았다. 미부는 만천학을 향해 처음이자 마지막으로 활짝, 다정하게 웃어 보였다.

"아주 잘했다."

만천학은 믿을 수 없다는 듯 잠시 멍한 표정을 지었다가 꿈이 아님을 깨닫고 그 역시 희미한 미소를 머금었다. 처음으로 보게 된 어머니의 환한 미소는 그의 가슴에 깊이 와서 박혔다. 아마도 영원히 잊지 못할 기억이 될 터였다.

'그래… 무슨 짓이든 상관없다…….어머니가 날 향해 웃어주기만 한다면…….'

그의 머리 위로 가을 특유의 높고 푸른 하늘이 펼쳐져 있었다.

지금 강호의 분위기는 폭풍 전야였다. 일촉즉발, 잠시라도 팽팽한 긴장감의 끈이 놓아지면 바로 거대한 싸움의 도화선에 불이 붙을 듯한… 그런 분위기가 잔뜩 고조된 상태. 사람들은 숨을 죽였다.

"그게 무슨 말씀이오, 포달랍궁으로 돌아가겠다니!"

못마땅한 심사를 여과없이 드러내는 그 앞에서 포달랍궁의 궁주인 흡막지사 지군천은 마치 고양이 앞의 쥐가 된 심정을 느껴야 했다. 그 날카로운 눈빛이 심장 속에 움푹움푹 박혀드는 느낌이었다. 하지만 그런 것을 드러낼 수는 없는 법, 지군천은 애써 자신의 기분을 감추었다.

"제자란 놈이 내가 없는 틈을 타서 포달랍궁을 차지해 버렸네. 포달랍궁의 전력을 전부 돌려 세외로 돌아가겠다는 것이 아니라 반만이라도 되돌려서 본좌의 버릇없는 제자의 버릇을 고쳐 놓고 당장 파문시킬 예정이라네. 사실 포달랍궁의 세력이 일부 빠지더라도 뇌음사도 있는데 뭐가 걱정이겠나? 거기다가 중원의 대부분이 이미 손에 들어 왔고."

만천학은 막리가의 얼굴을 떠올렸다. 어쩐지 그를 중원으로 불러들였을 때 영 시큰둥하던 눈치더니 결국은 이런 식으로 자신의 뒤통수를 치는 것이다.

'…연학림과 동맹을 맺었던 게 아니었나……? 한데 어째서……?'

일단 만천학은 지군천의 부탁을 수락했다. 지난 수십 년간 배교의 터전이었던 녹야는 포달랍궁의 보호 아래 있는 것이었다. 아직은 포달랍궁의 궁주가 바뀌면 곤란하다.

"알았소. 중요 전력은 잠시만 더 본인에게 빌려주시기를 바라겠소."

"이해해 주어 고맙네."

만천학은 허둥지둥 내실(內室)을 빠져나가는 지군천의 뒷모습을 물끄러미 쳐다보았다. 그는 내일이면 모든 세력을 끌어 모아 마침내는 최종의 목표였던 마교를 치기로 마음먹은 상태였다.

"모든 준비는 완벽하게 끝났겠지?"

그는 허공의 한 점을 응시하며 자연스레 말을 걸었다.

"예, 물론입니다."

허공 속에서 연기처럼 스르륵 나타난 양무가 대답했다.

"마교의 교주는 무얼 하고 있던가?"

"여전히 넋이 나간 모습이었습니다. 내일 정말로 그를 끌고 가실 겁니까?"

"맹에서 사로잡아 뒀던 이들과 더불어 마교의 교주를 앞세워라. 그들은 우리의 방패 역할을 톡톡히 해줄 테니."

질문에 대답에 대한 직접적인 답보다는 자신의 의지가 확고하다는 것을 보여주는 그의 말에 양무는 자신의 뜻을 조심스럽게 포기했다.

49
결 전

결전

'아하하하. 하하하하!'

백옥같이 새하얀 뺨을 가진 미동(美童)이 즐거운 듯 낭랑한 웃음소리를 흘렸다. 아이의 손에는 작은 강아지 한 마리가 들려 있었다. 작은 강아지는 반항할 기력조차 없는지 축 늘어진 채였다. 아이는 강아지를 내팽개치며 즐거워하고 있었다. 하지만 그 웃음은 어딘가 처연하고, 마치 꾸며낸 것 같은 모습임을 은평은 직감적으로 알아챌 수 있었다. 은평은 자신도 모르게 그 아이에게 다가갔다. 거짓된 모습이나마 밝게 빛나던 아이의 눈이 순식간에 어둡게 변해 은평을 노려보았다.

'…오지 마……!!'

성난 작은 고양이처럼 으르렁거리는 아이의 얼굴을 바라본 은평은 자신도 모르게 아이에게 손을 뻗어 볼을 어루만졌다.

'…행복하니? 그렇게 해서… 정말로 즐거워?'

아이는 은평의 손을 뿌리치고 들고 있던 강아지를 은평에게 확 던져 버렸다. 은평은 황급히 그 작은 강아지를 안아 들었다. 강아지는 간신히 숨만 몰아쉬고 있는 상태였다. 온몸이 피투성이인 작은 몸뚱이가 안쓰럽기만 했다.

'이 작은 강아지가 무슨 죄가 있다고 이렇게 괴롭히는 거야?'

'…나도 알아. 그 강아지에게는 죄가 없지.'

'알면서 이렇게 만신창이를 만들어놓은 거야?!'

은평의 꾸짖음에 아이는 강아지의 피로 피투성이가 된 자신의 손을 내려다보았다.

'그럼… 나는 무슨 죄지?'

'뭐?'

'그럼 나는 무슨 죄가 있느냐고… 무슨 죄가 있어서 이 강아지를 괴롭히지 않으면 안 되는 걸까?'

아이의 눈은 상처받은 어린 짐승의 눈이었다. 금방이라도 눈물을 뚝뚝 떨궈낼 듯한 표정에 은평은 차마 더 이상 아이를 꾸짖을 수 없었다.

'그럼 괴롭히지 마.'

'그건 안 돼. 그 강아지를 괴롭히지 않으면 난 어머니에게 사랑받을 수 없어.'

아이의 말이 끝난 순간, 갑자기 눈앞에 어둠이 몰려왔다. 은평은 눈을 질끈 감았다가 다시 떠보았다.

'…아… 꿈인가?'

탁자에서 엎드려 깜빡 잠이 든 모양이었다. 베고 잔 듯한 팔이 저려왔다. 그 아이가 나오는 꿈은 요즘 한동안 꾸지 않았었다. 한데 갑자기 꾸게 되다니 무슨 일일까.

밖이 갑자기 부산스러워진 걸 느낀 은평은 이내 꿈에 대한 것은 날려 버리고 백호부터 찾았다. 침상 밑에 들어가 있던 백호가 비칠비칠 걸어나왔다.

"밖이 부산스러워. 무슨 일이지?"

[청룡님, 황님과 함께 쳐두었던 결계가 울리는 걸로 봐서는 아마 현무님이 이 태산 근처에 계신 듯합니다.]

현무라는 말에 은평은 백호를 안아 들고 밖으로 나왔다. 시끄러운 북소리가 울리고 '배교가 쳐들어왔다' 라는 외침이 안팎에서 쏟아지고 있었다. 은평은 몸을 도약해 높은 망루로 올라갔다. 상황을 보기 위해 말이다.

"네놈들의 눈에는 이자들이 보이는가?"

청의인들의 외침에 마교의 사람들은 청의인들이 질질 수레에 실어 끌고 온 사람들을 볼 수 있었다. 꽤 오랫동안 갇혀 있었음이 분명한 몰골의 사람들은 낯이 많이 익었다. 모두 힘이 없는지 커다란 수레 위에 쇠사슬로 꽁꽁 묶인 채 널브러져 있었다.

"아버지!!"

검린궁의 소궁주가 사람들 중 자신의 아버지인 자화검린 연검천을 발견하고 경악했다. 맹에서 시체가 발견되지 않았기에 살아 계실 것이라 굳게 믿었는데… 저런 처참한 몰골일 줄이야.

"젠장… 머리가 쿵쿵 울려."

백의가 군데군데 피로 물들고 잔뜩 때가 타 본래의 색을 찾아볼 수 없게 된 잔월비선은 천천히 잘 떠지지 않는 눈을 떴다. 험한 꼴을 당한 것은 아니었지만 제대로 식사도 할 수 없게 꽤 오랫동안 갇혀 있었고 검상을 제대로 치료받지 못해 약해진 모습이었지만 그 눈빛만은 아직 생생히 살아 있었다.

'…마교인가.'

마교의 높은 성벽을 올려다보니 군데군데 금의를 입은 무사들이 보였다. 그것을 본 순간 잔월비선의 입가에는 미소가 걸렸다. 자신의 동생이 아주 잘해준 모양이다.

"누님!!"

주옥이 자신의 누이를 발견하고 이를 악물었다. 예상은 했지만 역시 나였다. 누이 역시 자신을 바라보더니 희미하게 미소를 띠었다. 잡혀 있는 와중에도 저리 태연한 누이를 보고 있자니 가슴이 죄어드는 느낌이었다.

"화우야!!"

배교에 사로잡힌 자신의 아들을 바라보는 단절강의 눈에 희뿌연 눈물이 맺혔다. 몰라보게 마른 데다 말이 아닌 몰골 때문에 자신의 아들이라는 것이 믿겨지지 않을 정도였다.

화우 역시 천천히 눈을 뜨다 낯익은 풍경이 눈에 들어오는 순간, 눈이 번쩍 뜨였다. 이곳은 바로 마교였다. 몸을 움직이는 순간 몸을 꽉 조이고 있는 쇠사슬의 강한 압력에 그는 신음했다. 단전이 파괴되어 내공이 사라진 이상 이런 쇠사슬을 끊을 힘조차 없는 평범한 인간에 불과한 것이다.

"교주님!!"

마교의 교도들이 화우를 알아보고 소리를 질렀다. 꽤 오랫동안 곡기를 끊었더니 눈앞이 어른어른거리고 자신을 부르는 소리에 머리가 울렸다.

"오체분시를 할 놈들 같으니!!"

사람들 사이에서 욕이 터져 나왔다. 배교에서 사로잡은 사람들은 모두 강호에 영향력을 끼칠 만한 사람들이었다. 즉, 자신들에게 대적하지 못하게 하려는, 사로잡은 사람들을 일종의 방패로 이용하고 있다는 의미도 되었다.

한편, 인간들이 분노하고 있을 때 신수들, 즉 청룡과 황은 높은 하늘 위에서 아래를 내려다보며 현무를 찾고 있었다. 자신들이 쳐둔 결계가 희미하게 떨고 있는 것을 보니 분명 현무가 결계에 걸렸거나 이 근처에 있는 것이 확실했다.

아래에서는 치열한 격전이 벌어지고 있었다. 먼저 공격을 시작한 배교에 의해 많은 이들이 제대로 반항 한번 못해보고 처참한 죽음을 맞았다. 배교에 사로잡혀 있는 사람들 때문에 함부로 공격할 수도 없었달까. 그나마 인을 비롯해 황궁의 금군들이 종횡무진 청의인들과 세외인들 사이를 누비며 베어 넘기고 있었다. 그들에게는 거칠 것이 없었으니 말이다.

"항천욱리참(抗天昱理斬)!!"

인의 공격 한번에 네댓 명의 인영이 짚단처럼 쓰러졌다. 청의인들이 인에게 퍼붓는 검날은 인의 호신강기에 막히고 인의 무위에 세외인들은 조금 겁을 먹은 듯 뒤로 주춤주춤 물러났다.

청의인들의 중심에 마차 하나가 서 있었다. 바로 배교의 교주 만천학과 그 어머니 성천요후 만교려를 태운 마차였다. 만천학은 마차 밖으로 상황을 잠시 지켜보더니 검을 들고 일어났다.

"다녀오겠습니다, 어머니."

만교려는 자신의 아들에게 눈길 한번 돌리지 않았다. 뒤집어쓴 망사 사이로 보이는 마교의 건물을 핏발 선 눈으로 노려볼 따름이었다. 자신이 자라난 곳, 단장하는 듯한 슬픔과 배신을 맛본 곳, 그리고… 자신과 부모님의 원수가 있는 곳이었다.

"단절강… 지금 네놈의 심정이 어떨까……. 오호호호호호, 애지중지했던 자식이 네놈이 뿌린 불씨로 인해 활활 타는 꼴을 보려니 얼마나 속이 타 들어갈꼬."

만교려는 그 생각만으로도 흐뭇해지는 듯 빙그레 미소 지었다. 정작 자신의 아들에게는 한 번밖에 보여주지 않았던 달콤한 미소를 말이다.

한편, 마차 밖으로 나간 만천학은 단숨에 난전 속으로 뛰어들었다. 그를 본 강호인들의 표정이 얼음처럼 싸늘해졌다. 오랫동안 감쪽같이 정도무림인들을 그는 속였었다. 그리고 처참하게 사람들을 살해했다. 그들의 눈에 흉포한 원한이 맺혔다.

"저놈부터 죽여라!!"

"위선자!!"

만천학은 사람들의 노성을 안주 삼아 짙은 피를 허공 위로 흩뿌렸다. 그리고 마교의 건물을 향해 소리를 질렀다.

"대적해 보아라!! 네놈들의 교주가 내 손아귀에 있으니 말이다. 크하하하하."

만교려를 아직 기억하고 있던 마교의 장로들과 단절강의 입가에서 침음성이 흘러나왔다. 천음요희는 뜨거운 눈물을 흘리며 하늘을 원망했다. 기억하고 있는 만교려의 얼굴과 비슷한 이목구비에 그녀는 본능적으로 저자가 만교려의 아들임을 눈치 챘다. 그리고 그의 왼손에 검이 쥐어져 있는 것을 본 그녀는 경악에 찬 눈으로 단절강을 노려보았다. 단절강의 독문절기는 장법이라 겉으로 드러난 것은 아니지만 그는 왼손잡이였다. 그리고 마치 그 자식이라는 것을 증명이라도 하듯 그의 아들 화우 역시 왼손잡이였다. 그리고 저기 보이는 배교의 교주마저 왼손잡이인 것이다. 이것은 대체 무엇으로 설명해야 할까.

'태상장로… 설마…….'

그것을 눈치 챈 것은 비단 천음요희만이 아닌 듯 장로들 모두 눈을 찌푸리고 있었다. 단절강은 자기도 모르게 바닥에 주저앉아 넋이 나간 표정이었다.

'…내 잘못 때문에… 나 때문에… 내 아들이…….'

자신이 지난날 저지른 죄가 자신의 아들을 망치고 있었다. 배교의 교주 이름이 만천학이라 했으니 분명 만교려의 자식일 터. 설마 하는 생각이 들었지만 왼손을 쓰는 것을 보고 절망감에 휩싸였다.

"갈래……."

[은평님!]

백호는 은평이 갑자기 자신을 내려놓고 망루에서 뛰어내리는 것을 보고 기겁했다. 하는 수 없이 백호 역시 은평을 따라 망루에서 뛰어내렸다. 정말이지 손이 많이 가는 은평이다.

[어쩌시려구요?]

자신을 뒤따라온 백호의 질문이 이어졌지만 은평은 대답하지 않았다. 사실 이 싸움은 자신과는 아무런 상관도 없었다. 그냥 얌전히 있으면 그만이지만 그럴 수가 없었다. 화우도, 저 변태 남매 중 누이인 상부 공주 쪽도 모두 자신이 아는 사람들이었다. 그래서 구해내기로 마음먹었다. 잡혀 있는 사람들 때문에 이쪽이 제대로 공격을 못하는 것도 이유라면 이유겠지만 평소에 귀찮아하긴 했지만 저런 몰골로 고통받고 있는 걸 보고 그냥 모른 척할 정도로 은평의 마음이 모질지 못했으니 말이다.

"저 바보가! 여긴 왜 뛰어든 거야!"

인은 멀리서 은평을 발견하고 화를 냈지만 은평에게는 그 소리가 들리지 않았다.

청의인들은 무기도 없이 뛰어든 은평을 보고 공격을 하려다가 뒤에서 따라온 백호의 방해로 뜻을 이루지 못했다.

"백호, 고마워."

[제 등에 타십시오.]

백호는 하는 수 없다는 듯 한숨을 쉬고 천천히 자신의 몸을 성장시켰다. 작은 새끼에서 단숨에 대호(大虎)로 변화한 몸 때문에 혼란중에도 사람들의 눈이 놀라움으로 커졌다.

은평은 백호의 등 뒤에 주저없이 올라탔고, 백호는 종횡무진 사람들 사이를 성큼성큼 뛰어 화우가 묶여 있는 수레까지 단숨에 돌진했다.

"막아!! 뭣들 하고 있는 게냐?!"

만천학의 눈이 커지면서 그는 싸움을 멈추고 이형환위의 신법을 이용해 단숨에 수레 근처로 이동했다. 은평은 만천학을 보자 눈꼬리가 치켜 올라갔다. 똑같은 얼굴이지만 전혀 다른 옷에 전혀 다른 분위기를 하고 있는 그를 보자니 자신 역시 감쪽같이 속았다는 분노가 되살아난 것이다.

"내 허락없이는 그놈을 데려갈 수 없을 거다. 그놈은 아주 중요한 도구거든."

"난 누구 허락 같은 거 맡으러 다니는 사람이 아니라서 말이지."

주변에서 공격해 오는 적들을 백호는 자신의 거대한 몸으로 막아내면서도 만천학을 향해 송곳니를 드러내고 으르렁댔다.

"역시… 보통의 새끼 백호는 아니었군."

만천학의 신형이 갑자기 날아오른다 했더니 은평의 바로 위에서 검을 빼 들고 내리꽂으려 했다. 은평 역시 살짝 뛰어올라 옆으로 물러났다. 옆에 쓰러져 있는 시체가 쥐고 있던 검을 하나 주워 손에 든 뒤 만천학을 노려보았다.

[크와아아앙…….]

백호는 화우가 있는 수레 위에 올라탄 채 포효했다. 그 포효 소리에 혼미해지는 정신을 간신히 붙잡은 화우는 눈앞에 희고 커다란 무언가가 있음을 깨달았다. 포효 소리로 미루어보아 맹수라는 것을 알 수 있었다.

'어째서… 이런 곳에 맹수가…….'

갑자기 맹수의 이빨이 자신의 몸에 닿더니 자신의 몸을 포박하고 있던 단단한 쇠사슬을 새끼줄 끊듯이 끊어버렸다. 그 쇠사슬이 만년한철로 이루어진 것임을 화우가 알았더라면 그의 놀라움은 더욱 컸으리라.

"백호, 얼른 화우를 데려다 주고 와!"

은평의 목소리에 화우는 흐릿한 눈에 힘을 주었다.

[하지만…….]

"얼른 안 갈래?!"

만천학이 은평과 화우를 데리고 가려는 백호를 가만히 놔둘 리 없었다.

"내 허락없이는 어디로도 가지 못해!"

"지랄한다. 개폼 잡지 마."

화가 단단히 났는지 은평의 말이 거칠어졌다. 만천학은 아무런 주저없이 백호를 향해 자신의 검을 날렸다. 이기어검의 경지에 이른 검술이었으나 백호는 가볍게 피해 화우를 자신의 등에 싣고 하늘 위로 훌쩍 날아올랐다. 그리고 그가 던진 검은 은평에 의해 막혀 바닥으로 곤두박질쳤다. 자신의 검을 막아낸 것을 본 만천학은 눈에 이채를 띠었다. 그다지 무공이 뛰어난 것 같진 않았는데 어느새 저런 실력을 갖추었단 말인가. 하지만 지금은 은평을 상대할 틈이 없었다.

"거기 서라!"

만천학이 백호를 뒤쫓자 은평 역시 만천학의 뒤를 쫓았다.

"가게 냅둬! 네 상대는 나야!!"

목덜미에 느껴지는 서늘한 냉기에 그는 재빨리 뒤를 돌아보았고 간발의 차이로 은평의 검을 피했다.

"말했지? 네 상대는 나라고."

"네년은 아직 내 상대가 되지 못해!"

만천학은 마음이 조급해졌다. 아직은 그를 넘겨주어선 안 됐다. 하지만 은평은 계속해서 백호를 쫓으려는 만천학을 방해하고 있었다. 화가 난 만천학은 소매를 팽팽히 부풀렸다. 진기를 끌어올려 은평의 몸에 직격시키려 하는 것이다. 하지만 은평의 몸에서 알 수 없는 반탄강기(反彈剛氣)가 끌어올라 만천학의 내력을 마치 모래성처럼 허물어 버렸다.

인간들이 자신들만의 싸움을 하고 있을 무렵, 신수들은 높은 하늘 위에서 자신들만의 싸움을 하고 있었다. 황과 현무, 그리고 청룡이 대치한 채 묘한 긴장감이 흐르고 있을 무렵, 황이 현무를 향해 소리쳤다.

"정말 이러기야, 너?!"

황의 울림이 골짜기 너머까지 쩌렁쩌렁 울리자 새들이 푸드덕대며 날아올랐다. 갑자기 바람이 불어 현무의 긴 머리카락을 휘날렸다. 머리카락에 가려졌던 머리가 드러나자 귀가 없는, 뭔가 어색하면서도 얼음을 품은 듯 차가운 현무의 얼굴이 보였다.

"…내가 죽기 위해선 이 방법밖에 없다. 아니면… 너희들이 날 죽여줄 텐가?"

현무는 서글픈 시선으로 황을 바라보았다. 현무가 바라보고 있는 것이 황인지 아니면 황과 함께 공유하는 봉인지는 알 수 없었지만…….

"네가 죽기 위해서 애꿎은 사람을 이용하겠다는 거야?! 너만 죽으면 다냐고?!"

보기 드문, 청룡의 격노한 음성에도 현무는 물러섬이 없었다. 오히려 하늘로 손을 뻗어 비구름 떼를 불러오고 있었다. 청룡 역시 질 수 없다는 듯 하늘의 뇌전을 끌어 모았다. 서로에게 직접적인 공격을 가할 수 없으니 이런 식으로라도 싸우려는 의도였다.

"그래, 난 죽기 위해서라면 뭐든지 할 수 있어! 죽기 위해서 안 해본 짓이 없었으니까! 네가 스스로의 죽음을 바라는 내 마음 따위를 알까!!"

항상 나지막하던 현무의 음성답지 않게 높고 날카로웠다. 현무는 지금 겉으로 보기엔 평소와 다를 바가 없었지만 잔뜩 흥분한 상태였다. 바라 마지않던 죽음이 한 발자국 앞으로 바짝 다가와 있었다.

"조금만 더 하면 난 죽을 수 있어. 그러니까 방해하지 마라!"

현무가 불러온 먹구름에서 비가 쏟아지기 시작했다. 황은 이대로 물러설 수 없었기에 몸 안의 양기를 모조리 끌어 올려 빗속에서 버티고 있었다.

"잘 봐둬, 현무. 내가 지금 끌어올린 양기를 허물고 그대로 비를 맞으면 난 큰 타격을 입겠지. 그건 비단 나뿐만이 아니라 나와 같이 상생(相生)하고 있는 봉 역시 마찬가지일 거야."

황으로서는 일종의 도박이었다. 현무가 죽으려고 하는 까닭을 아주 잘 알고 있는 황의 일생일대의 도박.

아주 오래전, 인간들에게 받은 상처로 인해 현무는 죽을 뻔했었고, 스스로가 삶에 대한 의지를 잃어 그대로 놔둔다면 죽을지도 모르는 상황이 됐었다. 그 당시 봉과 황은 서로 한 몸에서 머무는 존재가 아니라 서로 다른 육신을 지니고 있었는데 봉은 주저없이 자신의 육체를 현무에게 넘겨주고 황의 육체를 공유하며 살게 되었던 것이다. 아마도 현무가 죽으려는 이유는 봉에게 다시 그의 육체를 되돌려주기 위함일 것이다. 무엇보다도 자신 때문에 봉이 육체를 잃어버렸다는 사실이 현무에게는 견딜 수 없었으리라.

"날 협박하지 마라. 봉을 생각하는 네가 스스로 육체에 함부로 상처를 낼 리가 없어. 너뿐만이 아니라 그마저 함께 다치는데……."

아무래도 현무는 순순히 황의 도박에 넘어와 줄 것 같지 않았다.

"그건 두고 보면 알겠지?"

여기서 물러설 수 없었던 황은 애써 마음을 다잡으며 현무를 노려보았다.

백호는 마교의 성채로 돌아와 등에 지고 있던 화우를 조심스레 내려

놓았다. 마교의 교도들은 난전중에 조그맣던 새끼 백호가 순식간에 대호로 변하는 광경을 목격한지라 주춤주춤 백호를 두려워하는 기색이었지만 화우의 안위가 염려되었는지 애써 근처를 기웃거렸다.

"교주……."

장로들이 화우의 곁으로 다가왔다. 단절강은 안절부절못하는 기색으로 화우의 옆에 다가왔다가 화우의 모습을 보고 눈물을 흘렸다. 자신이 받아야 할 죄를 자신의 자식이 대신 받고 있는 것이다. 마치 하늘이 자신의 죄를 단죄하기 위해 천벌을 내리는 것만 같았다.

백호는 은평이 걱정되어 화우가 사람들 품에 안기는 것을 보자마자 다시 하늘 위로 날아올랐다. 하늘에서는 세찬 비가 쏟아져 피로 얼룩진 대지를 씻겨주고 있었다. 백호는 주변에 바람을 일으켜 앞으로 나아가는 속력을 높였다.

한편, 은평과 만천학이 싸우는 것을 본 인은 만사를 제쳐 놓고 은평에게로 달려왔다. 그리고 둘 사이에 주저없이 끼어들었다. 은평은 인이 끼어드는 것을 보자 흩뿌리던 공격을 황급히 멈추었고 만천학 역시 당황해 초식이 엇나갈 뻔했다.

"무슨 짓이야! 위험하잖아!!"

은평이 화를 내는 것도 아랑곳하지 않고 인은 은평의 앞을 가로막고 섰다.

"넌 저리 가! 싸워도 내가 싸워."

"안 돼!"

둘의 말다툼을 그냥 놓칠 리가 없는 만천학의 공격이 다시 시작됐다. 인은 은평을 뒤로 밀쳐 놓고 만천학에게 주저없이 다가갔다.

"이 바보야!!"

뒤에서 은평이 화를 내는 소리가 들려왔지만 인은 아랑곳하지 않았다. 기도로 그를 알 수 있었다. 이놈과 한번 겨루었던 그때 느꼈던 묘한 위화감의 정체를 인은 그제야 깨달을 수 있었다. 만천학의 무공은 결코 자신에게 뒤지지 않았다. 동수(同數)였던 것이다.

"역시 네놈과 일전에 겨루었을 때 위화감을 느꼈었는데… 역시나였군. 제 실력을 감추고 있었던 게야."

"…감히 천무존께서 상대해 주시다니 영광이오."

만천학의 비꼼을 들으며 인은 일반 검보다 긴 자신의 장검 손잡이를 꽉 붙잡았다.

백호는 인이 은평을 뒤로 밀쳐 내던 때에 다가와 뒤로 밀쳐진 은평을 자신의 몸으로 받았다. 은평은 딱딱한 바닥을 생각하고 있다가 뭔가 푹신한 게 받쳐지자 놀란 눈으로 뒤를 돌아보았다.

"백호야… 인이……."

[일단 돌아가세요. 이곳은 위험합니다. 선인의 능력을 완전히 다 자각하지도 못한 상태에서는 위험해요. 보통의 인간보다 조금 더 강할 뿐이란 말입니다.]

그 강한 정도라는 게 만천학과 평수를 이룰 정도였지만 말이다.

"알았어. 하지만 아직 돌아갈 수 없어, 상부 공주를 구해야 돼."

은평의 고집에 백호는 하는 수 없이 은평을 등 뒤에 태우고 잔월비선을 찾아 여기저기를 기웃거렸다. 아수라 지옥도로 변한 주변의 참상과 예민한 후각을 괴롭게 하는 피비린내가 백호를 괴롭혔다.

"저기 있다!"

은평은 이내 잔월비선을 발견했다. 백호는 잔월비선의 근처로 단숨에 훨훨 날듯이 뛰어왔고 주변에 있던 청의인들이 달려들기 전에 은평은 손을 뻗어 잔월비선을 낚아챘다. 잔월비선 역시 몰골이 말이 아니었지만 그래도 화우보다는 나은 상태였다.

"뭐야… 너냐?"

"자, 이걸로 예전의 빚은 갚은 거예요. 내가 당신 소유라느니 그런 말은 하지 말아요."

은평의 말에 은평을 처음 만났을 때를 떠올린 잔월비선은 피비린내가 감도는 씁쓸한 입맛을 다셨다.

"…철저한 계산법이군."

교주가 무사히 돌아왔으니 이제 마교의 교도들에게는 거칠 것이 없었다. 질풍노도(疾風怒濤)마냥 쳐들어오는 그 기세에 배교와 세외의 세력들이 처음으로 밀리고 있었다.

인과 만천학이 검을 겨루는 그 일대는 초토화된 지 오래였다. 인은 본신의 내공을 전부 끌어내 전력을 다해 싸우고 있었다. 이렇게 싸움 중에 식은땀이 흘러내리는 것도, 전력을 다하는 것도 아주 오랜만의 일이었다.

비가 와서 확실히 보이지는 않았지만 저 멀리서 한 무리가 이곳을 향해 달려오고 있었다. 점점 시간이 지날수록 지축을 울리는 발자국 소리가 커졌다. 그리고 마침내 모습을 보인 것은 뜻밖에도 철필을 들고 학창의를 입은 문사들, 바로 연학림의 사람들이었다. 그리고 그 가운데 면사를 걸친 능파가 있었다.

'다행이다. 아직 늦진 않았구나.'

제갈묘진과 황보영의 사이에 싸움을 붙이고 내분을 조장한 뒤 막리가를 세외로 되돌려보내고 연학림과 천안을 한꺼번에 흡수해 이제야 겨우 달려온 능파였다. 아직 늦지 않았음을 깨닫고 적잖이 안심했다.

그들뿐이 아니었다. 여기저기서 보이지 않는 살수들이 청의인들을 겁에 질리게 하고 있었다. 바로 잔영문의 살수들로 이제껏 내내 근처에 숨어 있다가 자신들의 문주인 잔월비선이 무사히 구출되자 그제야 모습을 드러낸 것이다. 그들은 무공보다는 주로 기습에 유용한 살인 검법을 익히고 있는 자들이었다. 그래서 그들은 정면 돌파 대신 갑자기 모습을 숨기고 적들 사이로 다가가는 전법으로 청의인들과 세외인들을 처치하고 있었다.

주변 상황을 재빠르게 눈치 챈 만천학은 속으로 혀를 찼다. 포달랍궁주 지군천이 뭐라 하던 포달랍궁의 세력 일부를 빼지 말았어야 했다. 계산 착오이긴 했으나 어찌 됐든 이 상황을 만회하기 위해 그는 염두를 굴렸다.

'제기랄… 그녀는 무얼 하고 있단 말인가.'

그는 태산으로 들어온 뒤부터 계속 보이지 않는 현무를 책했다. 어디로 가 있는지, 무엇보다도 지금 그녀의 힘이 절실히 필요했다. 내리는 빗줄기에 흠뻑 젖은 머리카락을 털던 만천학은 무슨 생각을 했는지 입꼬리를 비틀었다.

"싸움 중에 감히 딴생각이냐?"

인의 검을 막아내던 만천학은 그에게 밀려 몇 장을 물러나는 척 하며 하늘 위로 날아올랐다. 갑자기 그의 신형이 날아오르자 인 역시 그 뒤를 따라 신법을 전개했다. 그가 쫓아오는 것을 염두에 두고 만천학은 몇십 장 위를 날아올라 높은 마교의 석벽을 단숨에 뛰어넘었다. 어지간한 무공으로는 엄두도 내지 못할 일이었다.

"거기 서라!!"

인 역시 그의 뒤를 따라 단숨에 석벽을 뛰어넘었다.

한편, 양무는 마차 곁으로 다가가 만교려에게 조심스럽게 상황을 보고했다.

"지금 불행히도 배교의 세력이 중원에 밀리고 있습니다. 혹시 모르니 몸을 피하시는 것이……."

"그게 무슨 말인가!"

싸늘한 만교려의 반응에 양무는 이미 짐작했던 일인 듯 침착하게 대꾸했다.

"잠시 몸을 피하심이……."

갑자기 마차가 조금 흔들리는가 싶더니 문이 열리고 만교려가 그 안에서 걸어나왔다. 만교려는 머리 위에 덮어쓰고 있던 검은 망사를 걷어냈다.

"복수가 눈앞에 있어. 내 조부님을 쫓아내고 배교를 중원에서 내몰았던 자들이!! 날 처참하게 망가뜨렸던 놈이!! 저 눈앞에 있단 말일세! 어찌 물러나겠는가!"

중원으로 들어와서 처음 보여주는 그녀의 격렬한 감정 표현이었다. 양무는 만교려의 심정을 백분 이해하고 있었지만 지금은 물러날 때라 판단한 탓에 그는 양보하지 않았다.

"그 심정 이해 못하는 것은 아닙니다만, 지금은 물러서야 할 때입니다."

"닥치게!!"

짝—!

만교려의 소매에 따귀를 얻어맞은 양무는 벌써부터 후끈후끈 열이 나는 뺨에 손을 가져다 댔다.

"이 마차의 바닥에는 화탄(火彈)이 가득 실려 있다네."

"서, 설마……?"

만교려는 양무의 물음에 대답 대신 마차의 마부석에 올라 마차를 몰기 시작했다. 마차를 끄는 말들은 입에 거품을 물며 정신없이 앞으로 돌진해 갔다.

"멈추십시오!! 화탄을 가지고 대체 무얼 하려고 그러십니까!!"

만교려가 탄 마차는 마교의 정문을 향해 돌진하고 있었다. 양무는 고민할 틈도 없이 몸을 날렸고, 그의 신형이 순식간에 사라져 버렸다.

"너희들이 정 비키지 않겠다면 하는 수 없지."

현무는 갑자기 아래로 급하강하기 시작했다. 황과 청룡이 황급히 그 뒤를 쫓았지만 현무는 이미 멀리 사라지고 없었다.

"대체 저 녀석 무슨 꿍꿍이야!!"

"그걸 알면 내가 이러고 있겠냐!"

황과 청룡은 급하강하는 속도를 높였다. 귓전에 휙휙 지나가는 바람소리가 꽂혔다.

갑자기 먼 하늘에서 지상으로 떨어져 내린 둘은 주변을 둘러보았다. 마교의 안인 듯했지만 황과 청룡을 휘둥그레진 눈으로 쳐다보는 사람들 외엔 현무의 흔적은 그 어디에도 없었다.

"이 미꾸라지 같은 녀석!! 대체 어딜 간 거야!"

황은 열을 내보았지만 현무의 종적은 이미 묘연했다. 그때 저쪽에서 희미하지만 현무의 기가 느껴져 황과 청룡은 동시에 시선을 교환하고 그쪽으로 내달렸다.

[크르르르릉…….]

흰 송곳니를 드러내며 길게 울음을 터뜨리는 백호의 모습을 현무는 아무렇지도 않게 바라보았다. 아니, 현무가 바라보고 있는 건 백호가 아니라 그 뒤의 은평이었다.

"오랜만에 뵙는군요."

"…현무……."

은평의 괴로움 섞인 표정에 현무는 애써 흔들리려는 마음을 다잡았다. 저 소녀에 의해서 자신은 죽을 수 있다. 그러니까 자신은 은평을 어떻게 해서든지 화나게 해서 자신을 죽이도록 유도하면 되는 것이었다.

"서!! 도망치는 건가?!"

저쪽에서 급속히 접근해 오는 두 인영을 발견한 현무는 빙그레 미소를 지었다. 저 둘이 자신 때문에 다치게 된다면 은평은 자신에게 화를 낼까?

"어딜 갔나 했더니 여기 있었군."

현무를 발견하고 만천학이 현무의 곁으로 내려섰다. 그 뒤를 쫓아오던 인은 오랜만에 보는 현무를 보고 급히 신법을 거두고 그 자리에 멈췄다. 묘한 대치 상황이었다. 현무와 만천학, 그리고 그 둘을 사이에 두고 서로를 마주 보는 위치에 서 있는 은평과 그 옆의 백호, 그리고 인.

"현무!!"

갑자기 허공에서 청룡과 황이 뛰어내렸다. 황와 청룡은 만천학과 같이 서 있는 현무를 보더니 움찔했다.

―저자를 상대해라. 나머지는 내가 막아줄 테니.

만천학은 자신의 귓전으로 흘러드는 현무의 음성에 살짝 고개를 끄덕였다.

"그쪽의 상대는 본인인 것 같구려."

인은 자신의 앞으로 천천히 다가오는 만천학의 동작에서 숨이 막힐 듯한 기도를 느꼈다. 황과 청룡이 어느새 은평의 뒤에 서 있는 것을 본 인은 마음 놓고 만천학에게 공격을 퍼부었다.

격렬한 싸움을 벌이는 둘을 뒤로하고 현무가 은평 쪽으로 한 걸음 다가섰다.

"순순히 물러나라."

현무의 경고에 황과 청룡, 백호 모두 코웃음을 쳤다. 현무는 두 손을 모으고 천천히 주언(呪言)을 외우기 시작했다. 인계로 내려오기 전 천계에서 일시적으로 자신에게 내려준 봉인의 주언을 말이다.

"전성봉인화급여활불래(全性封印禍及予闊弗來)!"

현무가 외는 주언을 듣던 청룡이 놀라 몸을 피하려 했지만 이미 몸이 뻣뻣이 굳어지고 있었다.

"네가 어떻게 정신력 봉인을… 알고 있는 거야?!"

그것은 본체 밖으로 나와 있는 신수들의 정신력을 일시적으로 봉인하는 주술이었다. 물론 신수는 주어지지 않는 능력이었으나 현무는 그것을 구사해 냈고 그것에 대한 까닭을 청룡이 묻고 있는 것이다. 청룡은 점점 입마저 굳어가는 것을 느꼈다. 어떻게든 이 주술을 풀어야 했지만 방법이 없었다. 주술에 걸린 것은 황 역시 마찬가지인 듯했다. 결국 남은 것은 백호뿐이었다. 백호는 정신체만이 본체 밖으로 나와 형상화된 것이 아니라 지금 현재의 육체가 본체이므로 이 주술이 걸리지 않은 것이다.

[더 이상 다가오지 마십시오!]

백호는 은평의 앞을 가로막고 현무가 은평에게 향하려는 진로를 막아섰다.

"물러서라, 너에게는 볼일이 없다."

"백호야, 난 괜찮으니까 물러서."

은평은 털을 쓰다듬으며 물러나라고 말했다. 은평의 목소리는 어느새인가 차분히 가라앉아 있었다.

[은평님, 하지만…….]

"물러서. 괜찮으니까."

은평은 백호의 옆으로 걸어나오더니 망설임없이 현무를 응시했다.

"나에게 대체 무엇을 바라는 거야?"

"바로 제 죽음입니다."

현무의 단호한 대답에 은평은 고개를 저었다. 그것은 자신이 이뤄줄 수 없는 것이었다.

"안 돼, 그건 해줄 수 없어. 백호도 청룡과 황도 봉도 모두 슬퍼할 테니까. 그리고 나도 말이야."

"그렇습니까?"

현무의 손이 뒤쪽을 향했다. 현무의 소맷자락이 살짝 흔들리더니 멀리서 만천학과 검을 겨루고 있던 인의 신형이 갑자기 어긋나 바닥에서 미끄러지자 만천학은 그 틈을 놓치지 않고 인의 팔뚝을 검으로 베어냈다.

"크윽… 제, 젠장."

인은 혈도를 짚어 피를 멈추게 하고 다시 만천학과 맞붙었다. 어깨에서 이미 베어 나온 피가 눈물을 흘리는 것마냥 바닥에 뚝뚝 떨어졌다.

"뭐 하는 거야?!"

분명 방금 인의 신형이 흔들린 것은 현무 때문이었다. 현무가 주변의 기류를 미묘하게 조종해 인의 기운을 흩뜨려 놓은 것이었다.

"당신이 날 죽이지 않으면 당신 곁에 있는 누군가가 죽습니다. 이래도 절 베지 못하시겠습니까?"

"다른 사람을 상처 입히면서까지 죽음을 택해야겠어? 그럼 널 죽이는 나는 대체 뭐가 되지? 평생 너를 죽인 기억을 갖고 살아가라고?!"

은평은 현무의 이기심에 화가 났다. 그 자신은 죽으면 그만일지 몰라도 그걸로 모든 것이 해결되진 않는다. 주변 사람은 상처받고 자신은 현무를 죽였다는 기억을 갖고 평생을 살아가야 할 터였다.

"내가 바라는 겁니다. 죄책감을 가질 필요 따위 없습니다."

[그만두세요, 현무님! 그게 마음대로 되는 겁니까?! 당신은 당신 자신의 죽음을 위해 결국 누군가를 희생시켜야 합니다. 그렇게 해서까지 죽고 싶습니까?!]

보다 못한 백호가 새빨간 눈 가득 눈물을 흘리며 외쳤다.

"저 인간이 안 된다면 이 녀석은 어떻습니까?"

현무의 입에서 무언가가 되뇌어지고 백호의 몸이 점점 오그라 붙기 시작했다. 무언가가 억지로 백호의 몸을 잡아 누르는 것만 같았다.

"뭐 하는 거야!! 그만둬! 그만두라구!!"

은평이 현무에게 달려가 현무의 팔을 붙잡았다. 하지만 현무의 입에서는 다시 쉴 새 없이 주언이 흘러나오기 시작했다.

짝—!

견디지 못한 은평이 현무의 따귀를 때렸다.

"당장 그만두라구!!"

현무는 얼얼한 뺨을 스윽 문지르며 웃었다. 백호는 간신히 주언에서 해방되어 거친 숨을 몰아쉬고 있었다. 무언가에 뭉개지는 듯한 느낌이 온몸 곳곳에 남아 백호를 괴롭혔다.

"너 왜 그렇게 이기적이야?! 정말로 너만 죽으면 다야?!"

"당신이야말로 이기적입니다. 어째서 편해지고 싶어하는 자에게 이렇게나 괴로운 세상에서 살아가길 종용하는 겁니까? 난 편해지고 싶다구요. 단지 자신이 죄의식 속에서 살기 싫다는 이기적인 이유로 날 죽이는 걸 거부하고 있잖습니까."

"시끄러워!! 궤변 늘어놓지 마!!"

"아주 쉬워요. 난 반항하지도 않을 테니까. 그 검으로 내 목을 정확히 관통해 주면 끝나는 겁니다."

그때였다. 봉인되어 축 늘어져 있던 황의 몸이 마치 간질환자처럼 부들부들 떨리기 시작했다. 발작을 일으키는 것처럼 말이다. 황은 여전히 축 늘어져 있는 상태였는데 갑자기 신체 변화가 일어나면서 몸이 남성체로 변해가기 시작했다. 몸을 지배하고 있던 황이 들어가고 내면 깊숙이 있었던 봉이 밖으로 나오려고 하는 것이었다. 하지만 일시적으로 봉인이 되어 있는 상태라 남성체가 밖으로 나오지도 못하고 그렇다고 다시 여성체인 황으로 돌아가지도 못하고 난감한 지경에 이르렀다.

[크, 큰일입니다!! 지금 봉님과 황님끼리 싸움이 일어났어요. 몸 내부에서!!]

백호의 말에 은평은 무슨 소리냐는 듯 다음 말을 재촉했다.

[서로 공존하고 있던 육체에서 봉님이 빠져나가시려는 모양입니다. 저대로 가면 봉님은 소멸해 버리고 말아요!]

백호의 말에 현무의 몸이 부들부들 떨렸다.

"안… 돼……!! 소작(小雀)!! 안 돼!!"

자신이 죽음으로써 그에게 육체를 돌려주려 한 것뿐이었다. 그는 아무것도 하지 않고 그저 지켜보기만 하면 자신 때문에 잃어버렸던 육신을 되찾을 수 있을 텐데 어째서, 왜 스스로 소멸하려는 길을 택한단 말인가. 현무는 황급히 걸었던 주술을 풀었다. 그리고 주술이 풀리는 순간 청룡이 비호같이 달려들어 현무를 덮쳤다. 엎치락뒤치락하던 청룡은 마침내 현무의 수족을 봉하고 숨을 헐떡였다.

"…안 돼… 소작……."

봉을 부르는 애칭을 부르며 현무가 구속된 사지를 비틀었다. 괴롭다, 참을 수 없을 만큼 가슴이 타 들어가는 듯했다. 어떻게든 막아야만 했다.

"청룡, 어떻게 좀 해봐. 봉하고 황 둘 다 이상해!"

은평이 아직까지 정신을 차리지 못하는 황의 육신을 안아 들고 청룡을 불렀다. 청룡은 황급히 황의 육신에 다가가 여기저기를 살펴보더니 황의 손을 꽉 붙잡고 입으로 주언을 외웠다. 청룡의 몸에서 푸른 기운이 황의 몸속으로 옮겨지고 있었다. 일시적으로 청룡의 생명력을 옮겨주어 봉이 공유하고 있는 황의 육체에서 빠져나가지 못하도록 막는 방법이었다. 일단 응급 처치를 끝낸 청룡은 현무에게로 다가가 현무를 꾸짖었다.

"어째서 봉이 무리하게 황의 육체에서 빠져나가 자기 자신을 소멸시키려 했는지 알아?"

"어째서… 난 소작에게 본래의 육신을 되찾아주려 한 것뿐인데……."

현무는 천천히 고개를 저었다. 몇백 년 만에 말라붙은 줄 알았던 눈물샘에서 희뿌연 눈물을 펑펑 흘려냈다. 울음을 멈추려 해도 멈출 수가 없었다. 마치 폭포수가 흘러내리듯 끊임없이 눈에서 흘러 볼을 타고 목덜미에까지 흘러내렸다.

"너로 인해 다른 사람이 죽는 것을 보는 기분이 어때?"

"……."

"괴롭지? 고통스럽지? 한 존재가 죽는다는 건 그런 거야. 그것도 자신 때문에 다른 사람이 죽어가는 모습을 보는 건 더 더욱 괴롭고 고통스러워! 어째서 그렇게 괴로운 걸 남에게 강요하려는 거지?"

현무는 허망한 표정으로 고개를 수그렸다.

"죽고 싶을 정도로 괴로워도, 괴로움을 극복할 생각을 해. 죽는다는 건 자신도 주변 사람도 모두 슬퍼지는 길이니까."

은평은 현무와 눈 높이를 맞추기 위해 바닥에 쭈그리고 앉았다.

"죽는다는 건 그 사람도 그 주변 사람도 슬퍼지는 거야. 그러니까 죽으려고 하지 마. 지금까지 살면서 괴로운 일밖에 없었다면 앞으로 살면서 살고 싶다는 마음이 절로 들게 하는 그런 일들을 겪으면 돼."

은평은 현무를 품 안에 꼭 끌어안았다. 현무가 흘리는 눈물이 어깨를 축축이 적셨지만 신경 쓰지 않았다.

"울고 싶으면 울어. 모두 털어버릴 수 있게."

마차는 거침없이 달려나갔고 만교려는 손을 뻗어 마교의 정문에 장풍을 몇 번 날렸다. 만년한철로 만들어진 거대한 철문이 움푹움푹 패이더니 이내 문의 접합에 무리가 가 어이없이 뚫리고야 말았다. 그 틈으로 만교려가 탄 마차는 정신없이 돌진했다.

—제발… 마차를 멈추십시오!! 거기서 화탄을 터뜨리면 마교 안의 모두가 죽습니다! 그 안에는 주군께서도 계시단 말입니다!

어느새 바짝 그녀를 뒤쫓은 양무가 전음을 보내왔지만 만교려는 전음을 무시했다. 아니, 이미 그녀의 귀에는 전음 따윈 들리지 않았다.

"단절강… 어디에 있느냐!!"

피맺힌 그녀의 절규 소리가 마교 곳곳에 퍼져 나갔다. 천리전음을 사용해 쩌렁쩌렁하게 울리게 했으니 단절강이 듣지 못할 리가 없었다.

"교려!! 제발 멈추시게."

제일 먼저 만교려를 알아보고 달려나온 것은 천음요희였다. 그녀는 지난날의 만교려를 떠올려 보며 오늘날 바뀐 모습에 가슴이 아려왔다. 무엇보다도 밝았던 그녀가 저렇게 변할 줄이야.

"하! 이게 누구신가. 잘난 마교의 장로들이로군. 그래, 단절강은 어디에 숨겨두셨소?"

만교려는 천음요희를 비롯한 장로들의 얼굴을 알아보고 마차를 멈추었다. 양무는 만교려를 쫓아오다가 그녀가 마차에서 내린 것을 보고 그 역시 황급히 만교려의 옆에 신법을 멈추고 내려섰다.

마교의 장로들 역시 양무를 알아보았는지 침음성을 흘렸다. 이십 년 전, 만신창이가 되었던 만교려를 업고 파문까지 당해가며 마교를 탈출했던 그였다.

"…사매……."

장로들 틈을 헤치고 단절강이 앞으로 나섰다. 정정했던 모습은 다 어디로 갔는지 요 며칠 새 폭삭 늙어버린 듯 보였다. 그를 보자 만교려의 눈빛에 섬뜩한 살기가 감돌았다. 그녀에게 있어서 단절강은 때려죽여도 시원치 않은 작자였다.

"사매라고?! 사매?! 오호호호호호, 지금 네놈이 나에게 사매라 하였느냐?"

"나는 지난날을 깊이 반성하고 있네."

단절강은 만교려의 앞에 털썩 무릎을 꿇었다.

"무슨 개수작이냐! 그래도 상황은 변하지 않아. 이십여 년이란 세월은 참 길더군. 너와 마교에 복수할 날만을 꿈꾸며 절치부심 무공을 연마했다. 네놈의 더러운 씨앗을 배어 네놈에게 복수하기 위한 도구로 키웠지. 호호호."

만교려의 동공에는 핏발이 서 있었다. 희미하게 눈가에서 흘러내리는 핏줄기에 그녀는 더없이 처연해 보였다.

"죄를 지어도 내가 지은 것이고… 내 자식에게는 아무런 죄가 없네. 자네에게 속죄하기 위해서라면 무엇이든지 다 하겠네. 그렇지만 그 아이와 죄없는 마교 교도들은 건드리지 말아주게."

"네놈의 자식이 네 스스로가 지은 죄로 인해 고통스러워하는 모습이 보기 안쓰러웠느냐? 어째서 내가 네 말에 따라야 하느냐? 마교든 네놈이든 네놈의 자식이든 나에게는 불구대천지 원수임은 같은 것을."

양무는 자신이 만교려를 도무지 말릴 수 없자 만천학을 찾아 나섰다. 저러다가 화탄이 터지기라도 한다면 이 일대가 초토화될 것은 뻔한 일이다.

"한 가지 제안을 하지. 이 마차에는 화탄이 가득 실려 있어. 아마 터뜨리면 이 일대가 초토화되겠지. 네놈 스스로 이 마차에 불을 붙여라. 네놈과 네놈 스스로 마교를 없애 버린다면 용서해 주지."

"그… 그건……."

"뭐든지 하겠다고 한 것은 네가 아니냐."

만교려는 입꼬리를 치켜 올리며 웃었다. 오직 이날만을 꿈꾸며 죽음보다 더 괴로웠던 나날을 보내왔었다. 이제 조금만 더 있으면 자신의 염원이 이루어지는 것이다.

—주군!! 큰일났습니다.

싸움의 와중 어디선가 들려오는 양무의 전음에 만천학은 왠지 등줄기를 스멀스멀 타고 올라오는 좋지 않은 예감을 느껴야 했다.

—지금 성천요후께서…….

전음으로 양무에게서 상황을 전해 들은 만천학은 사색이 되었다. 화탄을 사용하게 되면 이 일대가 초토화되는 것은 물론 골짜기 가장 깊은 곳에 자리한 위치 특성상 마교만 무너지는 게 아니라 주변 지형도 같이 무너져 내릴 것이기 때문이었다.

"…싸움은 잠시 미루지."

황급히 공격을 거둔 만천학이 갑자기 신형을 날리는 것을 보고 인은 서둘러 공력을 회수했다가 가슴을 뻐근하게 하는 통증을 느끼고는 숨을 헐떡였다.

"인, 무슨 일이야?"

멀리 있던 청룡이 대충 상황을 수습하고 인에게로 오다가 인과 겨루고 있던 만천학이 황급히 사라지자 그 이유를 물어왔다.

"모르겠어, 갑자기 공격을 멈추고 사라져서……."

인의 말에 고개를 갸웃거리던 청룡은 코끝에 매캐한 냄새가 잡히는 것을 감지했다.

"…이 냄새는……."

"무슨 냄새? 아무 냄새도 안 나는데?"

너무 미세해서 인마저도 느끼지 못하는 것이었지만 이건 분명히 많은 양의 폭약이나 화탄이 틀림없었다. 정신을 차리고 겨우 몸을 일으킨 황 역시 청룡의 생각에 동조를 해왔다.

"화탄이 틀림없어. 이 정도의 양이라면 이 일대가 초토화되는 것은 물론 지형이 완전히 바뀌겠군."

잔뜩 쉬어 빠진 목소리였지만 황의 목소리에는 힘이 넘쳤다.

"여기서 현무와 잠시 있어. 다녀올 테니."

청룡의 말에 은평과 백호 역시 따라가겠다고 나섰다.

"나도 가겠어!"

[저도 가겠습니다.]

잠시 곤란한 표정을 지었던 청룡은 일단 현무의 일은 한시름 놨으니 하는 수 없이 승낙했다.

"어머니!!"

만교려는 어디선가 들려오는 만천학의 목소리에 눈살을 찌푸렸다. 만천학은 양무를 따라 이동해 오다가 마교의 장로들이 한자리에 모여 있는 것을 보고 일단 검을 빼 들었다.

"네놈이 배게 한 씨앗이지. 아아… 그렇다면 이건 어떨까."

만교려는 삼매진화를 일으키더니 마차를 향해 아무렇지도 않게 손을 뻗었다. 화탄에 불이 붙게 된다면 이 일대의 모든 것이 화염에 휩싸일 터였다.

"어머니!! 멈추십시오!"

만천학의 외침과 더불어 마교의 장로들이 일제히 만교려에게 달려들어 그녀를 어떻게든 마차에서 멀어지게 하려 훼방을 놓았다. 하지만 만교려의 무공은 지난 이십여 년간 절치부심(切齒腐心)했던 만큼 장로들을 능가할 정도로 강해져 있었다.

"젠장! 죽으려고 환장을 했나! 저게 뭐 하는 짓이야!!"

달려오던 청룡은 그 광경을 보고 기겁을 했다. 어떻게든 막으려는 청룡보다 한발 앞서 은평이 손을 뻗었다.

콰와앙—!

벽력같은 폭발음 소리에 모두가 싸움을 멈추고 소리가 난 방향으로 고개를 돌렸다. 마교의 굳건하던 성벽에 균열이 일기 시작하면서 천천히 무너져 내렸다.

"이게 무슨 일이냐!"

"모두 싸움을 멈추고 피해라!!"

무엇보다도 자신의 목숨이 소중한 법, 사람들은 일제히 병장기를 거두고 자신이 아는 가장 빠른 경신법을 시전해 그 자리를 벗어나기 시작했다.

한편, 청룡은 믿어지지 않는다는 눈빛으로 은평을 바라보고 있었다. 은평이 손을 뻗는 순간, 화탄과 그 주위에 있는 기운이 단단히 뭉쳐 작은 공간을 만들어냈다. 즉, 일종의 결계가 생겨 화탄이 폭발했으되 그 주변으로 번져 나가지 못하도록 막아낸 것이다. 다만 결계를 치는 과정에서 마차 바로 옆에 있던 단절강과 만교려가 결계 속으로 빨려 들어가는 바람에 그 두 사람은 구하지 못했다. 요란했던 폭발음과 함께 시신조차 남지 않고 한 줌의 재가 되어버린 것이다.

폭발의 충격을 이기지 못하고 성벽에 금이 가고 일부가 무너지긴 했지만 골짜기 전체가 무덤이 될 뻔한 것에 비하면 피해란 미비한 수준이었다.

50
종막

종막

"뭔가 얼떨떨해. 아직도 내가 어떻게 그걸 해냈는지 지금 생각해도 신기하다니까."

은평은 살포시 웃으며 청룡과 황, 그리고 현무와 백호를 바라보았다. 청룡은 어쩔 수 없는 녀석이라는 의미로 은평의 머리카락을 마구 헤집어놓았다.

"뭐 하는 거야!"

은평은 입을 삐죽 내밀며 헝클어진 머리를 다시 정리했다. 그리고 쓸쓸하다는 듯 신수들을 바라보았다.

"그런 표정 짓지 마. 일 해결하고 다시 돌아올 테니까. 천계에 돌아가서 이것저것 해결해야 할 일도 있고."

현무가 마음을 바꿔 먹어준 덕분에 일이 조금 쉽게 풀릴 것 같았다.

일단 천계로 돌아가 미래를 자신들의 손아귀에 넣어두려는 천계의 이들을 설득시키려면 쉽지 않겠지만 말이다.

"언제 다시 볼 수 있는 거야?"

"곧."

쓸쓸해하는 표정의 은평이 안쓰러웠는지 인이 은평을 옆에서 달랬다.

"괜찮아, 곧 만날 수 있다잖아."

한데 은평의 입에서는 전혀 슬퍼한다고 볼 수 없는 엉뚱한 소리가 흘러나왔다.

"아니, 그게 문제가 아니라 백호가 가버리면 목욕할 때 내 등은 누가 밀어주고, 내 옷은 누가 정리해 줘? 게다가 밤에 끌어안고 잘 게 없어져 버리잖아. 내 머리 빗겨줄 사람도 없고."

[은평님!!]

백호가 발을 동동 구르면서 약 올라 했다. 자신이 무슨 시중꾼도 아니고 말이다. 명색의 사신수인 자신을 저렇게 취급하는 것은 은평밖에 없을 것 같았다.

"그 만천학이란 인간은 어찌 되었습니까?"

그것이 마음에 걸렸는지 현무는 만천학의 안부를 물었다. 그날 자신의 눈앞에서 자신의 어머니가 폭발과 함께 한 줌의 재가 되는 것을 목도한 만천학은 그대로 이성을 잃어버렸던 것이다.

"그게 말이지……."

"어머니……?"

만천학의 뇌리에 처음으로 자신에게 다정한 미소를 지어주었던 어머니의 모습이 떠올랐다. 그렇게 다정하게 웃어주는 미소는 처음 겪어 보는 것이었다.

"…어머니… 어머니… 어머니……!!"

발작적으로 소리를 치며 흥분하는 그의 눈은 이미 이지를 상실했다. 반쯤 정신이 나갔다고나 할까…….

마교의 교주들은 그를 딱하다는 시선으로 내려다보고 있었다. 따지고 보면 그에게 무슨 죄가 있겠는가. 그는 만교려의 복수심에 희생된, 불행한 운명일 뿐이었다. 복수가 삶의 목표로 여겨져 왔는데 어머니를 잃고 그 목적마저 상실하게 되었으니 저리 되는 것도 당연하다라고 여겨져 더욱더 그가 안쓰럽게 느껴졌다.

결국 배교는 구심점을 찾지 못해 와해되었고, 세외의 세력들은 다시 세외로 내쫓겨 갔다. 그리고 만천학은 마교의 깊숙한 곳에 감금되었다.

"뭐, 결국은 마교에 갇혔지. 그런데 사실 갇혔다기보단 자기 스스로 마음을 닫고 가둬 버린 게 맞을 거야."

"그렇군……. 마교는 그를 죽이지 않고 내버려 둘 작정인가 봐?"

청룡의 말에 은평은 들은 대로 말해 주었다.

"글쎄. 그의 처우를 놓고 마교에서 의견이 분분하다던데……. 오늘쯤 결정이 난다고 하니까."

"잘됐으면 좋겠군."

청룡은 마치 금방이라도 돌아올 사람처럼 휙 돌아섰다. 사실 지금 헤어지면 기약이 없기는 했다. 천계에 가서 그들을 포기시키려면 당연히 은평에게 주어졌던 무산신녀의 직위도 사라지게 된다. 신선이 아닌 은평은 더 이상 신수와 접촉할 수 없었다.

"다음에 볼 땐 제발 그 절벽 가슴에서 탈출해 있으라구."

황의 말에 은평이 버럭버럭 화를 냈다.

"…누가 절벽 가슴이야, 누가!!!"

누가 절벽 가슴이란 말인가. 그건 단지 황의 가슴이 너무 큰 것뿐이었다.

네 신수는 은평에게 각각 작별 인사를 하고 하늘 위로 날아올랐다. 그리고 은평은 그 그림자가 완전히 사라질 때까지 장승마냥 우뚝 서서 허공을 하염없이 바라보고 있었다.

한편, 그 시각 마교에서는 은평의 말대로 만천학의 처우를 놓고 의논을 하고 있었다. 이제 겨우 몸이 회복된 화우 역시 참석했다가 몸이 피로해 금방 회의장을 나왔다.

배교와의 일이 있은 후 부쩍 말이 준 그였다. 거기다가 한참을 앓다가 깨어보니 아버지마저 죽었다는 비보가 자신을 기다리고 있었고 무슨 애를 써도 파괴된 단전의 내력은 되돌릴 수 없었다. 내력이야 다시 쌓으면 그만이라지만 그에게 있어서 가장 고민인 것은 만천학의 처우 문제였다. 그와 같이 마교에 순순히 붙잡힌, 마교의 전 장로 천무광혈 양무는 자신에게 그를 이해해 달라고 구명을 요청했으나 정작 만천학은 목숨의 구걸조차 하지 않았다. 그냥 넋 나간 사람처럼 하루 종일 앉아 있을 뿐.

깊은 생각에서 깨어나 정신을 차리고 보니 만천학을 가두어둔 석실 앞이었다. 석실 앞을 지키던 무사들이 화우를 보고 허리 숙여 인사를 했다.

'기왕 여기까지 온 김에 보고 갈까…….'

화우는 무사들을 향해 길을 비키라 명령했다. 하지만 무사들은 쭈뼛거리면서도 쉽게 물러나지 않았다.

"아무리 그래도……."

"그의 무공을 폐쇄했는데 뭐가 걱정이란 말이냐."

두 무사는 하는 수 없이 화우에게 길을 터주었다. 언제든 안에서 무슨 일이 있으면 튀어 들어갈 만반의 준비를 하고서 말이다.

석실 안은 제법 넓었다. 천장에 박혀 있는 야광주 덕분에 어둡지는 않았지만 채광이 없어 어딘가 모르게 무미건조한 느낌이었다.

석실 한구석에 긴 머리카락을 아무렇게나 풀어헤치고 흰 상복(喪服)을 입은 만천학이 가부좌를 틀고 앉아 있었다. 만천학은 인기척을 느꼈는지 감고 있던 눈을 살포시 떴다. 눈앞에 있는 화우를 보아도 그는 별로 놀라지 않는 듯했다.

"…왜 그렇게 서 있지? 할 말이 있어서 찾아온 게 아닌가?"

힘없는 나른한 목소리가 석실 벽을 타고 울렸다. 무안해진 화우는 찬 돌 바닥에 주저앉았다. 어쩐지 긴장하고 있었던 자신이 바보 같았다.

"…지금 네 처우를 의논 중이다."

자신의 처우가 의논 중이라는 데도 만천학은 별말이 없었다. 사실 일이 정리된 후, 분노에 찬 강호인들은 그를 무림공적으로 몰고 그에게 가족을 잃은 이들은 몹시 분노해 마교에 그를 내놓으라는 요청을 해왔으나 화우가 그것을 딱 잘라 거절했다.

"그래서?"

"네 처우가 결정된다는 데도 별 느낌이 없나 보군."

"…죽이든가, 살리든가 둘 중 하나겠지. 굳이 궁금해할 필요가 있을까?"

만천학은 머리 속에 커다란 구멍이 뚫린 듯 허하게만 느껴졌다. 태어나면서부터 지금까지 그의 머리 속을 꽉 메우고 있던 복수라는 것에 대한 의미를 일순간에 잃어버리고 그렇게 사랑을 갈구했던 모친을 잃었다. 그의 삶의 목표였던 두 가지가 한꺼번에 사라진 것이다. 허하지 않을 리가 없었다.

"…나는 네게 죄가 없다고 생각한다."

"마교의 교주님께서는 자비로우시군."

만천학의 대꾸에 비꼼 같은 것은 없는 것 같았다. 하지만 칭찬 같지도 않았고, 그렇다고 비웃는 것 같지도 않고, 어감이 참 모호했다.

"사실 난… 너에게 별다른 악감정이 들지 않아."

그것은 사실이다. 자신에게 모질게 굴었던 만천학이지만 돌이켜 보면 그다지 악감정이 들지 않았다. 다만 자신에게 배교와 관련된 비사를 들려주면서 절규하던 그의 눈빛이 어딘가 모르게 상처받은 어린 짐승 같다는 생각에 가련하다는 생각만 들 뿐이었다. 따지고 보면 그와는 피를 나눈 사이니까.

"무슨 말이 하고 싶은 거지?"

"…널 내 혈육으로 인정하고 싶다는 말이다."

처음으로 만천학의 얼굴에 감정 표현이 어렸다. 불신감과 경악이 반반씩 뒤섞인…….

"그게 무슨 말인지나 알고 하는 건가? 날 혈육으로 인정하고 싶다고……?"

"…싫든 좋든 사실이니까. 그냥 인정해야겠다고 생각했을 뿐이다."

화우는 이 석실에 찾아와서 대체 자신이 무슨 소리를 지껄이는지 알 수 없다고 생각했다. 그렇지만 '혈육으로 인정하고 싶다' 라는 말은 스스로가 내뱉어놓고도 놀랐다. 자신의 혈육은 끔찍하게도 아끼는 그이니 어쩌면 당연한지도 모르겠지만…….

"날 동정하지 마. 동정심에서 나에게 혈육 어쩌고 하는 소릴 내뱉는 거라면 난 널 용서하지 못할 거다."

그 말을 끝으로 축객령을 내린 듯 만천학은 뒤돌아 앉았다. 아마도 화우의 말이 자신에 대한 동정심 때문일 거라 오해하고 있는 듯했다.

"이건 노동력 착취에 근로기준법(?) 무시야!! 노인네에게 하루 온종일 격무를 맡겨도 되는 거냐고!!"

인은 투덜투덜거리면서도 열심히 일을 처리하고 있었다. 정도는 현재 약간 소란스러운 상태였다. 맹이 통째로 와해된 데다 이번 일로 정도무림의 피해는 마도보다도 컸다. 아마도 회복되려면 꽤 오랜 시간이 필요할 터였다. 그리고 그 수습 처리에 당첨된 것이 다름 아닌 인이었다. 매일같이 찾아와 '도와주십시오' 를 외치면서 사정사정하는 데는 당해낼 재간이 없었다.

"노인네는 무슨, 겉모습은 팔팔하면서."

신수들을 배웅하고 돌아온 은평이 내실로 들어서며 인에게 핀잔을 주었다.

"다녀왔어?"

"응."

어쩐지 은평이 많이 허전해하는 표정이어서 인은 은평의 주의를 끌어볼까 하고 다른 이야기를 꺼냈다.

"음… 백의맹을 금릉이 아니라 개봉부로 옮길 것 같아. 아무래도 사람이 죽어 나자빠졌던 곳에 다시 맹을 세우기 찜찜했나 봐."

"헤에, 그래?"

하지만 그 이야기에도 은평의 반응은 신통찮았다. 잠시 고민하던 인은 은평이 관심을 가질 만한 이야기를 이것저것 꺼내며 은평의 기분을 풀어주려고 했으나 은평의 기분은 영 나아지지 않는 듯했다.

"인."

그는 자신을 부르는 소리에 왜 부르냐는 눈짓을 했다.

"고마워, 위로해 줘서."

은평이 인을 보며 배시시 미소를 지은 순간, 인 역시 머리를 탁 치며 웃음을 터뜨렸다.

"아, 맞다. 마침 잘 왔어. 일하기 지겨워 죽으려던 참이었는데 온 김에 이것 좀 도와줘 봐."

인의 말에 은평의 얼굴이 서서히 굳어졌다. 그러더니 뒤로 슬금슬금 물러났다. 도망가려는 기색을 눈치 챈 인은 재빨리 발로 은평의 옷자락을 꾹 밟아놓았다.

"어딜 도망치려고! 다 늙어서까지 일해야 하는 내가 불쌍하지도 않아?"

"하나도 안 불쌍해!! 이거 놔!"

외전

逍遙詠(소요영)

노닐며 노래하다

—白居易(백거이)

赤莫戀此身(적막연차신)

몸을 사랑하지도

赤莫厭此身(적막염차신)

싫어하지도 말아라

··중략··

無戀赤無厭(무연적무염)

사랑도 없고 미움도 없으니

始是逍遙人(시시소요인)

이제야 자유로이 노니는 사람

逍遙詠(소요영) 中에서

후(後)

옛날, 남송(南宋)의 수도였던 개봉부는 지금도 그 자취가 고스란히 남아 있었다. 사람들이 오고 가는 번화한 개봉부의 대로(大路) 한복판, 눈에 확 띄는, 마치 이 세상 사람 같지 않은 미소년이 길을 걷고 있었다. 그는 자신이 주변 사람들의 시선을 끄는 것을 모르는지 여기저기 둘러보기에 무척 바빴다.

소년은 특이하게도 새하얗게 빛나는 백발이었다. 노인들의, 그 광택을 잃은 특유의 눅눅한 백발이 아니라 그야말로 빛이 새어 나오는 것 같은 그런 머리카락이었다. 그리고 소년의 옷은 무엇보다도 특이했다. 마치 먼 고대에서나 입었을 것 같은 고아한 복장인 데다 소년의 눈동자에 박혀 있는 홍채는 피처럼 붉었다. 그리고 소년에게서 흘러나오는 기묘한 분위기는 소년이 입은 복장과 더불어 소년이 마치 이 세상 사람이 아닌 것 같은 착각을 느끼게 했다.

"아, 이곳인가?"

소년은 커다란 편액이 걸린 장원을 발견하고 걸음을 멈춰 섰다. 대문 앞을 지키고 섰던 무사들은 소년을 보고 눈이 휘둥그레져서 소년이 안으로 거침없이 들어가는 데도 채 막을 생각을 못하고 있었다.

장원 안은 부산스러웠다. 시중꾼들과 무사들이 쉴 새 없이 오고 가고 여기저기서 서로를 부르는 소리가 빈번했다.

"어디서 어떻게 오신 분이십니까?"

한 무사가 지나가다가 소년에게 정중하게 물었다. 강호에서 저렇게 특이한 인상을 가진 이라면 분명히 한 가닥 하는 이가 많았기 때문이기도 했고 소년에게서 흘러나오는 분위기 때문이기도 했다.

"이곳이 백의맹 맞습니까?"

"예, 그렇습니다만……?"

무사는 떨떠름하게 고개를 끄덕였다.

"맹주를 뵙고 싶은데요. 계십니까?"

"맹주께서는 바쁘셔서 함부로 뵐 수 있는 분이 아니십니다."

무사는 어디까지나 정중한 말투로 거절을 나타냈다. 하지만 소년은 활짝 웃으며 말했다.

"맹주와는 잘 아는 사이입니다. 안내해 주시지요."

평소라면 아무런 약속 없이 맹주를 만나러 오는 사람은 전부 쫓아냈으나 이 소년을 보고 있자면 맹주에게 데려다 주어야 할 것 같은 기분이 드는 건 왜일까. 무사는 하는 수 없이 머리를 긁적이며 앞장섰다.

"따르시지요."

맹주의 집무실 앞에까지 데려다 준 무사는 집무실의 문을 똑똑 두드렸다. 안에서 조금 격앙된 남자의 목소리가 들려왔다.

"무슨 일인가!"

"저, 뵙고자 하는 분이 계십니다."

"바빠 죽겠는데 또 어떤 놈이야!! 또 일거리 갖고 왔으면 나 다 때려치우고 도망갈 테니까!!"

갑자기 문이 벌컥 열렸다. 그 안에서 나온 것은 다름 아닌, 인이었다. 며칠째 잠을 못 자서 눈 밑에 기미가 껴 있는 것이 보일 정도였다.

"저… 이분께서 찾아오셨습니다."

무사의 말에 인은 고개를 돌리고 무사 옆에 있던 소년을 바라보았다.

"저… 누구신지……?"

인은 아무리 기억을 더듬어봐도 저런 소년을 알게 된 적이 없는 것 같은데 무슨 일인지 모르겠다는 생각이 들었다. 어쩐지 소년의 붉은 눈동자에 낯익음을 느끼고 있을 때 소년은 빙그레 웃으며 인을 향해 손을 뻗었다. 악수를 청하는 의도를 모르면서도 인은 얼떨결에 손을 잡고 악수를 하게 되었다. 겉모습치고는 악력이 제법이라는 생각도 하면서 말이다.

"절 기억하지 못하시겠습니까? 저 백호입니다."

"…배, 백호?!!"

인은 믿을 수 없었다. 그 조그맣던 호랑이가 어떻게 인간으로 변할 수 있단 말인가. 하지만 저 새빨간 눈동자는 분명 어디선가 본 듯했다.

"정말로 백호란 말인가?!"

"반응이 정말 느리시군요."

눈을 깜박거리며 백호를 이리저리 살펴본 인은 머리를 부여잡고 혼란스러워했다.

"도대체 어떻게 호랑이가 인간으로 변한 거야?"

"청룡님도 그러셨잖습니까. 저도 얼마 전에 인간체로 변할 수 있게 됐어요."

백호는 팔다리를 들어 보이며 정말로 기쁜 듯이 웃었다. 사실 인간체로 변하기 위해 무던한 노력을 아끼지 않았던 탓도 있었다.

"한데… 어째서 은평님의 모습이 보이지 않는 겁니까?"

주변을 두리번거리며 백호가 은평 이야기를 꺼내자 인은 갑자기 이를 부득부득 갈았다. 그걸 본 백호는 은평이 또 뭔가 일을 쳤구나 싶었다.

"…그 녀석… 이렇게 고생하는 날 내버려 두고 피서 갔어… 마교로."

"예? 피서요?"

"그래!! 하필이면 마교로!! 으아아악, 열불나! 오기만 해봐라!!"

방방 날뛰는 인을 보면서 백호는 절로 동정심이 들었다.

"슬슬 도착할 날짜가 됐는데 안 오네. 전해온 서신으로는 마교 교주 놈 하고 능파인지 뭔지 하는 계집애도 같이 온다고 했는데."

이것저것 이야기를 늘어놓던 인은 자기가 문밖에 백호를 세워두고 이야기하고 있었음을 깨닫고 백호를 집무실 안으로 들어오도록 했다.

"일단 들어오라구. 그나저나 어떻게 온 거야? 청룡이나 황은?"

"천계에 계십니다. 현무님도요. 은평님과 관련된 문제를 전부 처리하면 한번 뵈러온다 하셨습니다만, 언제가 될지는… 기약이 없어요. 일단은 저만이라도 내려왔습니다. 사실은 인간체로 변한 모습을 보여

주고도 싶었구요."

백호의 말에 인은 고개를 끄덕였다. 벌써 이 년이나 흘렀던 것이다. 세월이 참 유수(流水) 같다는 생각이 들게 하는 순간이었다.

"인, 다녀왔어~!"

회랑(回廊) 쪽에서 우당탕 소리와 함께 은평의 목소리가 들려왔다. 백호는 떨리는 마음으로 집무실 밖으로 뛰어나갔다.

"나 왔다니까~ 화우랑 능파도 같이 왔……."

은평은 뛰어오다가 백호를 발견하고 걸음을 멈추었다. 그러더니 점점 눈이 커졌다. 아무런 말도 못하고 서로 빤히 바라보고 있다가 백호가 먼저 은평에게로 달려가 와락 끌어안았다.

"은평님!!"

은평도 얼결에 백호를 와락 끌어안았다. 한데 뒤에서 난감한 듯 머리를 긁적이고 인을 향해 어이없는 질문을 띄웠다.

"…근데 인, 이 사람 누구야?"

갑자기 휑— 한 바람이 주변을 훑고 지나가는 착각이 들 만큼 분위기가 싸했다.

"너 설마 숨겨놓은 자식이라도 나타난 거야?"

그 어이없는 착각에 백호와 인은 일제히 펄펄 뛰기 시작했다. 백호는 자신을 못 알아봐 주는 은평이 섭섭해서, 그리고 인은 기가 막혀서였다.

"미쳤냐!! 난 아직 동… 아니아니, 어쨌거나 내가 무슨 숨겨놓은 자식이 있다고 그래?!"

인은 아직 '동정이다' 라고 말하려다가 황급히 말을 바꿨다.

"그럼 얘는 누구야? 누군데 날 알고 있어?"

한참을 어이없다는 듯 허망히 서 있던 백호는 갑자기 풉— 하고 웃음을 터뜨렸다. 인은 저놈이 충격으로 미치기라도 했나? 라는 눈빛으로 쳐다보았다.

"아하하하하, 정말 은평님은 한 군데도 변하신 게 없군요. 저 백호예요."

"에엑?! 백호?!"

은평이 백호의 얼굴을 찬찬히 뜯어보고 있을 무렵, 뒤따라온 화우와 능파가 도착했다.

"오랜만에 뵙습니다."

인을 향해 정중히 인사를 건넨 화우 역시 백호를 보더니 눈이 휘둥그레졌다. 저게 누구냐는 눈빛을 능파에게 보내보지만 능파 역시 알 리가 없었으므로 고개를 휘저었다.

"근데 백호야… 다시 호랑이로 돌아가면 안 돼?"

"예? 어째서요?"

백호의 의아하다는 시선에 은평은 그동안 불편했던 것을 늘어놓으며 옛날을 그리워했다. 백호가 있었을 때는 모두 해주던 것인데 백호가 없고 보니 얼마나 절실했는지 모른다.

"…밤에 안고 잘 게 필요해. 아침마다 나 깨워주고 머리 빗겨주고 옷 정리해 주고 목욕할 때 등 밀어주고. 그런 거 백호 네가 제일 잘하잖아."

"……."

백호는 왜 자신이 은평을 찾아 인계로 왔는가에 대해 엄청난 후회가 밀려들었다. 그리고 괜히 왔나라는 생각이 들고 있었다.

'그래도 변한 게 하나도 없으시군요.'

어이없기도 하고 허망하기도 하지만 그래도 은평의 모습이 변함없는 것 같아 일순 안심했다. 은평을 지켜주겠다는 맹세를 지키기 위해 왔으니까 앞으로도 쭉 은평 옆에 있을 작정이었다.

"그나저나 너!! 너 혼자 피서 다녀오니까 좋냐?!"

"응, 좋았어."

"뭐?!"

은평과 인이 말다툼하는 것을 보며 백호는 빙그레 미소 지었다.

『終』

후기…

안녕하십니까, 아랑(餓狼)입니다.

처음으로 인사를 드리게 되었군요.

마침내 완결됐습니다. 권 도중에는 이게 대체 언제 완결될까 했었는데 막상 이렇게 완결되고 보니 개운하기도 하고, 섭섭하기도 하고, 얼떨떨한 기분입니다. 그리고 한편으로는 얼굴이 간질간질한 것이 낯뜨겁습니다.

제 부족한 글이 킬링 타임용으로라도 쓰일 수 있었으면 하는 바람입니다만… 어떠셨는지 모르겠습니다. 부족한 글을 완결까지 읽어주셨다는 사실만으로도 감사드립니다.

나름대로는 이것저것 조사한 것도 많았고, 꽤 오랫동안 끌어왔던 글이기도 합니다. 또한 이번 권에서 스토리를 급진전시킨 데다 급하게 끝을 맺느라고 가장 부족한 완결편이기도 합니다(작업할 때도 가장 고전했습니다).

그런 탓에 처음 의도했던 엔딩과는 많이 달라졌고, 원래 죽었어야 할 놈들을 제대로 죽이지 못했습니다. 제 능력 부족인 탓이겠지만… 어쨌거나 이 부분이 정말 아쉽군요.

여러모로 도와주셨던 분들, 감사합니다.

C모양 정말 잊지 못할 거야… ^^;; D야, 언제 휴가 나오면 술 먹으러 가자(근데 다음 휴가 언제냐? ^^;;). S야, 수시 합격 축하한다.

그동안 고생하셨던 제 담당 기자이신 희정 씨… 여러 가지로 속 썩여 드려서 정말 죄송합니다. 정말 고생하셨습니다. 제가 민폐인생임을 다시 한 번 절감했습니다. ^^;;

무더운 여름, 아랑(餓狼) 드림.

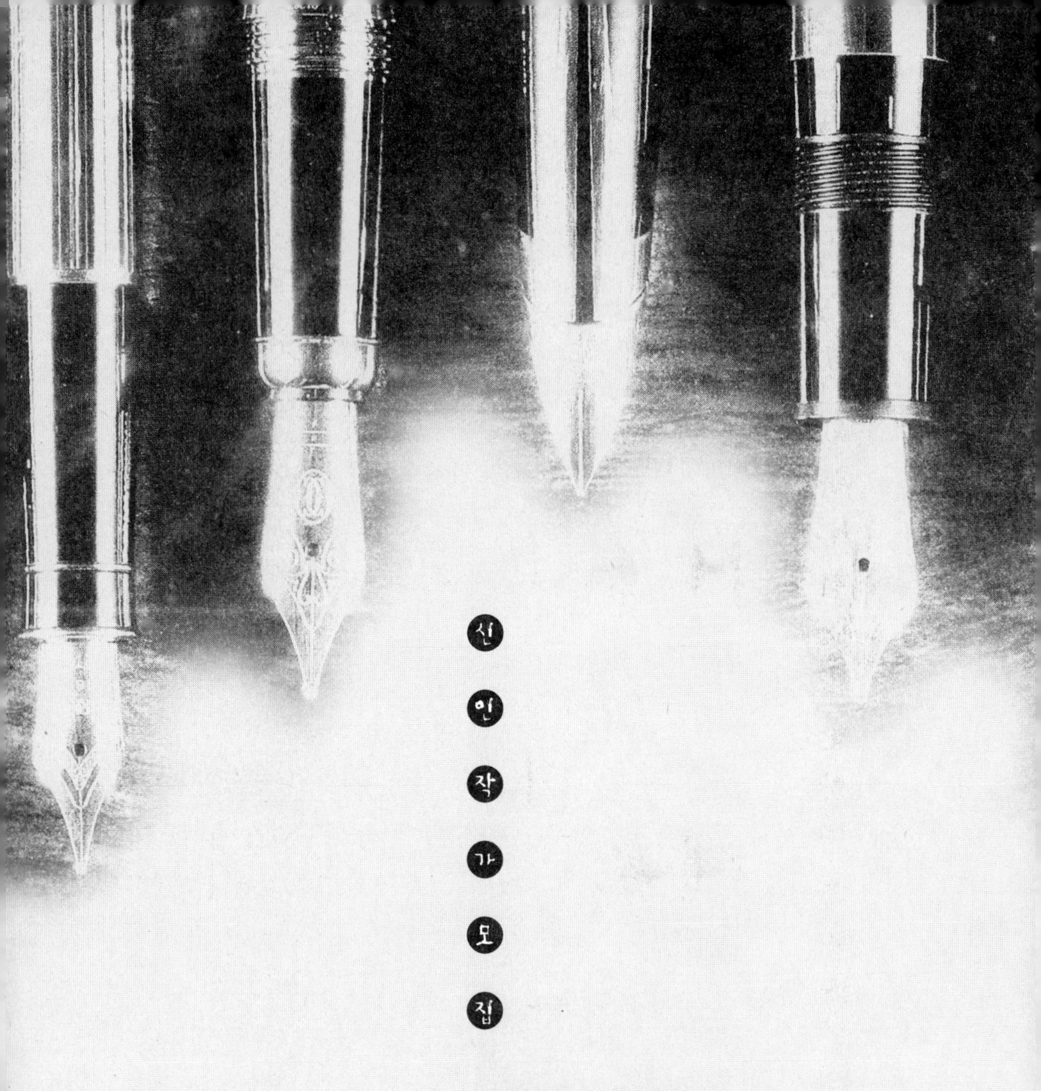
신
인
작
가
모
집